HEYNE

Das Buch

Auf den Straßen von Mardock City, einer hypermodernen Metropole der Zukunft, ist ein Menschenleben nicht viel wert: Mit mafiosen Methoden kontrollieren geheime Verbrecherorganisationen wie Yakuza und die October Company das Geschäft mit High-Tech-Drogen und Glücksspiel. Doch die computergesteuerte Kommunal-Regierung startet ein erfolgversprechendes Hilfsprogramm: Der hochintelligente Wissenschaftler Doc Easter und sein Kollege Œufcoque Penteano – ein Tech-Robot – werden als Undercover-Agenten auf die Verbrecherorganisationen angesetzt. Schon bald sind sie einem brisanten Fall auf der Spur: Sechs junge Mädchen, alle erst seit kurzem im Besitz der Bürgerrechte von Mardock City, sind spurlos verschwunden. Als schließlich die junge Rune Balot, die als Luxus-Geisha für hochrangige Yakuza-Bosse arbeitet, in einen perfiden Hinterhalt gelockt wird, beginnt ein Kampf, der die Verhältnisse in der Stadt ins Wanken bringt. Denn Rune weiß sich zu wehren, mit allen Mitteln …

»Expansion« ist der atemberaubende zweite Band in der japanischen Science-Fiction-Bestsellerserie MARDOCK.

Der Autor

To Ubukata, 1977 in der japanischen Präfektur Gifu geboren, schrieb bereits während seines Studiums an der Waseda-Universität in Tokyo zahlreiche preisgekrönte Romane und Mangas. 2003 wurde die MARDOCK-Serie mit dem japanischen Science-Fiction-Preis ausgezeichnet. Derzeit laufen die Arbeiten zu einem MARDOCK-Anime, für den Ubukata das Drehbuch verfasst hat.

TO UBUKATA

EXPANSION

Roman

Aus dem Japanischen von Cora Hartwig
und Hirofumi Yamada

Mit einem Nachwort von Akira Kagami

Deutsche Erstausgabe

MARDOCK

WILHELM HEYNE VERLAG
MÜNCHEN

Titel der japanischen Originalausgabe
マルドゥック・スクランベル
燃焼

FSC
Mix
Produktgruppe aus vorbildlich bewirtschafteten Wäldern und anderen kontrollierten Herkünften
Zert.-Nr. SGS-COC-1940
www.fsc.org
© 1996 Forest Stewardship Council

Verlagsgruppe Random House FSC-DEU-0100
Das für dieses Buch verwendete
FSC-zertifizierte Papier *München Super*
liefert Mochenwangen.

Redaktion: Werner Bauer

Deutsche Erstausgabe 02/2007

Printed in Germany 2007
Umschlaggestaltung: Animagic, Bielefeld
Umschlagbild: Dirk Schulz
Satz: C. Schaber Datentechnik, Wels
Druck und Bindung: GGP Media GmbH, Pößneck

ISBN 978-3-453-52177-3

www.heyne.de

Charaktere

Rune Balot:	Eine junge Prostituierte
Œufcoque Penteano:	Rechtsverdreher
Doc Easter:	Rechtsverdreher
Shell Septinos:	Spieler
Dimsdale Boiled:	Rechtsverdreher
Medium the Fingernail:	Ehemaliger Viehzüchter
Tweedledee:	Perfektes Individuum
Tweedledum:	Delfin
Professor Faceman:	Einer der Drei Doktoren
Bell Wing:	Croupière

Mardock City

Eine Industriehafenstadt. Die »Treppe in den Himmel« – ein Monument in Form einer Wendeltreppe im Regierungsviertel gab der Stadt ihren Namen.

Mardock Scramble

Eines der Gesetze des Gerichtshofs von Mardock City. Die allgemeine Bezeichnung des Notstandsgesetzes zur Rettung von Leben.

Mardock Scramble-09

Notstandsgesetz. Im Ausnahmezustand ist der Einsatz der gesetzlich verbotenen Technologie erlaubt.

Erster Teil 活塞

Kolben

1

Ich will nicht sterben.

Jedes Mal, wenn das an die blutdurchtränkte Waffe weitergeleitet wurde und sich dann als *Munition* manifestierte, schnürte ihre Trauer ihr die Kehle zu.

#Bitte verzeih mir, Œufcoque. Bitte verzeih mir.#

Erst jetzt verstand Balot, was *Missbrauch* wirklich bedeutete. Ich habe Œufcoque *missbraucht*. Ich habe ihn zu *etwas Gefährlichem* gemacht.

Das Resultat ihrer Handlungen war diese Pistole, die vor Blut triefte. Für sie, Balot, hatte sich Œufcoque in eine Pistole gemorpht, obwohl sein halber Körper weggesprengt worden war. Und alles, was sie tun konnte, bestand darin, ihm mit Blut und Schmerzen zu zeigen, wie dankbar sie ihm dafür war.

Patrone kollidierte mit Patrone, kleine Stahlsplitter flogen durch die Luft, regneten auf Balot und Boiled herab.

Boileds Kugel zerschmetterte den Pfosten des Eisenzauns direkt neben Balots Schulter wie ein filigranes Origami-Papier.

Balot sah nicht mehr in seine Richtung, stand auf und schoss einfach. Ihr Magazin leerte sich in einem Augenblick. Als sie es wegwarf, troff aus dem Schacht ein fiebrig warmer Schwall Blut, der fast sofort verdampfte. Die Pistole, ihre Hände, alles war ganz rot. Das Magazin wurde sofort aus dem *Inneren der Waffe* nachgeladen und war wieder voller Munition. Für sie war es, als würde sie sich selbst beschützen, indem sie mit Œufcoques Fleisch und Blut angriff.

Balot konzentrierte sich präzise nur auf die Kugeln, die auf ihren Körper zurasten, schoss auf sie und leitete sie ab.

Und mit einer maßlosen Zahl von Patronen versuchte sie Boiled verzweifelt von sich abzuhalten, doch nicht eine einzige Patrone traf seinen Körper.

Float – das war die Scramble-09-Technologie, die in Boileds Körper implantiert worden war. Damit erzeugte er ein Gravitationsfeld um seinen Körper und schob die Patronen aus ihrer Flugbahn.

»Warum, Œufcoque?«, flüsterte Boiled mit düsterer Miene hinter seinem unsichtbaren Schild; aus der großen Mündung seines Revolvers krachten die Kugeln, mit denen er sie töten wollte. Balot verstand nicht, was seine geflüsterten Worte bedeuteten. Doch langsam wurde ihr bewusst, dass sich in ihr etwas zu ändern begann. Wegen Boiled.

Ich muss ihn erledigen, dachte sie. Es hatte aufgehört, nur darum zu gehen, sich selbst zu beschützen, es ging ihr nur noch darum, diesen Mann vor ihr zu stoppen.

Es gab sonst nichts, was sie für Œufcoque tun könnte.

Aber alle Kugeln, die Balot abschoss, wurden von ihrer Flugbahn abgelenkt und alle flogen ganz woanders hin. Boileds Magazin war leer. Er öffnete es und warf die leere Patronenhülsen auf den Boden.

Mit seinen dicken Fingern und dem grenzenlosen Willen zu töten lud er seine Waffe nach.

Nicht einen Moment lang wich sein regungsloser Blick von Balot, die noch immer die von Blut triefende Pistole in der Hand hielt.

»Die kleine Nutte und ich … wo ist der Unterschied?«

Seine Stimme klang grausam und unnatürlich, seine Mordlust glänzte darin wie schmieriges Rohöl.

Mit einem vollen Magazin richtete er den Revolver wieder auf Balot.

Sie starrte ihn an und blinzelte nicht ein einziges Mal.

Ihr Finger verharrte auf dem Abzug, als zielte sie auf etwas Bestimmtes.

Balot wartete auf den Moment, in dem sie alles auf eine Karte setzen konnte.

In der Sekunde, in der Boiled seine Pistole abfeuerte, öffnete sich eine winzige Stelle in seiner Floathülle, damit die Kugel durchfliegen konnte.

Nur diese eine Stelle, nur dieser eine Moment: die einzige Lücke in Boileds unsichtbarem Schild. Der einzige Schwachpunkt ihres Feindes, den sie nach zahllosen Patronen gefunden hatte, während sie verzweifelt um ihr Leben kämpfte.

Boiled hatte sie sofort durchschaut, als sie auf diese eine Stelle zielte. Der winzige, doch entsetzliche Schatten von etwas, das einmal ein Lächeln gewesen sein mochte, rutschte über sein glattes Gesicht. Während sie sich beide mit ihren Waffen bedrohten, baute sich zwischen ihnen eine Spannung auf, die tief in ihrer Nase fast verbrannt roch.

Blut floss von Balots Stirn, zusammen mit Schweiß und Tränen tropfte es ihr schließlich vom Kinn.

»Und das, ist das deine *Nützlichkeit*, Œufcoque?«

Er spannte den Hahn mit einem schweren Knirschen.

»Ist doch nichts anderes als die Geburt eines neuen Monsters auf dieser Welt …«

Der Rest seiner Worte wurde von einem gewaltigen Donnern, das von oben kam, verschluckt.

Gleichzeitig erwischte sie ein heftiger Windstoß.

Ein großes fliegendes Ding, das weder Hubschrauber noch Flugzeug war, verursachte den ganzen Wind.

»Œufcoque! Balot! Ich bin da!«, röhrte es aus einem Megaphon, gemeinsam starrten Balot und Boiled nach oben.

Und Balot war es, die überrascht war.

Über ihr schwebte ein großes silbernes Ei, das mehr als zehn Meter hoch zu sein schien. Es landete auf dem Dach, als wäre ein Teil des Mondes abgesplittert und heruntergefallen.

»Humpty? Die Reaktionen des Broiler House sind schneller geworden«, murmelte Boiled vor sich hin während er weiter nach oben starrte.

»Zurück, Boiled!«, röhrte es wieder. Risse liefen mit einem Knistern über einen Teil des Eis, der sich dann in mehrere Sechsecke aufspaltete und sich öffnete.

Im nächsten Moment wurde das Ei noch lauter und bohrte sich ins Dach. Wie das Ei des Kolumbus, allerdings ging hier nicht das Ei, sondern das Betondach kaputt.

»Balot, komm! Schnell!«

Doc stand in der Tür, er schrie und hielt ein Gewehr in der Hand.

»Seit heute Abend um 18:00 Uhr gilt für diesen Fall die höchste Sicherheitsstufe! Die Zuständigen erhalten die Genehmigung, vorübergehend in dieser fliegenden Wohnanlage zu leben. Sowohl das Betreten als auch das Ausüben von Gewalt gegen die Bewohner dieser Anlage wird als Verletzung einer Kronzeugin angesehen und verstößt gegen das Gesetz!« Noch bevor der Doc den Satz zu Ende gesprochen hatte, richtete sich augenblicklich Boileds Revolver auf ihn.

Im gleichen Moment konnte Balot fühlen, wie ihr Blut kochte und ihr zu Kopf stieg, denn sie hatte erkannt, dass sich Boileds unsichtbarer Schild in diesem winzigen Augenblick in einem Punkt geöffnet hatte.

Sie feuerte. Hätte sie eine Stimme gehabt, so hätte sie vermutlich aus vollem Halse geschrien.

Die Patrone, die sie abgeschossen hatte, durchbohrte Boileds rechten Handrücken; seine Patrone wurde abgelenkt und schlug prächtige Funken auf der Oberfläche des silbernen Eis.

Erwischt.

Als ihr dieser Gedanke wild durch die Adern raste, schrie Œufcoque in ihrer Hand auf.

»Schnell! Zum Doc!«

Balot erhob sich abrupt. Ihr Interesse daran, Boiled weiter anzugreifen, erlosch von einer Sekunde auf die andere, und sie dachte nur noch daran, das zu tun, was Œufcoque ihr sagte. Sie ertrug die Schmerzen in ihrem ganzen Körper und rannte auf das silberne Ei zu. Boileds Augen leuchteten finster, während er sie dabei beobachtete.

Mit der linken Hand griff er nach dem Revolver aus der durchschossenen und steifen rechten, überprüfte, ob der Clip noch in Ordnung war.

»Warum, Œufcoque?« Während er diese Worte immer und immer wieder vor sich hin murmelte, feuerte er weiter auf Balot. Sie sah seine Bewegungen voraus und schoss gleichzeitig. Der Doc schoss mit seinem Gewehr auf Boiled. Nicht eine Patrone traf hier oben auf dem Dach auch nur irgendjemanden.

Boiled ging einen Schritt zurück. Balot raste auf das silberne Ei zu. Als sie glaubte, einen weiteren Gewehrschuss gehört zu haben, zog Doc Easter sie schon hoch und schleuderte sie ins Ei hinein.

»Geh da weg! Rein mit dir!«, schrie der Doc, während gleichzeitig die Schüsse des Gewehrs knallten.

Dann schwebte das Ei plötzlich nach oben.

Lautlos, ohne dass man das Gefühl hatte, der Körper werde in die Höhe gehoben. Nur das Gefühl blieb, dass sich der Boden immer weiter entfernte.

Anscheinend war hier ein Gravitationselement von erstaunlich hoher Qualität eingebaut worden. In kürzester Zeit stieg es in die Luft.

»Geh rein! Wenn du in der Nähe der offenen Schalentüren bleibst, bewegt sich das Blut in deinem Körper! Wenn dir schwarz vor Augen wird, leg dich hin! Ich werde die Schale jetzt schlie…«

Der Doc verstummte. Gleichzeitig hörte sie einen dröhnenden Aufprall auf der Unterseite des Eis.

Auf Humptys Außenseite hämmerten Schritte.

Der Doc wurde blass und richtete sein Gewehr auf den Eingang. Boiled ließ nicht lange auf sich warten. Mit seinem Revolver in der linken Hand sah er auf Doc Easter herab. Er stand im rechten Winkel auf der Außenwand, in einer senkrechten und einer waagerechten Linie, die Mündung seiner Pistole auf den Doc gerichtet. Unter seinen Füßen schloss sich die Schale, als ob sie sich nach dem Reißen wieder rekonstruierte.

»Boiled, gib auf. Nur noch ein paar Sekunden, und wir haben die Höhe überschritten, die du mit deinen Fähigkeiten ertragen kannst.« Er sah sehr angespannt aus, als wolle er Boiled noch überreden.

»Ich will mich nicht mit dir streiten oder weiter auf dich schießen.«

Boiled ließ sich gar nicht darauf ein und spannte den Hahn.

»Warum hat Œufcoque meine Hand verlassen?«

Doc Easter, mit dem Gewehr in der Hand, sah ziemlich überrascht aus.

»Du hast doch Œufcoque verlassen.«

In dieser Sekunde holte Boiled mit seiner Waffe aus und sprang Kopf voran auf ihn zu.

»Kein Schritt weiter! Willst du gegen das Gesetz verstoßen?«

Das Gewehr verschluckte den Aufschrei des Docs. Die Kugel hatte seinen Körper nicht einmal gestreift, doch mit einem Schwingen seines Arms fegte Boiled den mageren Doc zur Seite.

Sobald er im Ei war, veränderte er seine Standrichtung.

Balot war nicht weiter reingegangen, sondern in der Nähe des Eingangs auf dem Boden sitzen geblieben. Sie zielte genau auf Boiled.

Ihre Pistole war rot, und die Mündung spuckte Flammen. Diesmal trafen die Kugeln Boiled, der nicht rechtzeitig genug seine vitalen Punkte geschützt hatte, an beiden Armen und am Körper.

Ein qualvoller, unartikulierter Schrei platzte aus ihm heraus. Boiled krachte nach hinten; es gelang ihm nicht mehr, seine Füße irgendwo auf dem Ei abzustellen. Er griff mit der rechten Hand noch nach dem Eingang, doch das Blut aus der Wunde, die Balot ihm beigebracht hatte, machte alles glitschig, und er wurde in die Luft geschleudert.

Boileds Schreie hallten noch eine Weile nach, bis die Außenschale den Eingang fest verschloss und die Schreie aussperrte.

Alles war so still. Wie in einem Luxus-AirCar, so still. Balot hielt weiterhin die Pistole auf die geschlossene Schale gerichtet. Nicht einen Finger konnte sie in ihrer Position rühren. Ihre Augen fixierten etwas.

Den Blutabdruck, den Boiled hinterlassen hatte – sein blutiger Handabdruck war geblieben, vorn am Eingang, abgedrückt, als er sich hatte festhalten wollen.

Tropfen der gleichen Farbe troffen aus der Pistole heraus, ein Tropfen und noch ein Tropfen, sie machten rote Flecken auf dem Teppich.

Die roten Tropfen flossen über den Griff, über ihre Handgelenke, tropften schließlich von ihren Ellenbogen.

Doc Easter legte sein Gewehr beiseite und kniete sich mit ernstem Gesicht neben Balot.

»Ist Œufcoque verletzt?«

Balot wandte ihren Blick von der Schale ab und sah den Doc an, dann nickte sie kaum merklich.

Noch immer hatte sie die Pistole in den Händen.

»Und du? Da ist ein Schnitt in der Stirn. Bist du sonst noch irgendwo verletzt?«

Geistesabwesend schüttelte sie den Kopf. Alles um sie herum sah plötzlich so klar, so deutlich aus.

Es sah aus wie ein Zimmer in einem Ferienhaus in einem Ort, wo man seine Sommerferien verbrachte. Die Decke war hoch, es gab eine Treppe, das Fenster am oberen Ende der Treppe öffnete sich zur Lobby im unteren Stockwerk. In der Eingangshalle standen mehrere Stühle um einen eleganten Tisch herum. In den Wänden lagerten verschiedene Haushaltsgeräte.

Ganz vorsichtig berührte Doc Easter Balots Hände, die noch immer die Pistole fest umklammerten.

»Das ist das Flying House, Humpty Dumpty. Teil des Scramble-09-Projekts. War mal vom Militär als fliegende Festung geplant. Das Broiler House hat mir den Einsatz in einem begrenzten Luftraum für eine begrenzte Zeit genehmigt. Ab jetzt wirst du also wie ein VIP behandelt. Die Sicherheit deines Lebens wird dir nicht nur als Auftraggeberin, sondern auch als Zeugin in einem Sekundarfall garantiert.«

Easters Hand senkte Balots Pistole ganz behutsam.

»Du bist in Sicherheit.«

Balot konnte fühlen, wie die Kraft aus ihrem Körper wich, und sie löste ihre rechte Hand von der Pistole, so wie der Doc es wollte.

Das Blut drang unmittelbar darauf hervor. Es sickerte rot aus verschiedenen Stellen der Pistole.

Der Doc wollte ihr die Pistole abnehmen, doch er konnte ihre linke Hand nicht davon trennen, selbst wenn er es gewollt hätte.

Während das Blut aus der Pistole in ihrer Hand ohne Unterbrechung wie Tränen herablief, fühlte Balot, wie das Nichts aus allen vier Himmelsrichtungen über sie hereinbrach. Balot schwebte im All. Sie war in einem leuchtenden silbernen Ei, das die Finsternis erhellte, unter dem Mond. Sie verstand das mit ihren Sinnen, doch sie war sich nicht sicher, ob es Traum oder Wirklichkeit war.

Sie erstarrte. Doc Easter löste einen Finger nach dem anderen vom Griff ab.

»In einem Ei fliege ich durch die Luft«, sagte plötzlich eine Stimme.

Der Doc sah überrascht aus.

»*Wer von euch beiden* hat das gerade gesagt?«

Ganz unvermittelt löste sich Balots Hand von der Pistole. In diesem Moment fing ein Lied an, sich in ihrem Kopf zu drehen.

Dish, wash, brush, flush …

So langsam verlor sie das Bewusstsein, tief in ihren Ohren dröhnten Worte, lang und aneinandergereiht.

Bash, rush, trash, ash …

Der Doc hatte etwas gesagt. Balot fühlte sich, als würde sie ganz leer. Ihr Körper neigte sich und schwankte, dann fiel sie nach hinten um.

Flash, fresh, wish, finish …

Und damit verlor sie endgültig das Bewusstsein.

Aus den benachbarten Häusern kamen Menschen und sahen zu, wie die Feuerwehrwagen schnell an ihnen vorbeirasten und dabei viel Lärm machten. Mehrere Polizeiwagen kamen und sperrten das ganze Gebiet ab. Gleichzeitig wurde die Situation erfasst und auch das Feuer gelöscht.

Boiled bewegte sich wie selbstverständlich durch das Chaos. Ein Polizist fand ihn verdächtig und wollte ihn aufhalten, aber Boiled zeigte ihm nur kurz seine Zuständigen-Lizenz und erklärte knapp, dass er hinter einem wichtigen Zeugen her sei und er deswegen nur nach Absprache mit dem Broiler House eine polizeiliche Befragung hinnehmen würde.

Der Polizist schimpfte wüst hinter seinem Rücken her, aber Boiled ging einfach weiter und sagte nichts mehr.

Ziemlich bald hatte er den Benzin-Van gefunden. Fenster aus Rauchglas, Türen mit dem großen Logo einer Fluggesellschaft. Die Türen waren nicht abgeschlossen. Boiled öffnete die Tür, ein Hahn wurde gespannt.

Boiled richtete seine eingesunkenen Augen auf den Mann, der mit der Waffe auf dem Beifahrersitz saß.

»Ich dachte, vielleicht kommt noch einer. Einer von uns …«, stöhnte er.

»Weißt du, wer ich bin?« Boiled sah flüchtig auf die unregelmäßigen Finger des Mannes und nickte schweigend.

»Medium the Fingernail. Mein Codename. Ich bin einer aus dem Rudel der wilden Hunde. So war es zumindest mal«, sagte Medium und biss die Zähne zusammen. Seine andere Hand war in ein tiefrotes Tuch gewickelt. Alle Finger hatte es vom Ansatz her weggerissen.

Er hatte Brandblasen am ganzen Körper, besonders grausam in der linken Hälfte seines Gesichts. Sein linkes Auge war getrübt, Blut sickerte aus beiden Ohren. Er hatte keine Kraft mehr in den Beinen, seine Knie zitterten die ganze Zeit.

Boiled sagte kein Wort und stieg auf den Fahrersitz. Während die Pistole weiterhin auf ihn zielte, schloss er die Tür und drehte den Schlüssel, der noch steckte. Das Aufheulen des Motors überdeckte fast Boileds undeutliches Murmeln.

»Außer dir sind alle tot.«

Medium atmete schwer aus, sicherte seine Waffe und legte die gesunde Hand in den Schoß, als könne er das Gewicht der Pistole nicht länger ertragen.

Der Wagen fuhr los. Medium starrte auf die Schusswunde in Boileds rechtem Handrücken.

»Also dieser Rechtsverdreher Œufcoque hat sich in die Auftraggeberin verwandelt?«

Seine Stimme klang, als unterdrücke er ein Schluchzen.

Boiled schüttelte den Kopf.

»Also das war das Ziel? Das Mädchen hat geschossen, und noch bevor ich wusste, was hier eigentlich abgeht, hatte sie mich so zugerichtet.«

»Sie haben die Auftraggeberin mithilfe einer besonderen Technologie stärker gemacht und ihr eine Strategie mitgegeben. Eines der Lebensrettungsprogramme in Notfällen, die das Broiler House anerkennt: Scramble-09.«

Als Medium das hörte, fing er an zu weinen.

»Wir waren das perfekte Rudel. Und eine einzige Hündin, diese verdammte *bitch*, hat all das zerstört.«

Plötzlich rutschte ihm die Pistole aus den Fingern. Sie glitt zwischen seinen Beinen durch, fiel unter den Sitz. Medium sah dabei zu und starrte elend auf seine Hand. Er schloss und öffnete seine Finger und jammerte, dass seine Hand zu schwach war, um eine Pistole zu halten.

»Wir müssen sie zurückholen. Müssen wir doch, oder?«, fragte Medium und richtete seinen Blick flehend auf Boiled.

»Wir, *wir Männer,* haben die Schönheit definiert. Wir haben den Kampf definiert, und sogar, was Weiblichkeit ist. Männer haben die Welt beherrscht. Der Teil der Männer, die gute Kämpfer waren. Und trotzdem hat eine Frau, eine kleine Hündin, das mit mir gemacht. Wir müssen unsere Ehre zurückholen. Ist doch so, oder? Ist doch so?«

Boiled sah weiterhin auf die Straße, doch dann nickte er plötzlich ganz leicht.

»Ja … wir müssen uns was zurückholen«, brummte er ganz tief.

Tränen stauten sich in Mediums Augen, dann brüllte er mit schrecklicher Stimme: »Ich bring sie um! Ich zerhacke sie, und ich teile sie unter *allen* auf! Jeder kriegt den Teil, den er wollte! Ich werde sie in Stücke reißen und ich werde die Kontrolle über jeden ihrer Teile haben!«

2

Balot war im Dunkeln. Niemand schien in ihrer Nähe. Ängstlich *tastete* sie umher und versuchte vorsichtig, zu entkommen. Sie hatte das Gefühl, als würde ihr etwas Schreckliches passieren, solange sie hier blieb.

Also kämpfte sie sich durch, bis sie schließlich einen anderen Menschen fand.

Doc.

Er sah Balot an und ging einen Schritt zurück.

»Halt!«

Arme und Beine zuckten nervös, sie griff nach seinem oft geflickten Arztkittel.

»Wo ist Œufcoque?«, fragte Balot.

Seine Zweifel standen ihm ins Gesicht geschrieben, er versuchte, sie wieder dahin zu schieben, wo sie hergekommen war. Als hätte sie kein Recht, ihm einfach hinterherzulaufen.

Dann war hinter dem Doc ein gequälter Schrei zu hören.

Ihr brach fast das Herz. Sie verstand, dass Œufcoque dort hinten in der Finsternis Höllenqualen litt.

»Bitte, ich möchte ihn nur sehen.«

Die Miene des Doktors wurde vorwurfsvoll.

Das machte Balot traurig, und deswegen sagte sie gereizt: »Ich möchte mich nur bei ihm entschuldigen. Ihm sagen, wie leid mir alles tut. Bitte.«

Doc Easter neigte seinen Kopf zur Seite. Als wolle er *Warum?* fragen. Alles an ihm schien sagen zu wollen, dass er es überhaupt nicht verstand, weshalb sie sich so an diese Maus klammerte.

»Er hat nicht gesagt, dass ich aus der Schale raus soll. Er hat nur versucht, mich an einen warmen Ort zu bringen. Œufcoque ist einer, der selbst ein so verfaultes Ei wie mich warm und sicher haben will.«

Wieder versuchte er, Balot zurückzustoßen, während Balot versuchte, seinen Händen zu entkommen.

»Es tut mir leid. Ich will mich entschuldigen. Es tut mir so leid. Ich will ihn sprechen hören. Bitte, lass ihn auf meine Hand. Dieses Mal halte ich mich an das Versprechen. Ich werde ihm nicht wehtun. Ich verspreche es.«

Ihre Schultern wurden heruntergedrückt, sie kämpfte dagegen an. Inmitten von Œufcoques gequälten Schreien hörte sie auch das Wort *Warum*.

»Ich will nicht mehr hier sein! Ich will da sein, wo er ist!«

Dann ließen die Hände des Docs sie plötzlich los. Er stellte sich in ihren Weg und sah Balot an wie ein Priester, der ihr die Beichte abnahm. Als wolle er Balot prüfen.

Warum will ich so unbedingt hier weg? Warum muss ich das tun? All diese Fragen kulminierten in der unendlichen Frage: Warum ich?

Und zusammen mit der Frage kehrte der Geschmack des Explosionsrauchs schmerzvoll und deutlich in ihren Mund zurück.

»Ich will nicht sterben!«

Balot stand in der Finsternis und schrie ihren Willen klar heraus.

»Ich will leben!«

Und in diesem Augenblick wachte sie auf.

Das Licht der Deckenlampe war so weiß, dass es ihr in den Augen wehtat. Der Geruch nach Desinfektionsmittel stieg ihr in die Nase. Plötzlich bemerkte sie die Anwesenheit eines anderen und drehte sich trotz ihrer Schmerzen um.

Da hinten war jemand, ein junger Mann.

Obwohl er einen intellektuellen Eindruck machte, war das Lächeln auf seinen Lippen irgendwie kindlich. Auf seiner weißen Stirn schimmerten blaue Adern durch die Haut. Unter seinen weichen Locken starrte er Balot unverwandt mit seinen wasserblauen Augen an.

Unerwartet griff der Junge nach ihrer Hand. Mit einem Reflex wollte sie seine Hand abschütteln, doch schon davor hatte er sie losgelassen. Als hätte er ihre Gefühle so schnell gelesen.

Er stand auf von dem Stuhl neben dem Bett und ging ein paar Schritte von ihr weg, mit einer Geste bedeutete er ihr, dass er etwas suchte.

Aber es gab hier nichts, was man hätte suchen können.

Der Raum war leer.

Bis auf das Bett, in dem Balot lag, und dem Stuhl, auf dem er gesessen hatte.

Die Möbel waren allesamt an der Wand fixiert. Es sah aus wie ein ziemlich teures Krankenhauszimmer, für das jemand eine Menge bezahlt hatte.

Balot sah kurz zur Tür rüber. Das Schloss war elektrisch, aber es war entriegelt. Wenn sie sich vor die Tür stellen würde und den Schalter berührte, öffnete sich die Tür sicherlich automatisch.

Wenn der junge Mann nichts tat.

Vielleicht fiel ihm auf, dass Balot vorsichtig und misstrauisch war, also hob er beide Hände hoch und schüttelte seinen

Kopf. Wie ein ausgelassenes Kind. Mit dieser Geste zeigte er ihr, dass er nur neugierig auf sie war.

Wie ein kleiner Junge, der von einem kleinen Mädchen, das gerade nach Hause zurückgekommen war, alles über ihre Ferien hören will.

Während sie vorsichtig seine Bewegungen erfasste, berührte sie das, was sie da anhatte. Ein Patientenkittel aus Isoliermaterial, so wie damals, als sie den Doc das erste Mal gesehen hatte. Gleiche Größe, gleiche Funktion.

Der Junge trug das Gleiche wie sie. Dann nahm er etwas aus seiner Hosentasche und warf es ihr zu. Es rollte neben ihr Knie. Dann zeigte er auf sein Ohr. Balot griff nach dem Earphone und steckte es sich ins rechte Ohr, während sie den Jungen weiter ansah.

#Hallo.#

Sagte das Earphone. Balot sah den Jungen überrascht an.

#Ich habe gehört, dass deine Snark-Manipulationsfähigkeit bei mehr als 80 % deiner Bewusstseinsschwelle liegt. Das ist cool. Darum dachte ich, es wäre besser, wenn wir uns so unterhalten.#

Er strich sich seine Locken aus dem Gesicht. Auf seiner Stirn war etwas, das in etwa aussah wie das Geweih eines jungen Hirschen. Er tippte mit einer Fingerspitze auf das Horn.

#Ich spreche hier durch. Ich kann damit auch hören. Darum brauche ich kein Earphone.#

Mit dem gleichen Finger zeigte er danach auf seinen Arm, der unter dem aufgekrempelten Ärmel zu sehen war, und strich über seine Haut.

#Du sprichst damit. Aber wegen deines hohen Manipulationswertes ist deine Fähigkeit zum Empfang nicht sehr weit entwickelt. Du kannst doch nicht mehr als elektronische Daten mit geringer Kapazität in audiovisuelle Wahrnehmung umwandeln, oder?#

Er lächelte und neigte dabei seinen Kopf fragend zur Seite. Balot nickte verwirrt.

#Ich kann sprechen, aber ich habe es vergessen. Genau wie atmen. Wenn ich sprechen muss, ermüdet mich das immer sehr schnell. Du kannst doch auch nicht sprechen, oder?#

Balot wollte schon wieder nicken, dann starrte sie plötzlich auf seinen Mund.

Sie konnte seinen Puls spüren und versuchte so, das Timing seiner Atmung zu messen.

#Hier ist das ›Paradies‹.#

Er drehte seine Hand um und zeigte auf ihre Umgebung.

#Früher war das hier mal ein strategisches Weltraum-Forschungsinstitut. Heute nennen es alle das Paradies. Ich verstehe, was das bedeutet. Es bedeutet, hier ist ein Ort der Harmonie und des Friedens.#

Balots Augen weiteten sich vor Erstaunen. Seine Worte hatten sie nicht besonders überrascht, eher die Tatsache, dass er die ganze Zeit nicht geatmet hatte.

#Mein Name ist Tweedledee.#

Sagte er.

#Herzlich willkommen am Geburtsort aller verbotenen Wissenschaften und Technologien – im Paradies. Du und ich, Rune Balot, wir sind gewissermaßen Bruder und Schwester.

Möchtest du etwas?#

Fragte Tweedledee sie freundlich. Er öffnete einen Teil der Wand und streckte seine Hand nach einer Tasse im Schrank aus.

#Möchtest du einen Kaffee? Mein Mund ist nur zum Schmecken und Genießen da.#

Balot konnte ihm gar nicht antworten. Sie wusste nicht, ob sie diesem Tweedledee vertrauen konnte, und sie hatte nicht die geringste Ahnung, wo sie eigentlich war. Und solange sie das nicht wusste, sollte sie sich am besten an denjenigen halten, der davon Ahnung hatte.

#Wo ist der Doc?#

Fragte Balot Tweedledee.

Mittlerweile fühlte sich das gar nicht mehr wie Snarken und Manipulation an, sondern eher, als würde sie die Worte zu ihrem Gesprächspartner übertragen. Tweedledees Hand mit der Tasse hielt still.

#Der Doc? Ah, du meinst Doktor Easter, oder? Der hat gerade viel zu tun.#

#Lass mich zu ihm.#

Als sie aufstehen wollte, durchfuhren zahllose Schmerzen ihren gesamten Körper. Alle Sehnen stachen und zerrten. Sie hatte Verbände um beide Handgelenke und an verschiedenen anderen Stellen!

Balot stellte ihre beiden Beine steif aus dem Bett heraus. Neben dem Bett standen Slipper. Mühevoll streckte sie ihre Hand nach ihnen aus.

#Prellungen, nicht wahr? Keine Abnormalitäten in den Knochen.#

Erklärte Tweedledee. Und es klang so, als fände er Balots Zustand sehr interessant.

#Es wäre besser, wenn du dich nicht bewegst. Wenn du keinen Kaffee magst, sag es doch einfach. Wir haben alles hier.#

#Lass mich zum Doc.#

#Was willst du denn von ihm?#

#Ich will es von ihm hören. Ob ich dir und diesem Ort trauen kann.#

Tweedledee dachte eine Weile darüber nach, als verstünde er nicht richtig, was Balot da gesagt hatte.

#Ich kann dir auch alles erklären.#

Aber dann hatte er endlich verstanden, dass Balot damit nicht einverstanden sein würde.

#Doktor Easter ist vermutlich gerade mit der Wartung von Œufcoque beschäftigt. Aber werden wir die anderen Ärzte nicht stören, wenn ich dich als Außenseiterin ins Labor bringe?#

#Aber hast du nicht gesagt, ich bin wie eine kleine Schwester für dich?#

Tweedledee versank wieder in seinen Gedanken. Er sah Balot dabei zu, wie sie in die Slipper schlüpfte.

#In der Tat.#

Sagte er und lächelte freundlich dazu.

Als Balot das Zimmer verließ, drang ihr strahlendes, grünes Licht in die Augen. Eine Veranda.

Eine Wand und die Decke des Flures waren aus Glas und Stahl. Hinter dem Glas wuchsen Bäume, zwischen ihnen konnte man sanft steigende Hügel erkennen.

Die Innenseite des dicken Hartglases war warm und angenehm. Das Sonnenlicht zeichnete die Schatten von Balot und Tweedledee scharf auf den Flur.

#*Die Menschen da draußen,* sind die alle so wie du?#

#Wie meinst du das?#

#Wie soll ich das nur sagen …?#

Wisperte Tweedledee amüsiert.

Sogar das Plappern ihrer Pantoffeln auf dem Boden klang angenehm und warm.

#Du bist wie Eva, die schon die Erkenntnis erlangt hat.#

#Eva?#

#Als Adam von Eva die Frucht der Erkenntnis bekam, vielleicht dachte er da das Gleiche wie ich jetzt. Dass jeder Widerstand sinnlos ist. Ganz gleich, ob sie recht hat oder nicht.#

#Wer bist du? Und warum bist du hier?#

#Als Kind hatte ich schwere motorische Störungen. Weil ich gestorben wäre, wenn ich normal aufgezogen worden wäre, haben meine Eltern mich dem Paradies für militärische Experimente *überlassen*.#

#Deine Eltern?#

#Eltern, deren Gesichter ich nicht ein einziges Mal gesehen habe.#

Antwortete Tweedledee leichthin, als ginge ihn das alles nichts an.

#Bei dem Experiment ging es darum, die Körperfunktionen wieder herzustellen. Ich kann meinen Körper erst bewegen, seit ich damals hergekommen bin. Seitdem lebe ich hier, die ganze Zeit. Alle drei Jahre darf ich einmal zusammen mit den Ärzten nach draußen, um Daten zu sammeln, aber nur hier finde ich meinen Frieden.#

Balot nickte. Hier konnte man ganz bestimmt seinen Frieden finden. Kaum ein anderer Mensch war zu sehen, alles war wie ein hermetisch abgeschlossener gläserner Vogelkäfig. Vollautomatische Staubsauger waren unten an der Wand arretiert, die Klimaanlage hielt die Temperatur und die Luftfeuchtigkeit stets auf dem gleichen Niveau. Keimfrei, staubfrei, glänzend sauber.

Sie war mit nackten Füßen in die Pantoffeln geschlüpft und trug nur den Patientenkittel über ihrer bloßen Haut, doch ihr war nicht kalt und sie fühlte sich auch nicht unsicher. Genauso wie damals, als sie so kurz nach dem Anfang dieses Falles im ehemaligen Leichenschauhaus wieder aufgestanden war.

Der Geburtsort aller verbotenen Wissenschaften und Technologien – das hatte Tweedledee gesagt. Also das Labor, in dem der Doc und Œufcoque gearbeitet hatten, bevor sie zu Zuständigen für Scramble-09-Fälle wurden. Balot hatte keine Ahnung, was sie hier eigentlich sollte.

#Hat der Doc dir das Horn angelegt?#

Fragte sie ihn, ohne genau zu wissen, was sie da eigentlich gefragt hatte.

Tweedledee blinzelte und schüttelte den Kopf.

#Aber nein! Es ist ganz von selbst gewachsen. Ein Effekt der Beschleunigungstechnologie auf meine körperliche Wahrnehmung.#

#Doc hat doch hier gearbeitet, oder?#

#Doktor Easter ist der jüngste Arzt hier. Alle anderen hier nennen ihn ›das schwarze Schaf‹.#

#Das schwarze Schaf?#

#Wenn jemand von selbst für alle stellvertretend alle Schuld auf sich nimmt, dann nennt man den ein schwarzes Schaf. Einige haben so die ganze Schuld auf sich geladen, aber Doktor Easter scheint auch da etwas ganz Besonderes zu sein.#

#Was macht ihn so besonders?#

#Er hat von allen Mitgliedern hier immer am stärksten befürwortet, dass die Technologien auch bei Zivilisten eingesetzt werden sollten. Darum hat er sich auch als Erster beworben, als einer der ›Drei Doktoren‹ damals Scramble-09 vorgeschlagen hatte. Obwohl ihn ein eventueller Fehlschlag sofort ins Gefängnis bringen wird. Ganz typisch für ein schwarzes Schaf.#

#Die Drei Doktoren?#

#Die Erschaffer des Paradieses, die ranghöchsten Mitglieder. Zwei von ihnen haben das Paradies verlassen, nur noch einer ist hier.#

#Und diese zwei haben Scramble 09 entwickelt?#

Fragte Balot und dachte gleichzeitig, dass sich ihr Gespräch in eine merkwürdige Richtung entwickelt hatte.

Obwohl sie so unerwartet die Geschichte und die Vergangenheit von dem erfuhr, was ihr letztlich das Leben gerettet hatte, machte es irgendwie nicht Bingo!

#Nein, nein. Einer von ihnen hat zwar Scramble-09 erfunden, aber der andere schlug einen anderen Weg ein, und er stellte sich gegen die Schließung des Labors.#

Sagte Tweedledee dann.

#Ein anderer Weg?#

#Er gründete dann die October Company.#

Balots Füße blieben plötzlich stehen.

#Was ist denn?#

Tweedledee sah sehr verwundert aus. Balot schüttelte ihren Kopf, fassungslos. Als hätte sie eben die ganze Wahrheit erfahren, als hätte sie den Grund gehört, warum sie getötet werden musste. Und warum man sie gerettet hatte.

Dann erinnerte sie sich wieder, was der Doc damals als Erstes zu ihr gesagt hatte. Die October Company war sein und Œufcoques Erzfeind, die Company hätte die Nützlichkeit, die man auch Wollust oder Vergnügen nannte, in die Stadt gebracht. Aber Balot wusste noch nicht, was sie mit diesen ganzen Fakten anfangen sollte.

#Ist Œufcoque auch ein schwarzes Schaf?#

#Er ist unser goldenes Ei. Alle anderen Ärzte im Paradies wollten ihn unbedingt haben.#

Erzählte Tweedledee und kicherte.

#Aber er wollte unbedingt raus, also konnten sie da nichts machen. Außerdem war der Entwickler von Scramble-09 auch der Vater von Œufcoque.

Als Œufcoque das Paradies verlassen wollte, konnte ihn niemand aufhalten. Aber dass er mal mit dem rostigen Revolver und dem schwarzen Schaf zusammenarbeiten würde, damit hatte keiner gerechnet, das sagen sie alle.#

Dabei sah er unvermittelt Balot an, und fügte dann noch etwas hinzu, als wäre es ihm gerade wieder eingefallen.

#Der verrostete Revolver, das ist der große Mann, den du auch kennst. Dimsdale Boiled.#

Als er den Namen sagte, hatte sie es endlich verstanden.

#Dir entgeht wirklich nichts, oder?#

Ihr tat immer noch alles weh, aber sie versuchte, ein bisschen mit der Schulter zu zucken.

Sie fühlte sich sicher bei diesem intelligenten und doch kindischen Jungen. Tweedledee schien jemand zu sein, der mit Kämpfen nichts zu tun hatte. Er schien aufgewachsen zu sein, ohne sich um das tägliche Auf und Ab des Lebens sorgen zu müssen, er wirkte großzügig, doch dabei nicht schmierig und schleimig.

Balot legte eine Hand an die Wand und schleppte sich vorwärts, ganz so, als zöge sie ihren ganzen Körper hinter sich her. An einigen Stellen waren ihre Muskeln entzündet, an ihren Handgelenken war es besonders schlimm. Trotzdem bot ihr Tweedledee nicht den Arm und passte sich auch nicht ihrem Tempo an. Er redete, wann es ihm gefiel, und er ging so schnell, wie es ihm gefiel. Aber er wirkte dabei nicht rücksichtslos. Manchmal blieb er stehen, um auf sie zu warten. Er sah dabei nicht aus, als würde ihn das stören.

Vermutlich hat er sich schon lange an so etwas gewöhnt, dachte Balot. Vermutlich hat er jeden Tag mit körperlich stark behinderten Menschen zu tun.

So wirkte er auf sie.

Als sie so darüber nachdachte, kamen plötzlich drei Menschen um die Ecke des Flures.

Die drei waren sehr alt. Ein Mann mit einem schwarzen Hut, einer in einem elektrischen Rollstuhl und eine Dame mit einer Sonnenbrille. Sie kamen näher und plauderten fröhlich. Der Mann mit dem schwarzen Hut entdeckte die beiden zuerst und blieb stehen.

»Oh, Tweedledee, führst du das junge Fräulein spazieren?«

#Hmhm, ich begleite sie.#

Erklärte er. Die Alten hatten alle ein Hörgerät in ihrem Ohr. Tweedledee snarkte die Geräte und sagte so, was er sagen wollte.

Der Mann richtete seinen Blick auf Balot, nahm seinen Hut ab und grüßte sie. Auf seinem unbedeckten Kopf waren unzählige Konnektorkabel implantiert, man konnte kaum seine Kopfhaut sehen. Es wirkte fast wie das zweite Haar.

»Sie ist doch die neue Testaspirantin, oder, Tweedledee?«

#Nicht ganz. Sie ist Doktor Easters Auftraggeberin.#

»Auftraggeberin? Sie kommt von draußen?«, antwortete der Mann verwirrt.

»In Doktor Easters Labor fließt wieder Strom. Ist er zurückgekommen? Ist er allein für die Testperson zuständig? Ohne ihren Codenamen veröffentlichen zu müssen?«

#Ihr Name ist Balot. Rune Balot.#

»Ein solcher Codename ist aber gar nicht eingetragen«, antwortete der Mann. Neben ihm stand die alte Dame, hinter ihrer Sonnenbrille leuchtete ein weißblaues Licht.

»Ihre Stoffwechselfasern scheinen in einem sehr guten Zustand zu sein. Wunderschöne Haut. Wurde ihre Bewusstseinsschwelle schon gemessen?«

#Mehr als achtzig Prozent.#

»Ganz erstaunlich.«

Augen und Ohren der alten Frau waren maschinisiert, ihre Stimme klang ebenfalls nach einer elektronischen Stimme, wenn auch vergleichsweise realistisch.

Der Mann mit dem Rollstuhl fuhr los und lenkte sein Gefährt an Balots Seite. »Ist es eine Nebenwirkung der Lightight, dass sie nicht richtig geradeaus gehen kann?«, fragte er.

Balot schüttelte den Kopf. Was hätte sie denn da antworten sollen?

»Pod 3 wäre noch offen. Sie sollte etwas in der Lösungskammer schwimmen. Wurden ihre Daten noch nicht zur Verfügung gestellt? Vielleicht verschwindet ihr Muskelpuls ja in der Beschleunigung der Sinneswahrnehmung.«

#Sie hat etwas mit Doktor Easter zu besprechen.#

Der Mann im Rollstuhl sah bei Tweedledees Worten plötzlich verbittert aus.

»Gibt es einen Grund, aus dem er ihre Daten nur für sich behält?«

#Weil sie eine Zivilistin ist, das hat Doktor Easter zumindest gesagt.#

Alle wichen vor ihr zurück, als wäre das Wort »Zivilistin« ein Zauberspruch gewesen.

»Aber wir können doch Daten sammeln, wenn sie dem Ziel dienen?«, sagte er zu Tweedledee in einem Ton, als wolle er ihn noch einmal daran erinnern.

Balot fühlte, wie gleichzeitig mit einer gewissen Verwirrung auch ein Unbehagen in ihr aufstieg.

#Wir haben es leider eilig. Von so komplizierten Dingen verstehen wir nichts.#

Erklärte Tweedledee, ganz so, als hätte er wieder schnell ihre Gedanken gelesen und verstanden.

»Ich werde eine gemeinsame Nutzung ihrer Daten beantragen. Bitte achte darauf, dass du bis dahin deinen Biorhythmus nicht veränderst«, sagte der hochgewachsene Mann, nachdem er seinen Hut wieder aufgesetzt hatte. Die Dame verabschiedete sich und sagte zu Balot: »Einen schönen Tag dann noch, Fräulein. Zu gern würde ich meinen Tee einmal mit jemandem mit so hohen Werten nehmen. Tweedledee, du kommst doch bestimmt auch?«

#Ich lasse mir das durch den Kopf gehen.#

Die Dame lachte. Danach plauderten die drei weiter und entfernten sich wieder.

#Mit ihnen Tee zu trinken dauert Stunden. Wegen der Untersuchungen schüttet sie immer viele Medikamente in den Tee. Danach geht es immer um Registrierungen und die Untersuchung des Biorhythmusindikators.#

Balot dachte darüber nach, was die drei vom Doc unterschied, während die drei Alten sich auf dem Flur von ihnen entfernten und sie ihnen auf den Rücken sah.

Sie sahen nicht aus wie schlechte Menschen. Trotzdem glaubte sie nicht, dass sie Freunde werden würden.

#Der Doc versucht, meine Stimme zu rekonstruieren. Dabei habe ich kein Wort darüber gesagt.#

#Hm?#

#Ich glaube nicht, dass sie das für mich tun würden.#

Tweedledee zuckte die Schultern, als wollte er damit sagen ›Ja, und?‹

Aber für sie machte das einen großen Unterschied. Es war seltsam, trotzdem konnte sie mittlerweile irgendwie verstehen, warum der Doc und Œufcoque diese Anlage verlassen hatten.

Vor der hermetisch verriegelten Tür drehte sich Tweedledee um.

#Ist es wirklich so wichtig, dass du mit Doktor Easter sprichst?#

#Œufcoque ist doch auch da?#

Ganz plötzlich sah er sie an und hatte es verstanden.

#Du wolltest die ganze Zeit zu Œufcoque.#

Tweedledee betrachtete das Interphone der Tür.

#Aber er ist mitten in den Wartungsarbeiten. Eine Hälfte seines Körpers fehlt. Ob er überhaupt sprechen kann?#

Bei diesen Worten fühlte Balot, wie ihr etwas das Herz durchbohrte.

Tweedledee snarkte und die Anzeige der Sprechanlage blinkte.

»Was ist denn? Tweedledee?«

#Rune Balot ist aufgestanden.#

»Balot?«

Etwas knirschte hinter der Sprechanlage, und die Tür öffnete sich seitwärts.

»Ich hatte dir doch gesagt, du sollst mich holen, wenn Balot wieder zu sich kommt, Tweedledee.«

Der Doc erschien hinter der Tür und klang ziemlich überrascht.

#Ich dachte, es geht bestimmt schneller, wenn ich sie gleich herbringe.#

Sagte Tweedledee durch das gesnarkte Interphone.

»Sie ist eine Zivilistin. Eigentlich brauche ich schon eine Genehmigung für sie, wenn sie nur über den Flur geht«, seufzte Doc Easter und schob seine Brille mit einem Finger hoch. Graphiken und Zahlenfolgen auf seinem Brillenmonitor verschwanden augenblicklich, seine blauen Augen sahen Balot unverwandt an.

»Warum wir hier sind, erkläre ich dir später. Jetzt möchte ich, dass du dich noch ein bisschen ausruhst.«

Balot begegnete dem Blick des Docs.

#Œufcoque, wo ist er?#

Der Doc antwortete nicht sofort. »Im Moment ist er gerade in Behandlung. Mach dir keine Sorgen um ihn«, sagte er und stellte sich ihr in den Weg.

»Ganz genauso, wie du nicht gern nackt gesehen werden willst, will er von dir in diesem Zustand nicht gesehen werden. Außerdem steht er noch unter Schock, der arme Kerl. Ich weiß nicht, warum … Macht es dir was aus, ihn für den Moment in Ruhe zu lassen?«

Als Balot das hörte, wurde ihr schwarz vor Augen, so traurig machte sie das. Aber war es nicht Œufcoque selbst gewesen, der ihr beigebracht hatte, dass sie nicht einfach so traurig bleiben sollte?

#Œufcoque hat gesagt, wir wären Partner.#

»Gut und schön, aber …«

#Ich will mich entschuldigen. Ich will ihm doch nur sagen, dass es mir leidtut.#

Der Doc wandte verlegen seinen Blick ab und machte einen Schritt zur Seite.

»Bitte.«

Noch während er sprach, ging sie an seiner Schulter vorbei. Sie hatte die Bewegung des Docs perfekt vorhergesehen.

»Hey? Balot?«, rief der Doc und streckte ganz verblüfft seine Hand nach ihr aus, doch sie wich ihm aus, ohne dass er sie berührte.

Tweedledee war davon ziemlich beeindruckt.

#Dabei konnte sie nicht mal richtig laufen.#

Tweedledees Stimme war voller Bewunderung, als hätte er

gerade einem fantastischen Tanz zugesehen, dann zupfte er Doc Easter am Ärmel.

#Ist doch okay, oder? Sie will nur mal kurz hallo sagen.#

Doc Easter wollte etwas sagen, entschied sich dann aber doch dafür, weiterhin zu schweigen.

Balot ging weiter, bis zur Mitte des Raumes.

In der Mitte des Labors mit den vielen nebeneinander stehenden Geräten und Maschinen stand ein zylinderförmiges Aquarium, ungefähr so breit wie Balots Schultern. In der Flüssigkeit schwebte etwas, was sie noch nie gesehen hatte. Bis jetzt.

Auf den ersten Blick erkannte sie Œufcoque nicht, hatte aber trotzdem das Gefühl, dass er es sein musste.

In dem Aquarium trafen sich Fleisch und Stahl in einer Spirale, in der Mitte schwamm etwas Hellrotes und Frisches, wie ein Embryo. Und von dort aus wuchsen Stahl und Fleisch.

Schlagartig wurde ihr klar, dass diese Form Œufcoques *invertierter* Körper war. Er pulsierte ruhig und lebte mit seinem heißen, roten Blut in der transparenten Flüssigkeit.

Balot berührte den Tank. Sie lehnte ihre Stirn dagegen, schloss die Augen, als wolle sie beten.

Der Klumpen aus Stahl und Fleisch bebte. Offensichtlich hatte er bemerkt, dass Balot da war. Er morphte an einigen Stellen und konzentrierte sich vor Balot.

Balots Stirn lehnte noch immer am Aquarium. Sie schüttelte den Kopf.

Der Doc sah Tweedledee an: »Reden die zwei?«

Tweedledee zuckte die Schultern.

#Er hat gesagt: ›Ich habe dich in Gefahr gebracht, weil ich so unzuverlässig war. Bitte verzeih mir.‹#

Doc Easter nickte. »Und sonst?«

#Ich liebe dich.#

»Das hat Œufcoque gesagt?!«

#Nein, sie.#

Korrigierte sich Tweedledee verblüfft.

Dann küsste Balot den Tank. Ganz sanft, ganz vorsichtig.

Schließlich trennte sie sich wieder von dem Aquarium und kehrte zum Doc zurück.

#Er sagt, er will noch schlafen.#

Balot zog die Augenbrauen zusammen.

#Geht es ihm gut?#

Fragte sie und zog eine Grimasse, um nicht sofort in Tränen auszubrechen.

»Das ist meine Arbeit.«, sagte der Doc und sah sehr ernst aus, als er seine Brille hochschob. Tweedledee zupfte ihn erneut am Arm.

#Darf ich sie zum Pool bringen? Das wolltest du doch sowieso, oder?#

Doc Easter machte ein fragendes Gesicht. »*Das* wollte ich aber erst machen, nachdem ich Balot noch so einiges erklärt hatte. Sie wird diesen Ort hier bald wieder verlassen. Zusammen mit uns.«

#Ich soll Eva nicht aus Versehen den Apfel der Erkenntnis reichen. Ja ja, ich weiß. Eva wird den Apfel nicht von selbst essen, wenn niemand sie dazu verführt.#

3

#Ich atme nie.#

Erklärte Tweedledee. Wie ein kleiner Junge, der in der Schule mit seinem Haus angibt.

#Die Ärzte sagen, das Thema meiner Existenz sei es, ein vollkommenes Individuum zu sein.#

#Ein vollkommenes Individuum?#

#Weil ich unabhängig von meiner Umgebung leben kann. Mein Inneres ist härter als meine Schale, wie bei einem hartgekochten Ei, *hard boiled*.#

Balot dachte darüber nach, was seine Worte bedeuteten, während sie mit den Slippern über den Boden klackte und klapperte.

Überall in dieser Anlage war alles mit Glaswänden abgetrennt. Der ganze Hügel war unter einer gigantischen Kiste aus Glas, Stahl und Beton vollständig eingeschlossen.

Tweedledee erklärte ihr lächelnd das Gebäude und erzählte ihr von sich selbst. Balot fühlte sich, als wäre sie neu in seiner Schule und er führte sie jetzt ein wenig herum, um ihr alles zu zeigen. Als wäre hier der Platz, an dem sie bleiben sollte, an dem sie von Anfang an hätte sein sollen.

#Ich atme nicht. Und ich esse nur selten. Nur das Licht. Und nicht mal das brauche ich unbedingt.#

#Du isst nichts?#

Auch das hatte sie überrascht. Ihre Reaktion schien Tweedledee zu amüsieren.

#Ich tausche regelmäßig meine gesamte Körperflüssigkeit aus. Das Problem ist dabei der einfache Austausch.#

#Kannst du schmecken?#

#Das kann ich. Ich könnte auch hungrig sein, wenn mir danach wäre. Ich müsste mich dazu in mein *Inneres einmischen*. Aber meistens fühle ich gar nichts. Vorhin wollte ich nach langer Zeit wieder einmal Kaffee schmecken, um mich daran zu erinnern, wie es ist, durstig zu sein, aber du sahst nicht so aus, als hättest du Lust dazu.#

#Entschuldige.#

Diese Entschuldigung war ihr nicht ernst. Allerdings wusste sie nicht, was sie sonst hätte sagen sollen.

#Ach was. Ich muss eigentlich gar keinen Kaffee trinken. Ich habe eine Menge kleiner Hardwareteile in meinem Kopf. Wenn ich wollte, könnte ich jederzeit *fühlen*, wie etwas schmeckt oder riecht.#

#Du hast so eine Art Bibliothek in deinem Kopf?#

Tweedledee schaute sie einen Moment lang komisch an. Dann nickte er plötzlich. Balot verstand, dass er in diesem Augenblick etwas im *Lexikon in seinem Kopf nachgeschlagen hatte*. Was das Wort Bibliothek bedeutete.

#Richtig. Ich habe viele Bücher und Lexika in meinem Kopf. Ich kann auch Videos und Töne wiedergeben. Und jeden anderen Reiz, den Menschen mit ihren fünf Sinnen wahrnehmen können. Aber ich habe nicht viel *gespeichert*. Snarken scheint für mich besser geeignet zu sein. Manche lassen sich aber so viele Speichermedien einbauen, dass die Implantate schwerer sind als das eigene Gehirn – möchtest du das vielleicht mal ausprobieren, dir etwas einbauen zu lassen?#

#Wenn ich eine Bibliothek brauche, dann gehe ich hin.#

#Ich fänd's schön, wenn du auch so werden würdest wie wir.#

#Ich weiß nicht. Ich verstehe immer noch nicht, was ihr seid.#

#Vollkommene Individuen.#

Erklärte Tweedledee noch einmal.

Schon bald endete der Flur in einer Sackgasse. Die Tür war mit einem starken elektrischen Schloss verriegelt. Um sie zu öffnen, musste Tweedledee seine Netzhaut scannen und einen Fingerabdruck hinterlassen.

#Willkommen im inneren Garten des Paradieses.#

Sagte Tweedledee, als die dicke Tür zur Seite hin aufglitt.

Vor Balot erstreckte sich ein gewaltiger tropischer Wald, der den gesamten Raum einnahm. Ihr gesamtes Blickfeld war erfüllt von farbenprächtigen Blumen und Früchten. Als sie nach oben sah, konnte sie mit ihren Sinnen fühlen, dass oben an der Decke über den hohen Bäumen Lampen aufgereiht waren. Das Sonnenlicht wirkte so echt, und die Luft roch angenehm und aromatisch. Eine feuchtwarme Brise umschmeichelte ihre Wangen und ihren Kittel.

#Wunderschön.#

Sagte Balot. Und sie meinte das ganz ehrlich. Sie war beinahe ernsthaft ergriffen.

#Das ist ein guter Ort.#

Erwiderte Tweedledee stolz und snarkte die Tür, bis sie sich wieder dicht hinter ihnen schloss.

Ein kleiner Weg aus Plastik teilte die Gräser. Tweedledee ging darauf zu, dann verschwand er zwischen den Bäumen. Balot eilte ihm hinterher.

Überall waren offene Flächen, kleine Lichtungen. Es sah aus wie einer dieser Naturschutzgebiet-Dschungel, die sie im Fernsehen oder in einer Zeitschrift gesehen hatte. Mit dem Unterschied, dass auf diesen Lichtungen große Sonnenschirme standen, darunter Tische, Stühle und manchmal komplizierte Maschinen.

Da waren auch wieder die drei Alten von vorhin. Der Mann

mit dem Hut und die alte Dame mit der Sonnenbrille saßen auf etwas, das aussah wie ein bequemer Liegestuhl. Sie schienen hitzig etwas gemeinsam mit dem Mann im Rollstuhl zu diskutieren.

Schon bald verlor Balot sie aus den Augen, als sie Tweedledee weiter ins Innere folgte. Dieser Raum war wirklich gigantisch. Er war vollkommen abgeschlossen, und doch war es sehr anstrengend, das nicht zu vergessen.

Plötzlich fiel Balot auf, dass der Weg nach unten führte.

Wahrscheinlich führte der Weg in ein Untergeschoss. Aber es fühlte sich nicht an wie ein typischer muffiger Keller, sondern wie ein schöner, fruchtbarer Park.

Überall sah sie Menschen im Schatten der Bäume liegen, die das Gleiche anhatten wie Tweedledee und Balot. Sie alle hatten außergewöhnlich weiße Haut, manche von ihnen saßen in einem Rollstuhl. Sie saßen einfach da und richteten ihren Blick friedlich in die Luft.

Sie konnte fühlen, wie sich etwas zwischen ihnen hin und her bewegte, und sie merkte, dass sie miteinander sprachen.

Es war eine seltsame Szene. Alle hatten ihre Augen nur halb geöffnet, sie blinzelten kaum, erfassten sich permanent gegenseitig und kommunizierten miteinander.

#Die hier bewegen sich nicht mehr.#

Hatte Tweedledee erklärt.

#So wie ich vergessen habe, zu atmen, haben sie vergessen, wie man sich bewegt. Die unter ihnen, die glauben, dass Bewegung irgendwie notwendig sei, setzen sich auf einen Fahrstuhl und rollen.#

#Warum gehen sie denn nicht zu Fuß?#

#Wenn sie wollten, könnten sie das. Aber es ist *nicht nötig*.#

#Aber warum gehst du dann?#

#Ich habe eine andere Motivation, sagen die Ärzte. Als ich geboren wurde, konnte ich mich nicht bewegen, darum bewege ich mich gern. Aber vielleicht vergesse ich ja auch eines Tages, mich zu bewegen.#

#Gibt es sonst niemanden hier, der auch geht?#

#Doch, doch. Soll ich ihn dir vorstellen?#

#Du reichst mir völlig.#

Erklärte sie, ohne es wirklich nett zu meinen, aber Tweedledee schien sich trotzdem zu freuen.

#Dann stelle ich dir jemanden vor. Meinen Lover.#

#Deinen Lover?#

#Ja. Ich nenne es so. Wir nennen uns so. Weil es so am besten passt. Wenn wir zusammen sind, fühlen wir uns absolut zufrieden und friedlich, ganz *sweetheart*.#

Tweedledee beschleunigte seinen Schritt etwas. Balot hatte Mühe, ihn einzuholen. Es war merkwürdig, aber sie hatte gar nicht geschwitzt. Es fühlte sich an, als kühle sie der Wind ganz sanft. Die ganze Atmosphäre war dazu da, um Menschen friedlich zu machen. So friedlich, bis sie sich nicht mehr bewegen wollten.

#Kannst du schwimmen?#

Fragte Tweedledee.

Als Balot nickte, sprach er weiter: #Schwimmen wir doch zusammen, ja? Das soll gut für die Muskeln sein, damit sie wieder richtig heilen.#

Schon bald verstand sie, warum er das gesagt hatte.

In einer baumlosen Lichtung war ein großer Pool. Das Grün wurde von einem herrlichen Rechteck aufgeschnitten. Der Pool war so groß, dass man die andere Seite nicht sofort sehen konnte, außerdem schien er sehr tief zu sein.

Niemand schien im Pool zu sein, aber Affen und kleine Tiere, die wie Ratten aussahen und Balot unbekannt waren, spielten und schwammen im Wasser oder spritzten und planschten einfach herum.

Balot kniete sich hin und streckte ihre Hand versuchsweise ins Wasser; dabei entstanden kleine Wellen. Dann verstand sie, dass das Wasser zirkuliert wurde, damit es immer sauber blieb.

Unvermittelt veränderten sich die kleinen Wellen. In der nächsten Sekunde sprang etwas Glattes, Blaues aus dem Wasser und schoss durch die Luft, das Licht glitzerte darauf. Balot wurde bis auf die Haut durchnässt und beobachtete, wie das Tier, das gerade gesprungen war, seine Nase vorstreckte.

#Wer ist das denn, Tweedledee? Ich hab die hier noch nie gesehen. Hast du sie hierhergebracht?#

Sie konnte *seine* Stimme im Earphone hören. Balot war erstaunt.

#Hab ich. Sie heißt Rune Balot.#

Tweedledee sprang anmutig in den Pool.

Irgendwann hatte er seine Kleidung ausgezogen und war völlig nackt. Wieder spritzte das Wasser hoch auf und durchnässte die verwirrte Balot noch mehr.

Tweedledee schwamm einfach los, umarmte den Delfin und küsste ihn auf den Kopf.

#Sie ist Œufcoques Lover. Ich habe sie hierhergebracht, um euch einander vorzustellen.#

Erklärte Tweedledee. Balot hätte nie gedacht, dass man sie jemals so vorstellen würde.

#Hallo, Kleines. Ich bin Tweedledum.#

Sagte das Tier. Sehr offen und direkt.

#Mein Name klingt so ähnlich wie seiner, aber ich bin das Original. Immerhin ist ein Teil meiner Gehirnzellen in ihn implantiert worden.#

Er reckte sich etwas aus dem Wasser und pikste Balots Knie mit seiner spitzen Nase.

#Willst du auf meinem Rücken reiten, Kleines? Das wird dich echt *heiß machen*.#

Balot war ein wenig überrascht. Schließlich war es das erste Mal, dass sie von einem Delfin sexuell belästigt wurde.

#Ich bin das Original. Du hast auch einen Teil meines Gehirns implantiert bekommen. Und du hast auf der Basis meines Sprachzentrums sprechen gelernt, nicht wahr?#

#Was redest du denn da? Du hast doch echt keine Ahnung. Du kannst doch nur wegen meinem Motorikzentrum wackeln. Nur wegen mir kannst du gehen.#

Sagte Tweedledum auf diese Anklage von Tweedledee.

#Und nur wegen mir kannst *du* sprechen.#

Dann sahen beide Balot an. Als ob sie fragen wollten: ›Und, was meinst du?‹

Balots Kopf fühlte sich an, als wäre sie wahnsinnig geworden. Das fühlte sich *gar nicht mal so schlecht* an. Nicht zuletzt, weil Tweedledee wohl der einzige Mensch auf der ganzen Welt war, der sie als Œufcoques Freundin vorstellen würde.

#Ist Tweedledum ein Mädchen?#

Fragte sie.

Tweedledum spritzte Wasser aus dem Atemloch auf dem Kopf und antwortete: #Du als Mensch solltest dich nicht an so enge Konzepte halten. Ich bin zwar ein Männchen, aber ich bin auch sein Bruder, sein Geliebter und sein schwuler Lover. *Und wir machen alles, was man so macht*.#

Er hörte sich ziemlich stolz an, aber sie war sich nicht sicher, was sie ihm davon glauben konnte und was er überhaupt ernst meinte.

#Was ist mit deinen Augen?#

Fragte sie ihn dann. Von seiner Stirn bis zu seinen Wangen waren Metallplättchen an ihm befestigt. Das Ding sah aus wie eine große verspiegelte Sonnenbrille.

#Cool, oder? Willst du die auch mal aufsetzen?#

Fragte Tweedledum. Tweedledee zuckte nur mit den Schultern und beantwortete ihre Frage.

#Sie unterstützt den Online-Zugang. Ersetzt auch seine Augen, aber von Natur aus ist er auf das Sehen nicht besonders angewiesen.#

#Zugang?#

#Der Pool hier ist das Terminal.#

#Was meinst du damit?#

#Komm ins Wasser. Wenn du schwimmst, wirst du es verstehen.#

So waren *die beiden* eben. Balot überlegte noch einen Moment und setzte sich vorsichtig an den Beckenrand. Sie ließ beide Beine ins Wasser gleiten und fühlte, wie die Überzeugung wuchs, dass sie nicht ertrinken würde.

Schließlich ließ sie sich ganz ins Wasser rutschen, ganz wie die zwei sie dazu aufgefordert hatten.

Das Wasser war klar. Transparent und sanft. Es war ein wenig zu kühl, aber sie konnte fühlen, wie ihre entzündeten Sehnen sich lockerten.

Sie tauchte einmal bis zum Scheitel unter und ließ sich langsam nach oben treiben. Entspannt streckte sie ihren Kopf aus dem Wasser. Tweedledee beobachtete verwundert, wie Balot erleichtert aufatmete.

#Du solltest dich besser ausziehen, die Ärzte meckern immer, wenn du die Kleider nass machst.#

#Ist mir egal. Ich ziehe mich aus, wenn es mir passt.#

Unter ihr tauchte unerwartet Tweedledum auf und hob ihren Körper hoch. Es war das erste Mal, dass sie auf einem Delfin saß. Sie schwebte weich und sanft dahin, ihr Körper glitt durch das Wasser, als liefe sie über die Oberfläche. Ganz unbewusst fing sie an zu lächeln. Hätte sie eine Stimme gehabt, hätte sie mit Sicherheit laut aufgelacht.

#Halt dich gut fest! Ich zeige dir, wie dieser Pool wirklich aussieht.#

Tweedledum kicherte.

#Willkommen *im anderen Meer*.#

Noch konnte sie sich nicht vorstellen, wie das hier ihren Fall auf das nächste Level bringen würde. Hastig machte sie ihren Mund zu. Tweedledum tauchte mit Schwung ins Wasser ein. Tweedledee schwamm neben ihnen wie ein Fisch.

Sie konnte ihn unter Wasser mit ihren eigenen Augen sehen. Doch mit ihren Augen erfasste sie nur einen Teil, ihr ganzer Körper erspürte die Struktur des Pools. Es war wirklich ein Terminal. Auf dem Boden und an den Wänden wucherten Kommunikationsgeräte. Dahinter hatte sich etwas ausgebreitet, das riesig war und tiefgründig. Balot begriff, dass sie sich im wahrsten Sinne des Wortes am Eingang eines ganzen Meeres elektronischer Daten befand.

#Lass mich hoch!#

Sagte sie hastig. Sie konnte die Luft nicht länger anhalten.

#Ich bringe dich sanft ans Ziel.#

Tweedledum lachte und tauchte wieder auf. Er tauchte nicht abrupt auf, sondern wie versprochen ganz sanft, er nahm wirklich Rücksicht auf sie.

Oben an der Wasseroberfläche atmete sie tief ein und strich sich das nasse Haar zurück.

#Das ist entsetzlich groß.#

Erklärte sie, und das war auch ihre Meinung zum ganzen Pool.

Tweedledum prustete wieder aus seinem Atemloch und erzählte ihr ein paar Fakten.

#Der Pool basiert auf der Hypothese eines Raumschiffs, dessen *Inneres ganz mit einer Flüssigkeit gefüllt ist.* Das hier ist der Kommunikationskern, du kannst dich hier mit so gut wie jedem Computer auf der Welt verbinden. Wenn du eine Genehmigung hast, kannst du *schwimmen,* wohin du willst.#

Tweedledee schwamm auf dem Rücken und glitt auf die Oberfläche.

#Aber seit mehr als zehn Jahren hat niemand mehr eine Genehmigung dazu bekommen.#

#Was denn, das Eintauchen in die Database des Paradieses steht jedem frei zur Verfügung. Da gibt's ziemlich interessante Sachen. Willst du noch mal tauchen?#

#Jetzt nicht. Ich kann die Luft nicht so lange anhalten.#

Balot rutschte rückwärts von Tweedledum ab, indem sie sich von seinem Rücken abstieß.

Als sie allein schwimmen wollte, klebte sich der nasse Kittel an ihren Körper. Sie versuchte, das Ding unter Wasser auszuziehen, und drehte sich im Kreis. Dann sprudelte plötzlich die Luft aus ihrem Mund, sie verlor fast das Earphone. Hektisch hielt sie es fest. Dann presste sich Tweedledum an ihren Körper und schob sie wieder nach oben zur Wasseroberfläche und rettete sie. Balot riss sich den Kittel vom Körper, Tweedledee hob ihn auf und breitete ihn ordentlich zum Trocknen am Beckenrand aus.

Sie hatte keine Unterwäsche an. Sie war jetzt nackt und planschte im Wasser. Sie konnte fühlen, wie sich die Schmerzen in ihrem Körper auflösten. Sie war nicht unsicher und es war ihr auch nicht peinlich. Die beiden anderen versuchten nicht, sie zu berühren. Anscheinend hatten sie kein Interesse an ihrem Körper.

Tweedledum klinkte sich häufig in die Datenbank ein, jedes Mal, wenn er irgendwelche Informationen bekommen hatte, zwinkerte er Tweedledee zu, dann lachten und flirteten sie.

Tweedledum und Tweedledee hatten beide an verschiedenen Stellen ihres Körpers Schlitze oder Löcher. Aus ihren Flanken und der Brust ragten Plastik- oder Metallteile, deren Funktion sie nicht begriff. Ihre Körper sahen zerschnitten aus. Trotzdem sahen sie nicht so aus, als wäre ihnen das unangenehm oder als schämten sie sich dafür. Während sie beobachtete, wie die beiden herumalberten, dachte sie über Tweedledees Worte nach.

Über ein vollkommenes Individuum, das in einem Meer von Daten schwimmt. Eine Welt, so vollkommen wie ein Ei. Der hermetisch abgeriegelte Dschungel sollte etwas draußen halten, aber sie hatte keine Ahnung, was.

Tweedledees und Tweedledums Lachen hallte durch den Dschungel. Ein großherziges Lachen, aufgewachsen, ohne jemals eine Gefahr von Außen zu spüren oder zu erfahren, wie man von Innen her verdirbt.

Ruhe und Frieden, ein Leben so *sunny side up* – so ohne Widersprüche und so friedlich, dass man sich gar nicht mehr bewegen will.

Sie wusste nicht, ob sie die Menschen hier beneiden oder hassen sollte.

Ganz plötzlich wollte sie mit dem Doc oder mit Œufcoque reden.

Sie wollte, dass sie ihr sagten, was sie machen solle.

Jetzt konnten sie das aber nicht, also musste Balot jetzt selber darüber nachdenken, was sie machen sollte.

Während sie schwamm, versuchte sie so zu denken, wie der Doc oder Œufcoque wohl dachten.

Der Doc und Œufcoque drehten immer an verschiedenen Ideensträngen vor ihrem nächsten Zug. Ruhig dachte sie darüber nach, was sie mit diesem Ideenseil heranziehen wollte. Es war ein Wettbewerb, ein Wettkampf. Shell war am Ende des Seiles. Shell versuchte, etwas zu beschützen, und so hatten Boiled und diese Gangster das Seil für ihn zurückgezogen.

Dann fiel ihr ein, dass sie eigentlich etwas suchte.

Sie schwamm schnell und berührte Tweedledums Rücken.

#Kannst du jemanden darum bitten, dass ich den Pool benutzen darf?#

Tweedledee sah ein wenig erschrocken aus.

#Will Eva am Ende selbst die Frucht der Erkenntnis essen?#

In diesem Moment erinnerte sich Balot auch wieder an die Bemerkung des Docs, dass er das vorhätte, aber erst, wenn er ihr so das ein oder andere erklärt habe. Vermutlich ging es dabei um dieses Terminal. Und sie hatte schnell begriffen, wofür man es benutzte.

#Wonach willst du suchen?#

Fragte Tweedledee nervös.

#Die Vergangenheit eines Mannes ist irgendwo versteckt. Ich will wissen, wo.#

#Die Vergangenheit? Wessen Vergangenheit?#

#Shell Septinos. Er gehört zur October Company.#

Tweedledee und Tweedledum sahen sich beide an.

#Was jetzt?#

#Da musst du wohl den Professor holen gehen, Tweedledee. Wenn ich hier eigenmächtig eine Leitung nach außen aufmache, werde ich am Ende abgeschafft, und darauf hab ich keine Lust.#

#Du hast recht.#

Sagte Tweedledee, stellte eine Hand auf dem Rand des Pools ab und sprang kraftvoll aus dem Becken. Während er das Wasser abschüttelte, seine Hose aufhob und anzog, erklärte er ihr dies und jenes.

#Bitte warte hier. Dann stelle ich dir den Gott dieses Paradieses vor.#

Damit ließ er Balot stehen, wo sie war, und eilte aus dem Wald.

Während sie auf Tweedledee wartete, schwamm sie mit Tweedledum. Sie planschte im Wasser, und die Salbenumschläge fielen von ihr ab, auch die Verbände an ihren Handgelenken lösten sich. Die Stofffetzen trieben für eine Weile im Wasser, dann saugte eine Art Müllschlucker am Beckenrand sie ein und sie waren verschwunden.

Ein wirklich gut durchdachter Pool. Das Wasser hatte immer die gleiche Temperatur und es war immer sauber.

#Was meint er denn mit ›der Gott dieses Paradieses‹?#

#Der ist genauso jähzornig wie der Gott des Paradieses.#

Danach hörte sie ihn lachen. Es dröhnte durch das Earphone, und es fühlte sich so an, als gelänge es über ihre Manipulierfähigkeit direkt in ihr Gehirn und ihre Sinne. Fast wie Telepathie. Es war gleich, ob sie über oder unter Wasser waren.

#Er ist der oberste Administrator aller *von Gott geschaffenen Lebewesen* im Paradies. Vielleicht ist es einfacher zu verstehen, wenn ich ›einer der Drei Doktoren‹ sage?#

#Ich habe nur gehört, dass die ›Drei Doktoren‹ hier alles erschaffen haben. Mehr weiß ich aber nicht.#

#Dann wirst du bald mehr darüber wissen.#

Antwortete Tweedledum schlicht und tauchte unter Balot ab. Er hob sie hoch, und sein Kopf kam direkt vor ihren Augen aus dem Wasser. Er pustete Wasser aus seinem Atemloch.

#Bist du der Einzige?#

#Es gibt noch andere, aber ich bin der Coolste. Soll ich sie rufen? Ein paar von denen liegen allerdings im Sterben.#

#Ich wäre traurig, wenn sie wegen mir sterben müssten.#

Tweedledum lachte wieder.

#Von denen können nicht viele so reden wie ich. Würde dir also keinen Spaß machen, die zu treffen.#

#Sind alle Delfine?#

#Die meisten, aber längst nicht alle. Wale gibt es auch. Die sind aber zu groß, um hierherzukommen.

Schwertwale und Haie sind in der Minderheit. Hier bist du sicher, die sind von hier ausgegrenzt. Mit denen komme ich auch nicht so gut zurecht. Tweedledee hat sie aber *gut im Griff*.#

Balot klammerte sich an seinem Rücken fest und snarkte seine silberne Sonnenbrille.

#Du kennst doch bestimmt Œufcoque, oder?#

#Aber sicher. Er hat bis vor sechs Jahren hier gewohnt. Er wurde auch im Auftrag des Militärs erschaffen, so wie ich.#

#Wart ihr befreundet?#

#Gar nicht mal schlecht, wie er so drauf ist. Eigentlich ist er ein Guter. Wenn man mit ihm zusammen ist, ist er sehr *nützlich*. Er hat so ein paar Nachteile, von denen ich dir erzählen könnte, aber im Grunde ist er bestimmt kein schlechter Liebster.#

#Ihr zwei seid die Einzigen, die das so sehen.#

#Was meinst du?#

#Er sieht das nicht so, glaube ich.#

#Also eher eine einseitige Geschichte, was?#

Balot antwortete nicht, also fing Tweedledum fröhlich an zu kichern.

#Ach, der Typ ist doch halbgar. Immer dieses Gejammer, dass er nur eine Maus sei, aber eben eine Maus, die denken kann. Wäre besser, wenn er sich mal entspannt und alles lockerer sieht.#

#Er kann nicht besonders gut lügen.#

#Tiere wie er begreifen Gefühle über den Körpergeruch.#

Tweedledum schüttelte sich, als wolle er sagen ›*Typisch*‹.

#Er hat auch nie so richtig verstanden, was lügen überhaupt soll. Er ist total linkisch und wird für immer halbgar bleiben. Da hast du dir einen schwierigen Fall ausgesucht. Na, dann musst du ihn eben ordentlich weich kochen. Hab Geduld.#

Balot musste anfangen zu lachen. Sie hätte nie im Leben gedacht, dass ihr ein Delfin Ratschläge geben würde, wie sie die Liebe einer Maus gewinnen könne. Alles war verrückt, aber sie fühlte sich dabei nicht schlecht. Ihre Welt war ohnehin völlig wahnsinnig. Eigentlich ganz befreiend, wenn es so überdreht verrückt ist, dachte sie.

Die Wirklichkeit, die ich kenne, ist doch nur ein kleiner Teil. Als ihr das durch den Kopf ging, dehnten sich ihre Gefühle plötzlich weit aus. Bis jetzt hatten sich nur ihre Sinne erweitert, doch endlich schien ihr Herz sie einzuholen.

#Ich habe ihm etwas wirklich Schlimmes angetan.#

#Wovon redest du da auf einmal?#

Tweedledum schwamm etwas langsamer, als hätte er sich erschreckt.

#Ich habe ihn gegen seinen Willen benutzt. Er hat mich trotzdem beschützt.#

#Aha … er ist also zur Wartung hergekommen, weil du …#

#Weil ich. Ich war sehr grausam zu ihm.#

#Ach, er ist halb unsterblich. Mach dir keine Sorgen.#

#Halb unsterblich? Er stirbt nicht?#

Balot war überrascht. Tweedledum lachte wieder und schwamm zurück zum Beckenrand.

#Sein Körper ist multidimensional. Wenn sein Körper in der einen Dimension beschädigt wird, kann er ihn von einer anderen Dimension aus heilen. Das ist wirklich das Beste an einer *vitalen Einheit*. Wenn er nicht in allen Dimensionen gleichzeitig explodiert und zu Asche zerfällt oder sein vitaler Nukleus zerstört wird. Aber er hat auch nur eine beschränkte Lebenserwartung.#

#Lebenserwartung?#

#Das ist der größte Nachteil einer vitalen Einheit. Jedes Lebewesen stirbt irgendwann. Ganz normal. Das war schon im ursprünglichen Konzept so vorgesehen. Bei Œufcoque kann man das bereits deutlich sehen.#

#Was meinst du damit?#

Balot hielt sich erschreckt am Beckenrand fest. Sie starrte Tweedledum fest an, sie fühlte sich, als würde er ihr gleich etwas erzählen, das ihr Angst machte.

#Hypertrophie.#

Erklärte er ihr in einem gewissenhaften Tonfall.

#Mäuse nehmen zu, solange sie leben. Auch wenn sie erwachsen sind, geht das noch weiter. Selbst wenn man lebensverlängernde Maßnahmen ergreifen würde, ändert es nichts daran, dass Œufcoque irgendwann von seinem eigenen Körpergewicht zerquetscht und getötet werden wird, solange man nicht irgendetwas dagegen findet. Ganz gleich, in wie viele Dimensionen sein Körper aufgeteilt wird. Was nicht geht, geht eben nicht.#

#Ist das eine Krankheit? Ist es unheilbar?#

#Eine Krankheit ist etwas anderes. Es ist eher lebensnotwendig. Œufcoque hat damals gesagt: ›Als mir bewusst wurde, dass ich irgendwann sterben muss, entstand in mir der Gedanke, dass es für mich lebensnotwendig ist, das Paradies zu verlassen.‹#

#Was hat er damit gemeint?#

Daraufhin schwieg Tweedledum für eine Weile.

#Ach, was weiß ich. *Ich* gehe hier schließlich nicht weg. Frag ihn doch selber.#

Balot nickte, aber besonders wohl war ihr bei dem Gedanken nicht.

#Hast du mal daran gedacht, nach draußen zu gehen?#

Fragte sie, aber noch bevor sie ausgesprochen hatte, tat es ihr schon leid, dass sie diese Frage gestellt hatte. Tweedledum reckte sein Gesicht in die Luft.

#Und wie soll ich da überleben?#

Sie wusste nicht, was sie darauf sagen sollte. Es war zwar eine Frage gewesen, aber eigentlich war es seine Antwort. Tief empfunden.

#Ich habe dieses Meer. Ich finde hier Frieden und Inspiration. Hier ist alles experimentell, aber ich bin stolz darauf, dass meine Existenz ein Prototyp ist. Nicht zuletzt, Tweedledee ist hier. Ich werde nie von hier weggehen. Willst du nicht auch hier leben? Zusammen mit Œufcoque?#

Fügte Tweedledum freundlich hinzu.

#Ich?#

#Drohen draußen nicht dauernd nur Gefahren? Das Abschließen dagegen ist doch eine der Mächte des Lebens.#

Balot schüttelte sanft ihren Kopf.

#Ich habe das gewählt. Das Leben außerhalb der Schale – dort zu überleben.#

Das war alles, was sie als Antwort geflüstert hatte.

»Ich verstehe«, sagte Tweedledum, zum ersten Mal mit einer Stimme. Eine schwache Stimme, doch so schön und klar, dass es ihr das Herz zusammenschnürte.

»Das echte Meer, wie ist das wohl?«, fragte er mit seiner echten Stimme.

#Er ist wieder da.#

Erklärte Tweedledum.

Balot lehnte mit ihrem Oberkörper am Beckenrand und bemerkte, dass Tweedledee sich vom Wald her näherte.

Sie hatte gedacht, er würde ihr jemanden vorstellen, aber er war allein und trug eine Art Kasten in seinen Armen. Ein ziemlich großes Ding. Von weitem sah es aus wie ein Vogelkäfig.

#Da bin ich wieder.#

Tweedledee kam rasch näher und lächelte fröhlich. Balot wollte sich mit ihren Armen aus dem Pool hochdrücken, aber plötzlich versteifte sie sich.

Tweedledee hatte wirklich einen Vogelkäfig auf dem Arm.

Zumindest so etwas Ähnliches.

In dem Käfig stand ein Menschenkopf.

Tweedledee war stehen geblieben. Er lächelte immer noch. Er sah aus, als ob er Balots Schock sehr amüsant fand. Ganz genau wie der Kopf im Käfig.

»Guten Tag, Rune Balot. Ich bin der Big Professor, der oberste Administrator des Paradieses«, sagte er. Ein *Mann* mittleren Alters. Sein Haar war schneeweiß und ordentlich frisiert, der Bart sauber rasiert. Sein schmales Gesicht hatte tiefe Falten, so wie Jahresringe, trotzdem sah er freundlich und irgendwie vornehm aus. Aber er hatte keinen einzigen anderen Körperteil.

»Alle nennen mich Professor. Professor Faceman. Dieser Name passt jetzt perfekt zu mir. Manche nennen mich auch ›Faceman in the Cage‹, das trifft es ebenfalls ganz gut.«

Balot hatte völlig vergessen, dass sie nackt war, und starrte den Kopf im Käfig einfach nur an.

»Tisch«, befahl Faceman. Daraufhin snarkte Tweedledee den Boden neben dem Pool, bis ein Brett herausragte und sich daraus ein runder, weißer Tisch aufbaute.

Tweedledee stellte den Vogelkäfig darauf ab. Dann zog er sich schnell wieder aus und sprang in den Pool. Seine Arbeit war beendet.

Faceman hatte alles gut gelaunt beobachtet, dann drehte er sich langsam in seinem Käfig um und wandte sich Balot zu.

Ohne es bewusst zu wollen, rutschte sie wieder in den Pool.

»Snark meinen Käfig. Da können wir uns dann unterhalten.«

#Okay.#

Antwortete sie. Es war wie ein Reflex.

Faceman lächelte.

Sie konnte spüren, wie Tweedledee schnell hinter ihr herumplatschte. Balot hörte nicht auf, Faceman anzustarren.

»Ich habe deine Daten gesehen. Du bist ganz hervorragend geeignet. Aber wenn wir dich so lassen, könnte die Technologie dein psychisches Wachstum beeinflussen. Setzt dich das unter Druck?«

Balot schüttelte den Kopf, sie war immer noch ganz fertig. Unbewusst berührte sie ihren Hals.

Sie konnte es einfach nicht fassen, dass er nichts außer dem Kopf darüber hatte.

»Ich wollte nicht, dass du dich unwohl fühlst. Du bist mir deswegen doch nicht böse, oder? Es war eine Bedingung dafür, euch diese Anlage benutzen lassen zu dürfen, dass ich deine Kampfdaten bekomme, die in Œufcoque Penteano gespeichert waren.«

#Eine Bedingung?#

Fragte sie zurück, doch sie hatte schon verstanden.

#Œufcoque wird hier behandelt, und als Gegenleistung dafür erfahren Sie etwas über mich?#

»Ganz recht. Hat Doktor Easter dir nichts gesagt?«

#Er war mit der Behandlung von Œufcoque beschäftigt, darum …#

Sie war nicht böse deswegen. Es war ja ihre Schuld, dass Œufcoque verwundet worden war, und alles andere auch. Wenn es der Behandlung von Œufcoque half, war ihr alles recht, was man mit ihr anstellen wollte.

»Magst du mir den Zustand deiner Faserimplantate zeigen?« Indem Faceman sie darum bat, verließ Balot gehorsam das Becken und zeigte ihm ihren Körper.

Es war anders als damals bei der *Arbeit,* es war eher wie bei einer ärztlichen Untersuchung.

»Du bist noch im Wachstum, nicht wahr? Die Fasern selbst haben das Wachsen antizipiert und sind teilweise labil. Sehr gut. Eine sehr angemessene Reaktion. So wie es aussieht, muss ich mir also keine Sorgen machen.«

Balot stand ganz allein da, sie sagte weder ja noch nein.

»Ich habe deine Daten analysiert und bin von deiner Zähigkeit ganz begeistert. Wir hatten hier mal für eine Zeit lang einen militärischen Schwerpunkt in dieser Station. Das war keine schöne Zeit, aber wir hatten ein Ziel und wir haben alle hart gearbeitet. Deine ganze Existenz ist für mich wie ein *Kunstwerk.* So exquisit und so – eisern. Alles mit dem bestmöglichen Timing. Ein echtes Unikat – magst du es nicht, wenn man so über dich spricht?«

Wenn sie ehrlich war, mochte sie es nicht. Sie hatte bisher zu viele unangenehme Erfahrungen gemacht, wenn jemand sie wie ein Ding behandelte. Doch Faceman lächelte ruhig weiter.

»Es scheint mir ungerecht zu sein, dass ich der Einzige bin, der etwas über den anderen weiß. Gibt es vielleicht etwas, was du gern von mir wüsstest?«, fragte er.

Balot wusste nicht, was sie machen sollte. Sie hatte noch nie jemanden gefragt, warum er nur einen Kopf und sonst nichts hatte. Also versuchte sie es indirekt.

#Ist Faceman Ihr richtiger Name?#

»Nur ein Codename für die Forschung. Mein richtiger Name ist Charles Ludwig. Aber niemand nennt mich mehr so, mich eingeschlossen. Ich bin darüber hinaus ein Forschungsobjekt. Andererseits könnte man auch sagen, dass das alles nur ein Vorwand für eine lebensverlängernde Maßnahme ist.«

#Lebensverlängerung?#

»Mein Körper wurde von verschiedenen Tumoren zerfressen. Das Abtrennen war die einzige Lösung«, erklärte Faceman unbekümmert.

»Mit der Technologie, die wir hier entwickelt haben, hätten wir den Körper bewahren können – allerdings ist genau diese Form der Grund, warum ich dafür geeignet bin. Ich verwalte diese ganze Station, gleichzeitig arbeite ich an vielen Forschungsprojekten. Das ist viel Arbeit, selbst wenn ich viele Körper hätte, wäre es nicht genug. Und weil es nicht genug war, wollte ich meinen Körper lieber wegwerfen und mich im wahrsten Sinne des Wortes auf meine Rolle als Headquarter der Operation konzentrieren.«

#Ist das nicht unpraktisch?#

Rutschte ihr heraus, aber Faceman lächelte sie stolz an.

»Was meinst du, was dieser Vogelkäfig alles kann? Dieses drahtene Kunstwerk ist nicht irgendeine Handwerksarbeit, nein, der Käfig ist eine Maschine, die nach dem neuesten Stand der Technik einen angenehmen Raum schafft. Die Drahtstäbe entsorgen Staubpartikel, halten die Luft im Innenraum sauber und Temperatur sowie Feuchtigkeit konstant.

Auch in diesem Moment wird mir der Schmutz mit geringen, nicht zu fühlenden Luftvibrationen abgespült, die Haut wird gereinigt, der Stoffwechsel angeregt und meine Gesundheit wird so stabil gehalten. Wesentlich bequemer, als sich das Gesicht mit Wasser und Seife waschen zu müssen. Und in dem fünf Zentimeter dicken Boden habe ich elektronische Snarkgeräte eingebaut, außerdem Maschinen zur Lebenserhaltung, eine Gravitationskomponente, Hardware, die beständig den Datenbestand speichert, einen Kommunikator, einen Druckabsorbierer, sowie Maschinen, die zur Selbstverteidigung dienen und alles mögliche andere, was man sich so vorstellen kann«, erklärte er flüssig, ohne ins Stocken zu geraten. Sie konnte förmlich sehen, wie er sich halsabwärts stolz in die Brust warf.

Faceman sah sie belustigt an und fixierte dann kurz den Tisch. Das zeigte ihr, dass er sich in den Tisch einmischte und ihn snarkte. Unter dem Tisch erschien etwas Silbriges und verwandelte sich in einen Klappstuhl.

»Setz dich doch.«

Balot tat, was er gesagt hatte. Es fühlte sich allerdings nicht wie ein Befehl an, eher wie eine freundliche Einladung.

»Wenn ich dich so ansehe, verstehe ich, warum uns Doc Easter so überlegen ist. Aber eines Tages wurde er – wie wir alle – verleugnet. Ich glaube, der Doc hat dir davon erzählt …«

#Alles wurde anders …?#

Fragte Balot. Das hatte der Doc damals gesagt.

#Und was ist dann passiert?#

»Die Regierung hat die weitere Entwicklung unserer wissenschaftlichen Forschung und Technik *eingeschränkt*. Die Tatsache, dass viele unserer Entwicklungen im Krieg gegen die Staaten auf dem Kontinent auf der anderen Seite des Meeres eingesetzt worden waren und großen Schaden verursacht haben, hat diese Entscheidung maßgeblich beeinflusst. Danach sagte man, dass der Einsatz unserer Technologien in der Bevölkerung ernsthafte gesellschaftliche Unruhen verursachen könnte, und die Ergebnisse sowie eine Fortsetzung unserer Arbeit wurde damit als Gefahr eingestuft.«

#Wer hat das entschieden?#

»Die Menschen! Die meisten Menschen in der Stadt haben das so gesehen. Um weiterbestehen zu können, mussten wir verschiedene Maßnahmen ergreifen. Und die drei obersten Administratoren, mich eingeschlossen, haben jeweils unterschiedliche Gegenmaßnahmen ergriffen.«

#Die ›Drei Doktoren‹?#

Wisperte Balot. Faceman antwortete mit einem Lächeln und sagte: »Einer von ihnen appellierte an die Nützlichkeit der verbotenen Technologie für die Gesellschaft und entwickelte das Gesetz Scramble-09. Und das Broiler House genehmigte es. Dieses Gesetz, das deine Existenz erlaubt, genehmigt außer dir nur noch Doktor Easter und Œufcoque.«

#Was macht dieser andere Doktor jetzt?#

»Er starb, kurz nachdem das Gesetz bewilligt wurde. Er wurde ermordet.«

Balots Augen wurden groß und rund.

»Von einem Mörder, den einer der Drei Doktoren beauftragt hatte. Außer Scramble-09 hatte die verbotene Technologie seiner Meinung nach auch noch einen anderen Nutzen für die Gesellschaft. Und einer der Drei versuchte der Stadt das zu geben, was sie am meisten begehrte. Ganz unabhängig von jeder Legalität, Vergnügen und Wollust.«

#Die October Company ...#

Faceman nickte. Jetzt glaubte Balot zu verstehen, warum der Doc damals die Company als Erzfeind bezeichnet hatte. Die October Company hatte den umbringen lassen, der einst die Existenzgrundlage für den Doc und Œufcoque geschaffen hatte.

#Wie kam es eigentlich dazu?#

»Nun, sie hatten Meinungsverschiedenheiten über die gesellschaftliche Nützlichkeit, darüber haben sie sich gestritten. Es war nicht nur eine Diskussion um die Forschung im Labor, sondern es ging um ihre Existenz. Scramble-09 hielt bis zum Schluss an der Legalität fest, die October Company hielt sich an die Illegalität. Sie mussten Feinde werden. Sie hatten ja gar keine andere Wahl. Menschen, die in die Enge getrieben werden, kämpfen miteinander und eliminieren sich gegenseitig, um zu überleben. Auch nachdem der Einfluss der Drei Doktoren verschwunden war, stritten und streiten sich die von Gott gesandten Kinder noch immer.«

#Lebt der Gründer der October Company noch?#

»Er lebt noch, ja. Sitzt im Vorstand der October Company. Allerdings ist er in einem ähnlichen Zustand wie ich. Sein Körper ist gelähmt, angeblich arbeitet nur noch ein Teil seines Gehirns.«

#Der letzte der Drei, was hat er gemacht?#

Fragte Balot ganz leise.

Faceman antwortete mit einem weiterhin ruhigen Lächeln im Gesicht.

»Der letzte der Drei wickelte die Sache so ab, wie es sich die

Bevölkerung … Mardock City am meisten gewünscht hatte. Also, dass die Forschungen für immer abgeschlossen wurden.«

»Abgeschlossen?«

»Ganz recht. Ergebnisse und weitergehende Forschungen werden alle in dieser Anlage abgeschlossen. Unsere Daten werden nie nach außen dringen. Die Stadtregierung akzeptierte das unter verschiedenen Auflagen und stellt uns ein gewisses Budget zur Verfügung.«

#Für immer, hier …?#

»Ja. Das ist unser ewiger Miniaturgarten. Wir, die Wissenschaftler, sind wie Raubtiere, die freiwillig hinter Gitter gegangen sind, um ihre ganze Existenz zu gewinnen«, erklärte Faceman in seinem Vogelkäfig.

»Das Paradies lehnt für gewöhnlich keinen Besucher aus der Außenwelt ab. Aber wenn der Besucher das Paradies wieder verlässt, muss er sich an bestimmte Bedingungen halten. Hält er sich nicht an diese Bedingungen, wird er bestraft wegen des Verstoßes gegen ein Bundesgesetz.

Die wichtigste Bedingung ist, dass man ohne Erlaubnis der Regierung mit den Anlagen hier keinen Kontakt mit der Außenwelt aufnehmen darf. Wird dieser Bedingung nicht entsprochen, gilt es als schweres Verbrechen.«

Balot ließ sich diesen Satz und seine Bedeutung langsam durch den Kopf gehen.

Faceman fixierte Balot mit seinen grauen Augen.

Das also war seine Antwort auf ihre Bitte, das Pool-Terminal benutzen zu dürfen.

Aber er war bestimmt noch nicht fertig, da war sich Balot ganz sicher.

#Ich glaube, der Doc möchte, dass ich das Terminal hier benutze.#

»Ich habe seinen Antrag diesbezüglich erhalten, Rune Balot. Um ganz ehrlich zu sein, interessiert es mich auch, zu sehen, wie gut du mit dem pluralistischen Kommunikationskern umgehen kannst«, sagte er und warf einen kurzen Blick zum Pool.

»Scramble-09«, murmelte er. Als ob das die Antwort auf alle Fragen wäre.

»In dem Moment, in dem du dich in den Kommunikationskern einloggst, wirst du vor dem Gesetz verdächtigt, ein vorsätzliches Verbrechen zu begehen. Sollte dein Handeln allerdings keinem Verbrechen dienen, sondern deiner Lebenssicherung und gleichzeitig deine Nützlichkeit für die Gesellschaft beweisen, dann wird dieser *Verdacht* aufgehoben.«

#Okay.#

»Aber es gibt keinen Grund für dich, dieses Risiko einzugehen. Du bist die Betroffene dieses Falles, du solltest es den beiden Zuständigen, Doktor Easter und Œufcoque überlassen.«

#Aber ich glaube, ich werde sonst getötet.#

»Nicht, solange du hier bist«, sagte Faceman sehr sanft. »Hier ist alles abgeschlossen, und es ist hier sicherer und angenehmer als in einem Gefängnis.«

Balot nickte dreimal. Das war Facemans Idee. Aber es war nicht das, was sie bei Œufcoque oder beim Doc empfand und was sie sich gewünscht hatte.

#Œufcoque hat mir versprochen, dass wir zusammen über den Sinn meines Lebens nachdenken werden.#

»Siehst du es als Sinn deines Lebens, dich an die Gesellschaft anzupassen? Scramble-09 oder October Company, letztendlich ist beides nur eine Maßnahme, um sich nichts anderem als den pathologischen Aufständen in der Gesellschaft zu widmen. Und selbst wenn die beschränkte Technologie der

Bevölkerung angepasst wird, so ändert sich am Ende doch weder der Mensch noch die Gesellschaft.«

#Œufcoque und der Doc haben mich gerettet.#

Antwortete sie deutlich.

#Ich glaube, dass ich mich ändern kann. Wenn sie mir helfen.#

»Das ist nur eine beschränkte und individuelle Veränderung. Die gesamte Menschheit braucht allgemeinere Reformen. Eine Erneuerung der menschlichen Rasse. Ich bin fest davon überzeugt, dass das Paradies irgendwann als Vorbild einer neuen menschlichen Gesellschaft dienen wird, auch wenn wir jetzt noch von allem abgeschlossen sind. Das Paradies und die Außenwelt liegen nebeneinander, wir wären Nachbarn, wenn die ganze Welt so werden würde, wie es hier ist. Das wäre das Ergebnis einer Synthese aus Forschung und Philosophie.«

Balot schwieg. Bisher hatte sie noch nie auf diesem Niveau über die Welt nachgedacht.

»Œufcoque hat mir einmal gesagt: ›Ich werde irgendwann sterben. Ich glaube, mir ist mein Ich zum ersten Mal bewusst geworden, als ich erkannte, dass ich sterben muss. Darum muss ich jetzt etwas tun.‹ Und niemand konnte seinen Wunsch nach Selbstverwirklichung aufhalten, der in ihm aufgekommen war«, sagte Faceman. Er flüsterte.

»Aber wir ... wir sind praktisch wie Schauspieler, die ihre Rolle noch nicht gelernt haben. Du und ich, wir sind mitten in der harten Wirklichkeit und müssen unser Leben improvisieren. Es gibt kein Drehbuch, keinen Regisseur, der uns ins Ohr flüstert, was wir tun sollen. Als wir uns dessen bewusst wurden, standen wir schon lange auf der Bühne. Dann sagte man uns: Lebe. Und dann stirb. Wie wilde Tiere. Nur eben soziale wilde Tiere.

Wir sollten nicht bis in alle Ewigkeit in einer Gesellschaft leben, in der alles improvisiert werden muss. Wir brauchen eine Welt, die den Menschen vor der Improvisation rettet. So wie das Paradies. Denn das ist die wahre Bedeutung von ›Kultur‹ und ›Zivilisation‹.«

Dann sah er wieder Balot an, mit einem durchaus liebenswürdigen Blick.

»Irgendwann wird deine Psyche wegen deiner Eignung und deiner Fähigkeiten während der Wachstumsphase schwere Nebenwirkungen erleiden. Gut möglich, dass dich das in den Wahnsinn treibt. Glaubst du, die aktuelle Gesellschaft wird dir helfen, wenn es so weit ist?«

Balot dachte kurz darüber nach. Aber die Antwort war viel leichter, als sie geahnt hatte.

#Ich hatte entsetzliche Angst davor, die Betroffene dieses Falles zu werden. Doch jetzt denke ich, dass ich richtig gehandelt habe. Die Gesellschaft wird mir nie helfen. Aber sie hat mich gelehrt, dass es einen Weg gibt, um gerettet zu werden.#

»Als Opfer dieses Falles? Du kämpfst, um der Gesellschaft zu beweisen, dass du das Recht hast, zu überleben?«

Balot nickte.

Gleich darauf schüttelte sie heftig den Kopf.

Und beides war ihr voller Ernst.

#Ich war ein Opfer, ein Ding. Ich wurde immer kontrolliert – von jemandem, von etwas. Und letzten Endes hat man mich umgebracht. Aber ich habe durch glückliche Umstände überlebt und wurde somit die Überlebende dieses Falles. Wenn man mir jetzt die Chance gibt, das Verbrechen aufzuklären, dann werde ich versuchen, das zu tun.#

Faceman lächelte weiter sein mildes Lächeln, wie ein Priester, der einer Frommen die Beichte abgenommen hat.

»Du meinst also, du willst die gleiche Position einnehmen wie Doktor Easter oder Œufcoque. In einer Position, in der du als Gefahr für die Gesellschaft giltst, wenn du deinen Fall nicht aufklärst.«

#Ja.#

»Dann gut! Wenn du mir also deine hochgeschätzten Daten zur Verfügung stellst, kannst du frei über diesen Pool verfügen. Wir beschränken uns darauf, deinem Verbrechen tatenlos zuzusehen.«

#Gut.#

»Tweedledum wird dir bei der Nutzung des Kommunikations-Kerns helfen.«

#Vielen Dank.#

Sagte Balot folgsam. Sie dachte, dass sie im Tausch gegen ihr Leben eigentlich einen ganz guten Deal gemacht hatte. Aber eins war komisch: Sie hatte weder Angst noch war sie aufgeregt. Sie dachte, was sie tat sei absolut selbstverständlich. Dann spürte sie, wie noch jemand zum Pool kam.

Balot und Faceman sahen sich gleichzeitig nach dem anderen um.

Der Doc trug einen weißen Kittel und strich sich durch die frisch kunterbunten Haare.

Er sah aus, als hätte er die ganze Zeit nur darauf gewartet, dass das Gespräch zwischen dem Professor und Balot zu einem Ende kam.

»Ah, Doktor Easter! Ich hatte gerade deine Klientin nach ihrer geschätzten Meinung gefragt.«

»Ich möchte mich für Ihre Unterstützung hier bedanken, Professor.«

»Aber ihr bleibt doch noch eine Weile hier, oder?«

»Nein, wir haben leider noch viel Arbeit vor uns …«

»Sinnvolle Arbeit?«

»Ja.«

Daraufhin sah Doc Easter kurz Balot an.

»Die Wartungsarbeiten an Œufcoque sind beendet.«

Als Balot noch nach etwas suchte, was sie snarken konnte, um dem Doc mitzuteilen, wie dankbar sie ihm war, fragte er sie: »Der Professor hat dir also schon die *Einzelheiten* erklärt?«

Balot nickte, ernst und deutlich.

Faceman lächelte. »Sie will die Frucht der Erkenntnis essen, Doktor Easter.«

Der Doc schaute sie unschlüssig an.

»Ich habe nicht vor, dich zu einer Verbrecherin zu machen. Ich werde diesen Zugriff auf den Kommunikationskern unter meinem Namen anmelden. Du musst dich dann nur darauf konzentrieren, Shells wunden Punkt herauszufinden …«

#Schon gut. Ich möchte nur, dass du mir zeigst, wie ihr kämpft.#

Antwortete sie. Faceman hatte ihr gestattet, sich in den Vogelkäfig einzumischen.

Dann fiel Balot zum ersten Mal auf, dass sie nackt war. Hastig fing sie an, nach ihren Sachen zu suchen. Der Doc legte ihr einfach seinen Arztkittel über die Schulter.

»Und Eva wurde gewahr, dass sie nackt war«, flüsterte Faceman.

4

Nachts erstrahlten Hügel und Tal von Northside, jenem Viertel, das während des Nachkriegsbooms in Mardock City aufgeblüht war; es war wie Eden und Sodom zugleich.

Für die einen, die Nachkriegsgeneration, die Friedenstruppen, die Medien, Händler und Investoren war es ein Garten Eden. Für die anderen – die Kriegsgeneration, die es als die größte Ehre angesehen hatten, wenn ihr Sohn zur Marine ging – war Northside Sodom und Gomorrha, die Stadt der Sünde und des Verderbens.

Menschen kamen aus anderen Provinzen und aus der Hauptstadt siebzig Meilen nordwärts von Mardock City hierher, ganz gleich, ob sie arm oder reich waren, sie kamen zu diesen Hügeln und verlangten nach Arbeit oder danach, unterhalten zu werden.

Das mehrstöckige Hotel am Hang eines Hügels war ein Symbol für das Wuchern des Booms nach dem Krieg. Gleichzeitig sah es so aus, als starre es unverhohlen mit einem Grinsen in die Hölle hinab.

Boiled saß in einem dieser Zimmer. Ein Zimmer wie die Economy Class eines Charter Flugzeugs.

In der vierzigsten Etage und darunter gab es viele Einzelzimmer, meistens für die Leute, die sich um das Wohl der Gäste in den oberen Etagen kümmerten.

Boiled ließ sich dort das Wasser aus der Dusche über den Kopf gießen und sah dabei zu, wie sein Blut im Abfluss verschwand.

Er hatte ein Loch im rechten Handrücken, auch an verschiedenen Stellen am Arm tropfte Blut heraus. Schusswunden. Das Loch im Handrücken ging glatt durch, nicht aber die Wunden in den Armen. Boiled legte seine Lippen an eins der Löcher in seinem Arm. Er biss in die Haut rings um die Wunde und saugte Blut aus. Zusammen mit dem Blut erwischte er etwas Hartes. Er spuckte es in die Wanne. Eine Kugel. Sein Mund war voller Blut, er spülte ihn mit heißem Wasser aus der Dusche aus.

Auf dem Spülkasten des Klos lagen ein Buttermesser und eine Gabel aus diesem Zimmer. Beide Gegenstände waren blutig und malten rote Linien auf das weiße Porzellan.

Er hatte sich damit selbst das Metall aus dem Körper geschnitten.

Boiled schloss die Augen und checkte, ob noch weitere Fremdkörper in ihm waren. Dann öffnete er sie zerstreut wieder, hob erleichtert die Überreste der Geschosse auf uns stellte die Dusche ab.

Er stieg aus der Wanne und stellte sich vor das Waschbecken. Sein Körper wirkte im beschlagfreien Spiegel wie aus lebendigem, beweglichem Stahl. Er hatte zahlreiche Narben an Brust und Bauch.

Die Stahlsplitter warf er sämtlich in den Müll, danach trocknete er sich ab, schmierte eine antibiotikahaltige Salbe auf seine Wunden und schenkte sich einen das Hautwachstum fördernden Drink ein. Dann legte er einen Verband an.

Mittlerweile war da kein einziger Tropfen Blut mehr. Die Wunden waren nichts anderes als neue Narben.

Er trocknete sich fertig ab und verließ das Bad, dann zog er sich an. Wie gewohnt legte er sein Holster wieder an, nahm den Revolver in die Hand. Mehrmals nahm er ihn in die linke und dann in die rechte Hand, überprüfte, ob das Magazin auch geladen war, und steckte ihn schließlich in den Holster. Abschließend legte er seine Uhr an und griff nach seinem riesigen, für ihn gefertigten Jackett. Das Telefon klingelte. Er nahm den Hörer ab.

[Boiled?]

Shell.

»Ja.«

[Schnell, komm her. Ich will dir *etwas* zeigen.]

Er klang fröhlicher als nötig. Hinter ihm lachte jemand. Vermutlich eine Frau.

»Ich komme sofort.«

Er legte auf, verließ sein Zimmer und stieg in den Fahrstuhl. Für alles oberhalb der vierzigsten Etage hatte der Fahrstuhl keine Tasten mehr. Boiled nahm die Plastikkarte aus seiner Tasche und steckte sie in den unteren Schlitz des Tastenboards.

Automatisch leuchtete auf der Anzeigentafel eine 66 auf und der Fahrstuhl setzte sich in Bewegung.

Als er aus dem Fahrstuhl trat, hatte sich das Szenario vollkommen verändert. Der Flur war weit und hauptsächlich blau. Der Teppich war so dick, dass er seine Schritte vollständig schluckte. Das Licht des Kronleuchters schien in der sauberen Luft zu glitzern.

Hier und da hingen teure Bilder an der Wand. Wahrscheinlich gab es viele, die sich auch nur mit diesen Rahmen zufrieden geben würden. Boiled blieb vor der gesuchten Tür stehen. Er nahm den analogen Klopfer in die Hand und klopfte an die Tür. Sofort öffnete sie sich, Shell stand in einem Anzug dahinter.

»Komm doch rein, Boiled«, bat er ihn in seine Suite und lächelte sein messerklingendünnes Lächeln.

In dem angeschlossenen Schlafzimmer quiekte und plärrte ohne Pause eine Frau.

»Komm her. Schau sie dir an.«

Als sie ins Schlafzimmer gingen, sprang eine Frau auf dem Doppelbett herum und kicherte wie besessen. Vermutlich war sie etwas über zwanzig. Ihr blondes Haar war völlig zerzaust und hing ihr ins Gesicht, höchstwahrscheinlich war ihr Haar vorher einmal ordentlich aufgesteckt gewesen.

Sobald die beiden Männer den Raum betraten, hörte die Frau auf zu lachen. Schlagartig. Sie blieb auf dem Bett stehen und schrie laut *Aaaah!* und versuchte so, etwas zu sagen. Shell lachte tief und kehlig, während er sie dabei beobachtete.

»Das ist ihr ganz *natürlicher Zustand!*«, sagte Shell und ließ sich auf das Sofa fallen.

»Ich stelle sie dir vor, ja? Das ist Octavia. Auch bekannt als *Miss Eyes Wide Shut* oder *Die Schande der guten Familie*. Die Tochter des Vorstandsbosses der October Company – sie ist defekt, sie hat einen Sprung in der Schüssel, und niemand will sie kaufen. Und ich habe das wohl gehütete Geheimnis der Familie entdeckt und so hab ich sie *bekommen*.«

Sie lachte und schrie irgendwas. Den Titel einer Fernsehsendung, die Marke von irgendwelchen Süßigkeiten, vielleicht auch einen Namen, doch weder Shell noch Boiled verstanden, was sie eigentlich wollte.

»Sie gibt meinen Transaktionen konkrete Form. Ich habe sie mir für eine halbe Stunde *ausgeliehen*, damit du dir ihr Gesicht merken kannst. Ich werde sie zu meiner ruhmreichen und glamourösen Ehefrau machen.«

»Und die *Hochzeit?*«

»Der Vertrag wird gegen Ende des Monats fertig sein. Ohne diese lästige Gerichtsverhandlung wäre die ganze Sache längst beschlossen.«

Dann veränderte sich plötzlich die Art, wie er sprach. So ähnlich wie bei einem Komiker, der plötzlich ernst wird.

»Nun, Boiled, reden wir über etwas anderes. War da nicht ein Auftrag, um den ich dich gebeten hatte?«

Boiled starrte weiterhin die Frau an und wirkte etwas abwesend, als er murmelte: »War weit mehr, als ich erwartet hatte.«

»Weit mehr als erwartet? Was soll das heißen?«

»Sie hat ihre ganze Kraft eingesetzt, um mich aufzuhalten. Sie haben ihre Klientin stärker gemacht, sie ist eine Kriegsmaschine. Wir sollten sie nicht länger als Klientin betrachten, sondern als Teil der Feinde.«

»Kurz gesagt: was?«

»Sie ist eine adäquate strategisch-militärische Existenz.«

»Bist du immer noch im Krieg?«

»Ist mittlerweile fast das Gleiche.«

Boiled wandte seinen Blick von der Frau ab und sah Shell an. Shells Aussehen hatte sich verändert.

»Gut, Mr. Boiled, dann möchte ich Ihren Bericht vom Schlachtfeld hören.« Shell hatte bei diesen Worten ein unheimliches Glitzern in den Augen.

»Mir ist es gelungen, einen der feindlichen Rechtsverdreher zu verwunden. Ich habe eine Spur und weiß, wo er behandelt wird. Ich werde gleich dort hinfahren.«

»Herausragend. Du spielst also den Atomsprengkopf und vernichtest den Feind. Mit dem schwarzen Regen und dem Atompilz wirst du danach doch auch noch fertig?«

»Eine Sache ist allerdings komisch.«

»Komisch? Lass mich damit in Ruhe.«

Shell winkte ab. Hinter seiner zornigen Miene war noch etwas anderes aufgetaucht und schnell wieder verschwunden.

»Ist doch sowieso schon alles komisch. Das Mädchen aus meinem Traum sollte eigentlich tot sein, aber sie lebt und versucht, mich zu verklagen. Sie legt mir Steine in den Weg, obwohl ich ein wichtiges Geschäft vor mir habe. Was jetzt? Lässt sie mich links liegen und kandidiert als nächste Präsidentin der Regierung?«

»Das Broiler House hat einen komischen Antrag bekommen.«

»Die Welt war schon immer komisch und wundersam. Die Anträge sind fast alle irgendwie seltsam.«

»Mehrere Anklageschriften für die nächste Verhandlung wurden auf einem weißen Blatt abgegeben.«

»... sie wollen es uns also wieder bis kurz vor Beginn der Verhandlungen verheimlichen und uns so aus der Ruhe bringen.«

»Es wäre gut, wenn es ein Bluff wäre, ja. Ist aber nicht ausgeschlossen, dass der Feind seine Recherchen ausweitet.«

Shell blieb stehen, und sein Gesicht wurde vollkommen ausdruckslos.

»Ich kenne ihre Pläne nicht, aber vermutlich suchen sie nach dem Schlüssel zu deinen Transaktionen«, erklärte Boiled flüsternd.

Das Licht in Shells Augen glitzerte stärker als vorhin.

»Wo ist der Schlüssel zu deinen Transaktionen?«

»Das geht dich nichts an.«

Shell war grauenhaft blass, wie ein Geist seiner selbst, seine Stimme zitterte.

Von nebenan hörte man die Frau wieder quietschen. Der verängstigte Shell schien sie zu entzücken.

»Halt's Maul!«, brüllte Shell, aber sie kicherte weiter und weiter.

»Ich ... ich kann jederzeit jemand anders werden. Das sind meine Transaktionen ... meine Vergangenheit ... das ist ...«

Shell starrte die Frau an, und mit einer Stimme, die tief war und halb erstickt klang, brüllte er los: »Ich habe sogar ihr Gesicht vergessen!«

Dann, langsam, richtete er seinen Blick wieder auf Boiled.

Seine Augen waren blutunterlaufen und leuchteten anormal.

»Warum kannst du die Kleine nicht einfach erwürgen oder ihr das Genick brechen? Zahle ich dir nicht genug? Bist du hinter meinem Deal her?!«

»Unsinn, Shell. Beruhige dich.«

»Töte sie!«, gellte Shell plötzlich, laut und grell und kaum anders als Octavias Schreie.

»Bring dieses Weib um, das hinter mir her ist!«

Es klang fast wie ein Hilfeschrei. Shell schüttelte den Kopf, setzte sich wieder auf das Sofa und versuchte verzweifelt, ruhiger zu werden.

»Es ist doch so einfach und offensichtlich, was zu tun ist. Du nimmst das Ding in deiner Tasche, steckst es in sie rein und dann drückst du ab.«

Boiled schwieg und nickte.

»Warum habe ich Mädchen …? Frauen …? Immer die gleiche … warum? Warum habe ich solche Angst? Wovor? Warum habe ich Angst vor Mädchen?« Shells Lippen flüsterten, fragten, wie im Delirium.

Boiled wusste die Antwort darauf auch nicht. Alle Erinnerungen mit diesen Informationen waren sauber aus Shells Kopf entfernt worden und wurden an einem unbekannten Ort aufbewahrt.

Boiled sah wieder die Frau an. Ich wollte sie dir zeigen, hatte Shell gesagt. Shell hatte entsetzliche Angst. Vor Frauen.

»Und wieder eine Frau«, murmelte Boiled so leise, dass Shell es nicht hören konnte.

Im Schatten eines jeden Deals stand bei Shell immer eine Frau.

Und jetzt schien allein dieses kleine Mädchen zu wissen, wovor Shell so dringend fliehen wollte und in welchem Sumpf er deswegen versinken würde.

Boiled verließ Shells Suite und ging direkt zum Parkhaus im Untergeschoss des Hotels. Ein blaues Benzinauto. Die Fenster waren verdunkelt, man konnte nicht hineinsehen. Als er die Tür auf der Fahrerseite öffnete, ertönte ein trockenes Klacken. Ein Hahn wurde gespannt. Aber dieses Mal war es als Spaß gemeint.

Boiled sah nicht einmal zum Beifahrersitz hin, sondern setzte sich hinter das Steuer und schloss die Tür.

»Wie sieht's aus, Boss?«, fragte Medium heiser und entspannte den Hahn.

»Alles kein Problem«, murmelte Boiled gedankenverloren und steckte den Schlüssel ins Zündschloss.

Die Haut in Mediums Gesicht warf Falten. Vermutlich ein Grinsen.

»Wie geht es dir?«

»Bestens.« Hinter der Sonnenbrille zündeten Mediums Augen zwei rote Lichter an.

An manchen Stellen seines Gesichtes waren helle Nähte zu sehen. Sein Haar war gründlich rasiert worden, manche Stellen seiner Kopfhaut hatten ganz offensichtlich eine andere Farbe. An einer Seite war eine Narbe, bei der die Fäden noch nicht gezogen worden waren.

Darüber hatte er mehrere Schichten halb transparenter Tapes.

»Was ist mit deinen Fingern?«

»Schau.«

Mediums linke Hand steckte in einem schwarzen Lederhandschuh, er hob sie hoch und bog die Finger, die dabei quietschten.

»Ein elektrisches Provisorium, aber einen Kampf lang wird es wohl halten. Schließlich hatte ich ja keine Zeit, mir neue Finger zu transplantieren, oder? Los, mach mich schnell heiß, mach mich wild!«

Medium bleckte die Zähne, atmete schneller und klapperte mit den Knien. Wie ein sabbernder Hund, der auf seinen Fressnapf giert.

»Nimmst du Drogen?«

»Nur als *Stimulanz*. Wenn ich nüchtern bin, kann ich dank der Nachwirkungen des Stromschlags weder Arme noch Beine bewegen. Aber mach dir keine Sorgen, ich kann damit umgehen. Ich tick schon nicht aus. Schau dir das mal an.«

Er zog einen Notebook-ähnlichen Bildschirm aus seiner Innentasche und gab ihn Boiled. Auf dem Display sah man die Karte der Stadt, eine Flugroute wurde als rote Linie angezeigt.

»Fleshs Erbe. Wie du gesagt hast, bin ich über seinen Hacking Log-in ins Luftverkehrskontrollamt und dann ins Broiler House eingedrungen. Reichte aber nicht ganz, denn den Landepunkt des fliegenden Eis konnte ich nicht mehr finden.«

»Das reicht schon.«

Boiled klappte das Display wieder zusammen und gab es Medium zurück.

»Die Flugroute überquert ein bestimmtes Gebiet. Das ist eine Route, die das Broiler House vorbereitet hat.«

»Du weißt also, wo sie sind?«

»In einem Vorort von Mardock. Wird ein paar Stunden dauern. Du solltest etwas schlafen. Wenn du die ganze Zeit high bist, geht deine Kondition dabei drauf.«

»Schon okay. Wenn ich da das Kätzchen noch mal wiedersehe, gehe ich da auch zu Fuß hin. Bitte sag's mir – wo muss ich denn hinlaufen?«

Boiled drehte den Zündschlüssel.

»Ins Paradies.«

Der Motor heulte auf, Medium johlte vor Begeisterung.

Als sie vom Nordosten von Mardock City in die Hauptstraße einfuhren, warf Medium eine Kapsel ein.

»Eine Glückspille«, murmelte Boiled unvermittelt ohne jedes Gefühl.

»Nicht wie das Zeug vom Schwarzmarkt am Times Square. Rein. Willst du auch eine?«

Boiled wollte schon ablehnend den Kopf schütteln, unterbrach die Bewegung aber.

»Gib mir eine«, sagte er und hielt Medium die Hand hin. Medium grinste und ließ eine Kapsel in die riesige Pranke fallen.

Als Boiled geschluckt hatte, fragte er: »Und? Wie ist es?«

»Macht keinen Unterschied.«

»Irgendwann demnächst macht es dich glücklich und euphorisch.«

»Fühlt sich an, als ob etwas an meinem Hinterkopf juckt.«

Medium sah erstaunt aus.

»Sag mal … warum wolltest du eigentlich eine?«

»Mein Auftraggeber ist davon abhängig. Ich wollte die Wirkung dieser Dinger verstehen, aber anscheinend wirkt das Zeug bei mir nicht.«

»Well hatte schon recht, als er gesagt hat, dass du ein echter Jagdhund bist. Du zögerst nicht, zu tun, was nötig ist. Ich wünschte nur, du hättest ein kleines bisschen mehr Humor.«

Boiled ignorierte ihn.

»Ich werde jetzt am Nachtschalter des Broiler House ein paar Dinge überprüfen, danach fahren wir los. Gegen Mitternacht haben wir unser Ziel erreicht.«

»Roger. Soll ich fahren?«

»Das wird nicht nötig sein. Ruh dich aus.«

»Wie hältst du das ohne Drogen aus? Wann schläfst du eigentlich?«

»Ich habe vergessen, wie es ist, zu schlafen.«

Medium grinste.

»Cool. Ist ein Scherz, oder?«

»Ich habe seit neun Jahren nicht mehr geschlafen.«

»Weiter so, Mister Iron Man. Nur schade, dass du immer so ein verdrießliches Gesicht machst.«

Boiled schwieg und hielt an einem Motel auf dem Weg. Er wollte Medium nicht dabeihaben, wenn er von einem besonderen Schalter aus Kontakt mit dem Broiler House aufnahm.

Danach setzte er sich wieder ins Auto und drehte den Schlüssel um. Ohne es zu wollen, hielt er kurz inne und dachte nach.

Hatte er eigentlich etwas geträumt, als er das letzte Mal schlief?

Nein.

Er startete den Wagen.

Zweiter Teil 噴出
Injektion

1

#Bingo. Es gibt etwa hundert Shells in Mardock City … aber das müsste er sein. Die October Company unterhält ein Casino, das *Eggnog Blue,* und da ist er der repräsentierende Direktor.#

Erklärte Tweedledum.

Balot nickte und suchte nach mehr Informationen.

Schaum blubberte aus ihrem Mund und stieg über ihr auf.

Sie tauchte mit einem einfachen Atmungsgerät am Boden des Pools, der eigentlich ein großes Terminal war. Das Atemgerät war eine Erfindung des Paradieses. Der Doc, Tweedledee und Professor Faceman beobachteten ihre und Tweedledums Arbeit vom Beckenrad aus.

#Versuche, genauso darauf zuzugreifen wie vorhin. Nur noch viel tiefer … versuche, in telepathischem Kontakt mit dem Computer zu bleiben, damit dich uninteressante Daten nicht weiter behindern.#

Unter Wasser schloss Balot die Augen. Völlig nackt breitete sie Arme und Beine aus und kommunizierte so *mit dem ganzen Körper* mit dem gigantischen Terminal.

Sie öffnete zahllose Datenkanäle, sortierte nach solchen, die in direktem Bezug standen, bis hin zu einigen, die in indirektem Bezug standen. Diese Daten durchsuchte sie semantisch und wühlte sich so durch das komplette Datenverwaltungssystem von Mardock. Was hatte Shell wann und wo getan? Was hatte er angefasst, was gekauft? Mit wem war er zusammen gewesen? Was hatte er gemacht? Alles das erkannte sie in einem atemberaubenden Tempo.

#Eine unfassbare Maschine!#

Balot war ziemlich beeindruckt, während sie mit ihrem Körper im Datenpool schwamm. Es war so viel schneller und *räumlicher* als damals, als sie mit Œufcoque ihre Bürger-ID überprüft hatte.

Sie brachte Shells Spuren in Mardock City ans Tageslicht, wie Fossilien. Während sie unwichtige Daten beiseite fegte, fühlte sie sich, als lege sie das Skelett eines riesigen Dinosauriers frei. Durch die Struktur des Skeletts änderten sich die Datenfolgen ständig, wie in einem Kaleidoskop. Der Computer berechnete rasend schnell, wie hoch die Wahrscheinlichkeit war, dass diese Datenfolge jetzt die wichtigste war.

#Eine Menge vielversprechender Daten. Er hat Updates gemacht … hm, eher manipuliert. Wie eine Softwarefirma, die mit miesen Updates Geld macht.#

Fluchte Tweedledum. Er gab ihr Ratschläge, half ihr aber nicht aktiv.

Balot versuchte auch gar nicht, Tweedledum etwas für sie tun zu lassen. Es reichte, wenn Balot die Einzige blieb, die gegen das Bundesgesetz verstieß.

#Zahlreiche Übereinstimmungen beim Punkt Gedächtnisstörung … im Gehirnforschungszentrum des Universitätskrankenhauses … in der Datenbank der Abteilung für Forschung und Therapie gibt es Spuren einer Manipulation von außen.#

#Vermutlich hat da jemand etwas gelöscht, was er lieber verstecken will. Aber auch wenn man die Daten löscht, hinterlassen sie eine Lücke. Sieh nach, wie groß die Lücken sind.#

#Okay.#

Für Balot sah es so aus, als überlagerten die Daten die Staubpartikel, die sonnenbeglänzt von der Wasseroberoberfläche auf sie herabsanken. Balot schwamm mit Armen und Beinen unter Wasser, reckte das Gesicht nach oben und berührte ein Licht nach dem anderen.

»Faszinierend. Sie steuert den ganzen Datenkern, wie es ihr gefällt.« In Facemans Stimme schwang unverhohlen Anerkennung mit.

#Wie sie tanzt! Es macht ihr Spaß.#

Murmelte Tweedledee gelangweilt am Rand des Pools und umarmte seine Knie.

Doc Easter schwieg und starrte nervös in den Pool.

In diesem Moment zuckte etwas in Facemans Gesicht. »Aha … wie unerwartet«, machte er und starrte in die Luft.

»Ist etwas geschehen, Professor?«

»Hm. Es sieht so aus, als wollte jemand das Paradies besuchen. Unser Sicherheitssystem unten am Hügel hat bestätigt, dass sich uns ein Fahrzeug nähert. Zwei Personen … ein Zuständiger hat offiziell beim Broiler House um Zugang zum *Paradies* gebeten.«

Das reichte, damit der Doc völlig blass wurde.

»Ob das am Ende Boiled ist …?«

Faceman warf dem Doc einen amüsierten Blick zu.

»Der rostige Revolver kommt also her und will Feuer spucken – was jetzt?«

»Ich fürchte, es ist auch für das Paradies nicht von Vorteil, wenn bekannt wird, dass Rune Balot sich momentan hier aufhält.« Der Doc klang so panisch, dass Faceman laut lachen musste.

»Deiner Argumentation nach zu schließen, hast du dich wirklich an Konflikte in der Gesellschaft gewöhnt, Easter. Aber du hast natürlich recht. Wir sollten Rune auch nicht unterbrechen, bis sie alle Daten zusammenhat. Es ist allerdings unsere Pflicht, unsere Gäste entsprechend zu empfangen. Tweedledee?«

Tweedledee sah wie vor den Kopf geschlagen aus, als Faceman nach ihm rief.

»Wir erwarten in Kürze Gäste mit einem gewissen Gewaltpotenzial. Wollen wir sie gemeinsam empfangen?«

#Es wird mir erlaubt, Kontakt mit Menschen von draußen aufzunehmen?#

»Ganz recht. Eine seltene Gelegenheit.«

»Professor? Sie wollen das Tweedledee überlassen?« Der Doc war ernsthaft einer Panik nahe, als Tweedledee ihn unterbrach.

#Seien Sie unbesorgt. Ich habe gelernt, wie man mit Menschen von außen Kontakt aufnimmt. Ich freue mich darauf.#

»Easter, du solltest die Zeit dazu nutzen, deine nächsten Schritte vorzubereiten. Runes Arbeit hier scheint noch ein wenig zu dauern.«

Doc Easter machte eine nervöse Verbeugung, drehte sich schnell um und verschwand in den Dschungel.

#Was hat Doktor Easter jetzt vor?#

»Humpty Dumpty wartet oben auf dem Dach, dort wird er Œufcoque hinbringen. Und sobald Rune fertig ist, werden sie das Paradies verlassen.«

#Sie gehen?#

Tweedledee zog eine Schnute und schmollte.

#Ob sie mal wiederkommen?#

»Ich hoffe auch, dass Rune Balot und die Gesellschaft irgendwann einmal das Paradies verstehen werden«, sagte Faceman ganz ruhig und ließ seinen Käfig schweben.

»Gut … begrüßen wir unsere Gäste.«

Boiled starrte gedankenverloren auf die nächtliche Landschaft, die an den Fenstern des Wagens vorbeizog.

[Der Vertrag ist beschlossene Sache.]

Erklärte Shell durch das Rauschen der Sprechanlage.

[Noch ist erst nur die Verlobung registriert, aber wenn der Deal durch ist, unterschreiben wir sofort beim Standesamt die ehelichen Papiere.]

Boiled hörte seinem Klienten zu, ohne eine Miene zu verziehen oder mit einem Muskel zu zucken.

Mediums Schulter bebte und stieß dabei an den Fahrersitz, als ob er ein Lachen unterdrücken müsste.

[Der Flow ist perfekt. Jetzt ist es egal, was das Broiler House sagen wird, denn es wird bereits zu spät sein!]

»Wann genau schließt ihr den Vertrag ab?«

[In weniger als einer Stunde wird alles vorbei sein. Die offiziellen Unterlagen, die Beweise, dass ich ein angeheirateter Verwandter bin, liegen wie ein fettes Steak auf dem Tisch. Ein Steak aus dem Fleisch dieses Einfaltspinsels. Und jetzt gehe ich, um schon mal daran zu knabbern. Der Vater des Mädchens wird danach in meinem Hotel übernachten. Er bekommt ein paar zinsfreie Leihchips und darf umsonst spielen.]

»Warum verhandelst du mit ihm persönlich?«

[Weil er einer meiner Vorgesetzten bei der October Company ist. In seiner Firmenlimousine sitzen ein Dutzend Firmenanwälte beim Wein zusammen, aber das ist mir gleich. Der Name des Vaters der Kleinen ist Glück verheißend. Du kennst ihn bestimmt? Cleanwill John October.]

Er deklamierte den Namen theatralisch und setzte hinter jedes Wort eine Pause.

[Saubermanns williges Opfer John also. Oder der John einer

kleinen Nutte? Ganz egal, ändert nichts daran, dass er ein feiner John ist.]

»Und seine Tochter?«

[Sie wird eine Weile im Hotel bleiben. Irgendwann ist sie dann offiziell mein Eigentum. So langsam muss ich mir mal überlegen, wo ich die dann ablege. Ich werde sie in einer schönen Schatztruhe einlagern.]

»Wir werden folglich handeln wie geplant. Ich schicke dir irgendwann zwischen Mitternacht und morgen früh meinen Bericht.«

[Ah, also: *Night mail that blows away my nightmare.* Die Nachricht in der Nacht, die meinem Albtraum Beine macht. Genau das erwarte ich auch. Und erledige das Mädchen, das längst verschwunden sein sollte. Dieses Mal wirklich.]

»Einverstanden.«

Boiled legte auf. Medium neben ihm fing an zu kichern.

»Ich habe von dem Gespräch gar nichts verstanden, aber eins ist ja wohl klar.«

Er grinste, schob sich die Sonnenbrille mit einem Finger hoch und sah Boiled an.

»Dein Auftraggeber ist echt durchgeknallt.«

»Geht dich nichts an.«

»Ich meine nicht, dass das schlecht ist. Ich wollte damit sagen, dass er genauso durchgeknallt ist wie wir. Ein guter Klient. Und ein Fetisch-Auftrag. So was macht mich glücklich.«

Boiled antwortete nicht und steckte sein Handy in seine Innentasche.

»Heute Vormittag habe ich für meinen Fall einen mitarbeitenden Zeugen beantragt. Das bist du.«

»Cool, ich bin jetzt also auch ein Rechtsverdreher.«

»Ein Assistent. Unser Ziel wurde auf die gleiche Weise rekrutiert.«

Bei diesen Worten verzog sich Mediums Gesicht hässlich und abstoßend.

»Tatsache. Ich kann sie also ganz legal umbringen. Das ist so cool. Und ich werde sie töten. Nicht einfach nur töten. Ich werde jeden ihrer Körperteile benutzen, bis ich befriedigt bin. So ist doch der Deal, oder?«

Boiled nickte gedankenverloren.

»Ich kann's kaum erwarten.«

Dann grinste er plötzlich und sah nach draußen auf die mäandernde Straße hinter dem Fenster.

Draußen in der Recyclingzone war alles grün, dafür hatten Enzyme, die Beton abbauten, schon gesorgt. Zwischen den Bäumen konnte man noch halb verfallene Gebäude erkennen. Es sah aus wie der Friedhof einer ganzen Stadt.

»Die forsten also die Ruinen wieder auf, die im Krieg bombardiert wurden. Ist wie ein Pflaster nach einem MG-Beschuss.«

Mediums Augen flackerten hinter seiner Sonnenbrille rot auf. Er grinste schief.

»Das muss hier irgendwo gewesen sein, hier wurden mehrere unbemannte Kampfflieger abgeschossen. Solche, die die Kriegskapitalisten gegen Kriegsende vom Kontinent aus losgejagt haben, die mit automatischer Steuerung über das Meer fliegen konnten.

Gerüchten zufolge soll hier mal eine Militäranlage gewesen sein. Und unser Kätzchen ist wirklich hier?«

»Wir sind bereits auf der Straße zum Gelände.«

»Dem Gelände? Was für ein Gelände?«

»Das Gelände der Forschungsanlage. Eine Zeit lang haben Militär und Regierung diese Anlage finanziell stark unterstützt.«

Und in dieser Sekunde konnten sie es sehen: Zwischen den Bäumen in der dunklen Nacht blitzte eine Struktur auf, aus hellem Metall und Glas, die sich deutlich von den verfallenden Gebäuden unterschied. Sie war viel zu gigantisch, um genau erkennen zu können, wie sie eigentlich aussah.

Weiß. Weiß und gigantisch. Und die Mauer schien sich in die Unendlichkeit zu erstrecken.

»Ein ganzer Berg ...«

Medium war so verblüfft, dass er sich auf die Schenkel schlug und gackerte wie ein kleines Kind vor dem Fernseher.

»Das ist eine Überraschungs-Arche! Hier ist sie also! Unser Kätzchen rollt sich in ihr Schwänzchen ein, schnurrt und schläft? Ich werde sie schnurren lassen! O ja, ich werden sie schnurren lassen!«

Boiled starrte aus schlafdunklen, halb geöffneten Augen auf den Berg, der sich vor ihnen ausbreitete.

Mardock City war früher einmal die Stadt der Händler und Ingenieure gewesen.

Dann kam HighTech, nach dem Krieg entstand ein Dreieck aus Industrie, Forschung und Hafen. Im Inneren davon stand ein Dreieck auf der Spitze, die Regierung, das Vergnügungsviertel und Medienzentrum.

In jeder Ecke der zwei Dreiecke waren Reichtum, Ruhm und Ansehen, Armut und Korruption so fein markiert wie die Zahlen in einem Roulettekessel.

Als sie den Hügel ganz hochgefahren waren, hielt Boiled das Auto an. Medium öffnete seine Tür.

»Los, Mann, mach mich heiß, sag mir, was ich tun soll.«

Boiled zeigte auf eine Seite des Hügels.

»Geh von Westen her rein. Da ist der Wachdienst stationiert. Da sammelst du auch mehr Informationen über die Anlage.«

»Soll ich dir Bericht erstatten, wo genau sie ist?«

»Wenn das möglich ist, ja. Ich werde das Gelände offiziell vom Haupteingang aus betreten.«

»Aber der Feind wird sie doch sowieso verstecken? So tun, als ob sie gar nicht hier wäre?«

»Richtig.«

»Und das bedeutet …«, rief er, breitete die Arme aus und warf sich in die Brust.

»Ich darf also *machen, was ich will,* ja?«

»Ich genehmige dir jede Aktion. Jetzt verschwinde.«

Medium drehte sich schnell um.

Sein grausames Grinsen blieb in der Luft hängen wie ein übler Geruch. Er brach zwischen den Bäumen durch das Unterholz wie ein Jagdhund, den man von der Leine gelassen hat.

Schon bald konnte Boiled ihn nicht mehr sehen und setzte sich auf den Fahrersitz.

»Eine Arche …«, murmelte er leise und griff nach dem Lenkrad.

»Eine Arche, die auf eine Sintflut wartet, die niemals kommen wird«, wisperte er kehlig und startete den Wagen.

2

Der Wachturm mit dem Monitor befand sich in der Mitte des Tores im Kreisel. Als dort ein Wächter auftauchte, zeigte Boiled ihm seine Lizenz als Zuständiger eines beauftragten Falles.

Der Wächter beobachtete Boiled ausdruckslos, als wäre er eine Maschine, und sagte dann:

[Einen Augenblick bitte. Ich verbinde Sie mit dem Administrator. Stimme und Video werden aufgezeichnet.]

Boiled nickte. Der Bildschirm schaltete um.

[Der rostige Revolver kommt also zur Wartung zurück, weil er den eigenen giftigen Rost nicht länger erträgt?]

Ein Mann mittleren Alters. Nur bis zum Hals zu sehen.

Mehr war außerhalb des Displays nicht von ihm zu sehen, aber Boiled wusste ganz genau, wie *er* aussah.

»Ist Œufcoque hier, Professor?«

Professor Faceman lachte leise.

[Das ist aber etwas ganz anderes als das, was im Antrag stand, den ich bekommen habe. Gibt es sonst noch etwas, das du sagen möchtest?]

Er klang wie ein netter Lehrer, der von seinem Schüler erwartete, dass er sich selbst korrigiert.

»Ich halte es für wahrscheinlich, dass eine wichtige Zeugin meines Vorfalls in diese Anlage geflüchtet ist. Mach das Tor auf.«

[Es wird nicht nötig sein, dass du mit der Pistole hier eindringst. Treffen wir uns im Juichigatsu no Mori, im Novemberwald.]

Sagte Faceman freundlich. Das Display ging aus.

Boiled parkte das Auto, ging zum kreideweißen Tor und legte seine Hand auf die kleine Tür, die aussah wie ein Teil der Mauer. Mit einem elektronischen Schnappen öffnete sich die Tür nach innen, und sobald er den grellweißen Flur dahinter betreten hatte, schloss sich die Tür hinter ihm wieder.

Alles strahlte weiß und war so friedlich wie die leere Lobby eines Flughafens.

Boiled ging geradeaus. Seine Schritte klangen kühl, aber dennoch routiniert. Er fühlte einen leichten Widerstand und damit auch Abscheu in sich aufsteigen, gleichzeitig wollte er genau das fühlen. Den Flur durchquerte er, ohne irgendjemandem zu begegnen, und kam schließlich wieder an eine riesige Mauer.

Er berührte die elektronischen Schalttafeln, die in der Wand eingelassen waren. Seine Daten wurden überprüft, die dicke Mauer glitt nach rechts und links auf. Erst jetzt kamen Wiesen und Bäume in Sicht, als wäre das der Hügel außerhalb der Anlage.

Boiled betrat den Wald.

Zwischen den hohen Birken stand ein weißer Plastiktisch mit einem Stuhl.

Neben dem Tisch stand ein junger Mann, der Boiled freundlich anlächelte, als er näher kam. Kurz darauf starrte er Boiled fragend an.

»Der Kommunikator ist längst aus meinem Kopf entfernt. Dein Snarken ist sinnlos, Tweedledee«, sagte Boiled.

Gelangweilt deutete Tweedledee mit seinem Kinn auf den Tisch; dort stand eine Tasse Kaffee. Duftender Dampf stieg in kleinen Wölkchen auf.

Seine Augen sagten, dass er den Kaffee nur für Boiled vorbereitet hatte. Boiled zog es vor, ihn zu ignorieren.

»Professor Faceman!«, rief er vor dem Tisch stehend.

Der Kopf in dem Käfig hinter der Tasse hob ruhig seinen Blick.

»Früher haben einmal viele verwundete Soldaten in diesem Wald Ruhe und Frieden gefunden. Manche sogar den ewigen Frieden. Es wäre schön, wenn du hierher zurückkehrst und an diesem Ort eine Zuflucht finden könntest.«

Boiled schüttelte langsam den Kopf.

»Vor zehn Jahren bin ich auf Befehl der Armee hierhergekommen. Ich habe nicht vor, nach dem Krieg noch mal ein Opfer dieser Anlage zu werden.«

»Und das nennst du Nachkriegszeit? Viele Soldaten fühlen sich nach dem Krieg als Opfer, wie ist das bei dir?«

»Ich bin weder Opfer noch Täter.«

Tweedledee sah erstaunt aus.

Anscheinend verstand er nicht besonders gut, worüber Boiled und Faceman sprachen.

Faceman richtete seinen Blick auf Tweedledee und lächelte.

»Hier ist alles in Ordnung, Tweedledee. Bitte geh in den westlichen Wald.«

Tweedledee zuckte die Schultern, kam dann Boiled näher und tippte ihm auf den muskulösen Arm. Ganz so, als wolle er ihn auffordern, mit ihm Fangen zu spielen. Dann rannte er schnell in den Wald.

»Sein einziges Problem ist wirklich, dass es hier keine andere *bewegliche* Testperson in seinem Alter gibt.«

Faceman wandte seine Augen von Tweedledees Rücken ab und sah zu Boiled auf.

»Vorhin hat er mir noch erzählt, dass er sich mit dem Mädchen angefreundet hat, das hierhergekommen ist.«

Boileds Miene war unbeweglich, als er seine Hand in seine Jacke steckte.

»Ich habe drei Fragen. Die erste Frage: Wo sind Œufcoque, seine Klientin und Doc Easter? Wenn sie hier sind, wirst du mir ganz genau sagen, wo ihr ihnen Unterschlupf gewährt habt.«

»Wir gewähren niemandem Unterschlupf. Wir empfangen nur Gäste.«

»Sind sie hier?«

»Habe ich das Recht, diese Frage nicht zu beantworten?«

»Selbst wenn du das Recht hast, nutzen wird es dir nichts.«

»Hm. Was willst du denn dann machen?«

»Ich werde diese fiktive Anlage mit der Realität deines Todes konfrontieren.«

Faceman lächelte milde.

»Der Tod ist die einzige Realität. Das passt zu dir. Die meisten Menschen können der Realität nicht gerade oft ins Auge sehen – doch selbst wenn du mich tötest, wird sich nichts verändern. Wenn ich lebe, wird dir das auch nicht weiterhelfen. Also warum nicht *alles so belassen, wie es ist?* Für den Moment und für dich?«

Boiled nahm langsam seine Hand aus seiner Jacke.

Er hatte den Revolver nicht in der Hand.

Seine Hand hing kraftlos an ihm herunter und er erklärte murmelnd: »Ein weiterer Zeuge des Falles ist hier eingedrungen.«

»Meinst du den Mann, der öltriefend versucht, über die Transportwege im Westsektor in die Anlage einzudringen? Ich verstehe. Wenn ich also deine Fragen nicht beantworte, wird er etwas Subversives tun. Ist das deine Art, der Gesellschaft nützlich zu sein?«, entgegnete Faceman nüchtern.

Boiled murmelte weiter: »Allerdings habe nur ich das Recht, ihn als wichtigen Zeugen für diesen Fall zu verhaften. Das Broiler House hat den Antrag bereits genehmigt.«

Faceman runzelte besorgt seine Stirn.

»Weiß das dein Partner, der sich jetzt so viel Mühe gibt, hier einzudringen? Nein, so wie ich dich kenne, hast du ihm das Gegenteil erzählt.«

»Das optimiert seinen Nutzwert. Diese Methode ist beim Militär üblich, und hier auch.«

»In manchen Situationen ist diese Ausrede erlaubt. In anderen nicht.«

»Ich habe keine Zeit, mir deine Ausreden anzuhören.«

Faceman seufzte und erklärte ihm in einem freundlichen Tonfall, als wolle er ihn überzeugen: »Wir erneuern und analysieren ständig unsere Technologie. Wir haben Doktor Easter eine für ihn optimale Anlage zur Verfügung gestellt. Unter der Bedingung, dass er uns dafür die Daten seiner zivilen Forschungsprojekte zur Verfügung stellt.«

»Du gibst also zu, dass die wichtigen Zeugen hier sind?«

»Du kannst meine Worte so interpretieren, wie du möchtest.«

Boiled nickte gleichgültig.

»Zweite Frage«, knurrte er und starrte Faceman kalt an.

»Warte doch. Eine Bedingung meiner Antwort ist, dass du dich hinsetzt. In meiner ungünstigen Position habe ich dich nicht komplett im Blickfeld. Und dein Kaffee wird auch langsam kalt.«

Boiled blieb noch einen Moment lang stehen, schwieg, dann warf er sich auf den Stuhl.

»So ungestüm. Sag mir, Boiled, führst du ein erfülltes Leben?«

Boiled zuckte mit dem Kinn nach links und rechts.

Nicht als Antwort auf die Frage, sondern um den anderen zu unterbrechen.

»Beantworte meine Frage.«

»Hm?«

»Ich will die Daten, die Doc Easter euch zur Verfügung gestellt hat.«

»Das ist keine Frage. Ich frage mich allerdings, was du mit den Daten *dieses Mädchens* willst.«

»Die Daten könnten vor Gericht ein wichtiges Beweismittel werden.«

»Auf gar keinen Fall. Hör mal, mein Lieber, am Ende bist du nicht anders als Tweedledee.«

Facemans Worte ließen Boileds Augenbrauen ein wenig zucken.

»Tweedledee wollte auch die Daten des Mädchens haben. Selbstverständlich habe ich den Zugriff auf so wichtige Daten gesperrt, nachdem ich einen Antrag auf gemeinsame Zugriffsrechte zusammen mit wenigen anderen Wissenschaftlern gestellt hatte.«

»Was soll das heißen?«

»Suchst du nicht auch nach einem *Artgenossen*, genau wie Tweedledee?«

Boiled sah Faceman durchdringend an.

»Die Technologie des Paradieses bringt nur Monster hervor. Jetzt gibt es eben eins mehr.«

»Das bedeutet doch nur, dass es mit einer hohen Wahrscheinlichkeit in der heutigen Gesellschaft so interpretiert werden würde. Irgendwann wird unsere Technologie ganz normal sein«, antwortete Faceman seelenruhig.

»Selbst wenn du ihre Daten sehen könntest, es würde dir gar nichts nutzen.«

»Es ist ein Beweis, dass das Mädchen Mardock Scramble-09 *missbraucht*.«

»Sinnlos. Mittlerweile kann man anhand ihrer Daten auch vor Gericht nur noch schwer beurteilen, was Missbrauch überhaupt ist.«

»Was?«

»Sie entwickelt sich weiter. Ich wollte die aktuellen Daten nur als Material zum Vergleich und für die Analyse. Sie ist ein Genie.«

»Ein Genie? Im Kampf?«

»*Die Technik, das Selbst im Raum aufzulösen.* Provisorisch möchte ich es als Verdünnung des Bewusstseins bezeichnen.«

»Verdünnung?«

»Als wir ihre Bewusstseinsschwelle testeten, haben wir dabei eine Wellenform entdeckt, die einem Elektro-Enzephalogramm während eines veränderten Bewusstseinszustands ähnelt. Anscheinend gehört es zu ihrem Selbstschutz, um ihre Psyche normal zu halten, dass sie ihre Emotionen diffundiert und löscht. Eine Technik, die sie sich im Laufe ihrer Biografie angeeignet hat.«

»Was soll das heißen?«

»Wie du ja selbst weißt, zerfällt nach und nach das seelische Gleichgewicht von Menschen, die Metallfasern mit einem eigenen Metabolismus implantiert bekommen haben. Weil die Psyche von den neuen Eindrücken viel zu verwirrt ist. Ungefähr so, als bekäme ein Mensch Fledermausohren, und das Hirn kann die neuen Kapazitäten nicht nutzen und verliert deswegen die Orientierung.«

»Sie beherrscht also diese Technologie?«

»Ihre Bewusstseinsschwelle beträgt mehr als achtzig Prozent.«

Boiled verstummte. Die Worte des Professors machten ihn sprachlos, so etwas passierte ihm nicht oft.

»Die Fasern haben sich über ihre gesamten Hautzellen ausgebreitet. Reize aus ihrem Unterbewusstsein haben sie wohl beeinflusst und so entwickelten sie sich selbstständig weiter. Die Fasern, die in deine Handflächen implantiert wurden, entwickelten sich am Ende nicht mal ganz bis zu deinen Handrücken. Wenn du das mit einbeziehst, wirst du verstehen, wie außergewöhnlich sie ist.«

»Sie bedecken ihre Hautzellen?«

»Eine vollständige Assimilation. Irgendwann könnten sie sich auch im Inneren ihrer Mundhöhle, hinter ihren Lidern oder in einem Teil ihrer inneren Organe verbreiten.«

»Unmöglich.« Boileds Stimme klang heiser – was ihn selbst überraschte.

»Ich konnte es ja auch kaum glauben, aber es ist wahr. Doc Easters neue Technologien, die Existenz von Œufcoque und ihre Biografie – die Kombination dieser drei Elemente haben diese überraschenden Fakten geschaffen. Darum wollten wir ihre Daten haben und haben ihm das Labor zur Verfügung gestellt.«

»Aber die räumliche Wahrnehmung des Gehirns mit der elektronischen Manipulationsfähigkeit auszurüsten hat doch eigentlich nur eine einfache, unterstützende Funktion.«

»Unter Menschen, die alle denselben Pinsel in der Hand haben, gibt es welche, die kunstvolle Gemälde malen werden, und andere, die nicht den geringsten Sinn für Malerei entwickeln. Das ist hier das Gleiche.

Das Besondere an ihrem Snarken ist ihre erstaunliche Konzentration, wie sie ihr Bewusstsein verengt, wie sie ihre Emotionen diffundiert. Theoretisch kann das menschliche Gehirn alle Empfindungen beliebig kontrollieren, durch Selbsthypnose. Man kann Hitze spüren, wenn man Hitze fühlen will, und man kann auch *nichts fühlen, wenn man nichts empfinden will.* So kann man bis tief ins Innere seines Körpers wirkliche Kontrolle ausüben. Je nachdem wie geübt das Unterbewusstsein ist, könnte man so jede Veränderung der Umgebung sofort erkennen, sie wahrnehmen und verstehen.«

»Theorie und Wirklichkeit sind etwas anderes. Kein normaler Mensch kann seine Sinneswahrnehmungen so unterdrücken.«

Ungefähr an dieser Stelle musste Faceman lachen.

»Die Float-Technologie war am Anfang nur eine Art Unterstützung zur Fortbewegung in der Höhe. Aber warst es nicht sogar du selbst, der es geschafft hat, sich damit an Wänden, Decken und überall frei zu bewegen? Ich habe damals noch gesagt, das wären bedeutungslose Daten, weil sie nicht für eine breite Anwendung geeignet sind und sich auch ihre künftige Entwicklung nicht abschätzen lässt.«

»Aber – ihre organischen Daten sind doch sicherlich aussagekräftig?«

»Sogar das ist eine unbekannte Größe.«

»Wurde bei ihr FEB angewendet?«

Faceman nickte, wie selbstverständlich.

»Auf ihrem gesamten Körper wurde FEB – eine Funktionale Elektrostimulations-Behandlung – angewandt. Eigentlich hauptsächlich, weil ihre Arme und Beine gelähmt waren und durch die elektronische Neuprogrammierung der Nervensignale geheilt werden sollten …«

»Und was macht das zu einer unbekannten Größe?«

»Ihr Hautfasergewebe hat bereits mit der Assimilierung des Kleinhirns begonnen. Aus der Perspektive des Hautgewebes gesehen, ist es vielmehr so, dass *ihre Hautfasern das Gehirn kontrollieren*.«

»Ihre Haut kontrolliert ihr Gehirn? Ist das überhaupt möglich?«

»Die gesamte menschliches Existenz beruht darauf, dass der Körper zu einem System geworden ist. Darum ist es durchaus möglich. Rune Balot ist mittlerweile zu einem kybernetischen Lebewesen geworden, aus Metallfasern und einem menschlichen Körper. Die Fasern entwickeln ihr System selbstständig weiter, nach der räumlichen Wahrnehmung des Kleinhirns erstellen sie automatisch mehrere hundert Millionen potenzieller Bewegungsmuster und geben dann den Muskeln und den inneren Organen den jeweils optimalen Reiz.

Die Haut kontrolliert also das Gehirn und bewegt den Körper. Diese Art, den menschlichen Körper zu bewegen, gab es noch nie zuvor.«

»Warum haben meine Fasern sich nicht so entwickelt?«

»Ich kann dir nichts anderes sagen, als dass es eben ihre Besonderheit ist. Doktor Easter hatte bereits einige Kampfmuster in ihr Metallfasersystem programmiert, aber mittlerweile hat es sich so weit weiterentwickelt, dass diese ersten Muster nicht mehr von Nutzen sind. Außer ihr kann das niemand. Genau, wie niemand außer dir Float so weit entwickeln konnte.«

»Welche Gegenmaßnahmen sind gegen sie effektiv?«

»Gegenmaßnahmen?«

Faceman nickte, wie typisch, dachte er sich.

»Wir sind die Bewohner des Paradieses. Anders als die öffentliche Meinung – die nach dem Krieg die Moralvorstellung angenommen hat, dass alle Waffen und alle damit zusammenhängende Technologie böse sei – sehen wir Balot nicht als Bedrohung an. Oder siehst du es als Sinn deines Lebens an, gegen Lebewesen wie sie Krieg zu führen?«

Boiled sah so aus, als erhoffte er sich selbst eine Antwort auf diese Frage.

»Boiled, was bedeutet das für dich, kämpfen? Morden? Ist es dein Ziel? Nur Mittel zum Zweck?«

Faceman sprach ihn jetzt zum ersten Mal mit seinem Namen an. Boiled antwortete nicht.

»Ist das Morden zum Selbstzweck geworden? Als du noch ein Soldat warst, hast du nicht damals freiwillig dem Paradies deinen Körper anvertraut, damit wir daraus einen starken Geist in einem starken Körper machen, der optimal an den Weltraum angepasst ist? Ist es nicht erbärmlich, wenn das ganze Ergebnis dieser Arbeit nur niemals endendes Morden ist?«

»Töten ist für mich weder Ziel noch Mittel zum Zweck. Es ist nur mein Instinkt. Meine Gründe, warum ich damals herkam, hatten weder früher noch heute irgendwas mit dir zu tun. Und genau jetzt hast du weder das Recht noch die Pflicht, Fragen zu stellen, sondern nur ich.«

Boiled duldete keine Widerrede und fiel Faceman ins Wort: »Die dritte Frage. Was versuchen Œufcoque und die anderen über Shell herauszufinden?«

»Was meinst du damit?«

»Ich habe bereits den Antrag an das Broiler House gelesen. Œufcoque und der Doc planen möglicherweise eine originäre Untersuchung Shells.«

»Schade – jemandem, der im Morden seine Existenzberechtigung sieht, kann ich dazu nichts weiter sagen.«

»Was soll das wieder heißen?«

»Ich will dir damit sagen, dass es Beihilfe zum Mord ist, dir weitere Informationen zu geben. Du kannst mich gerne noch einmal fragen, wenn der Wert eines Lebens für dich wieder auf ein angemessenes Niveau angestiegen ist, doch bei dir sinkt das auf immer geringere Level.«

Jeglicher Ausdruck entschwand aus Boileds Gesicht.

Seine Züge, die ohnehin schon maschinenhaft wirkten, wurden noch ausdrucksloser, etwas lange Unterdrücktes befreite sich plötzlich.

»Einer, der in geheimen Labors so viele Leben zerhackt hat, will mir den Wert eines Lebens erklären?«

»Nicht den Wert des Lebens. *Deinen* Wert.« Faceman parierte Boileds Frage ganz gelassen. Boiled beugte sich nach vorn.

»Ich weiß von vielen Leben, die das Paradies beendet hat. Ich weiß von vielen Soldaten außer mir, was diese Anlage aus ihnen gemacht hat und wie sie gestorben sind.«

»Du behauptest also, das Töten wäre unser Ziel? Wie ein Konzentrationslager? Das ist eine dumme Schlussfolgerung. Natürlich gab es unter den Wissenschaftlern auch solche, die über Testpersonen wie über Gegenstände sprechen. Aber auch sie sind Menschen, und sie kennen den Wert eines Lebens, ihres eigenen eingeschlossen. Sonst könnte niemand die Forschungsarbeit hier ertragen.«

»Das ist doch nur ein fiktiver Wert.«

»Selbstverständlich ist der Wert nur fiktiv. Oder glaubst du, jemand hat irgendwo ›Werte‹ im Regal?«

»Meine Seele ist im Paradies gestorben. Alles Leben ist für mich wertlos.«

»Weil wir die Angst vor dem Tod entfernt haben. Und das war etwas, was vom Militär und dir so gewünscht war. Bei dir haben wir noch ein Dutzend andere Operationen vorgenommen, um dir die Illusion der Unsterblichkeit zu geben.«

»Ich habe vergessen, wie es ist, zu trauern, vergessen, was Wut ist.«

»Die Therapiemöglichkeiten der Bewusstseinsschwelle waren damals noch nicht besonders ausgereift.«

»Sogar den Schlaf habt ihr mir genommen.«

»Das war damals ein Forschungsprojekt mit der höchsten Priorität. Der schlaflose, permanent agierende Soldat. Das sollte die Armee stärker machen.

Davor wurdet ihr ständig mit Amphetaminen vollgepumpt, damit ihr die harten Pflichten eines Soldaten ertragen könnt. Als du hierherkamst, warst du drogensüchtig. Wir haben versucht, dich und viele andere Soldaten zu retten.«

»Retten?«

»Richtig. Ich empfinde das heute noch so. Ich nehme hier jeden Menschen auf, der sein Karma auf den Schultern trägt und den es fast zu Boden drückt.«

»Professor, meinst du wirklich, du könntest selbst mir wieder zeigen, welchen Wert das Leben hat?«, fragte Boiled, seine Stimme klang tief und schwer.

»Oder ob das Leben überhaupt einen Wert hat?«

Aber Faceman schüttelte nur den Kopf und lächelte sein mildes Lächeln.

»Eine dumme Frage, mit der du die Wahrheit in das Gegenteil verkehrt. Weil es keine Werte gibt. Das ist nur eine Idee, etwas Selbstgemachtes. Wer es vernachlässigt, seinem Leben einen Wert zu geben, entwickelt sich als Mensch wieder zum Tier zurück. Die Gesellschaft ist ein vom Menschen geschaffenes System, das diese Werte generiert und um diese Werte herum funktioniert.«

Boiled schwieg und starrte ihn finster an.

Faceman sprach leise weiter.

»Viele Beobachtungen und Studien beweisen, dass das gegenseitige Töten innerhalb einer Art keine Besonderheit des Menschen ist, sondern etwas ist, das alle Tiere machen. Alle Tiere haben immer den Drang, nur um des Tötens willen zu töten. Das ist ihr System des *ewigen Lebens*. Ein sauberes System, so wie die menschliche Gesellschaft.«

»Ich bin also ein Tier?«

»Aber natürlich, denn alle Menschen sind Tiere. Allerdings

hast du das Ideal, den Wert, verloren, und du bist ein Tier, das den eigenen Wert mit bestimmten Instinkten zu ersetzen versucht.

Abnormales Verhalten unter Tieren der gleichen Art – also Kannibalismus, Verfolgung, das Aussortieren der Schwachen, Selbstmord, Elternmord, Kindermord oder Brudermord – ist alles nichts anderes als das natürliche Resultat des Instinktsystems, wenn man mal genauer darüber nachdenkt.

Die Tiere lernen von ihrer Umgebung, die Kinder lernen von den Eltern. Auch wenn das Gelernte weitergegeben wird, so verhalten sie sich doch anormal, wenn es um das Überleben geht und die Umwelt sich so verändert hat, dass sie dem Gelernten widerspricht.

Mord an der gleichen Art ist auch ein Verhalten, das durch solche Faktoren erzeugt wird.«

»Wenn ich den Revolver abfeuere, ist das also abnormales Verhalten?«

Als er das sagte, wurden Facemans Augen ganz schmal, seine Züge konnte man gerade noch so als freundlich bezeichnen.

»Als ich abnormal sagte, hast du das mit einem Revolver assoziiert?«, fragte er zurück.

Boiled schwieg.

Faceman lächelte und sprach weiter.

»Abnormales Verhalten ist zum Beispiel Misshandlung innerhalb der gleichen Art, der gleichen Familie. Ein Teil der Tiere tut bestimmte Dinge, um schwächere Lebewesen als sie selbst – also die eigenen Kinder – zu Tode zu quälen. Es gibt auch Fälle, in denen das Kind vergewaltigt oder gefressen wird. Außerdem gibt es Massenselbstmorde unter Tieren, Kannibalismus oder das Töten der Eltern.«

Facemans Ton blieb bis zum Schluss gleichmütig und kühl. Boiled hörte ihm aufmerksam zu, sein Gesicht wurde dabei immer glatter und ausdrucksloser.

»In einem Naturschutzgebiet in der Savanne gibt es beispielsweise eine Herde von Pflanzenfressern, die manchmal, wenn ihre Vermehrung überhand nimmt, etwas tun, das als nichts anderes als eine Provokation gesehen werden muss.

Also zieht die gesamte Herde absichtlich an Fleischfressern vorbei und dann *lassen sie sich von den Fleischfressern verfolgen.* Fällt einer aus ihrer Gruppe zurück und wird ein Opfer der Fleischfresser, dann sieht der Rest der Herde dabei zu, wie ihr Artgenosse in Stücke gerissen wird.

Die Gehirne der Pflanzenfresser empfinden in diesem Augenblick offensichtlich Erregung und Wollust, das konnte mit einer Hirnstromkurve nachgewiesen werden.«

Faceman hielt diesen Vortrag, indem er die gespeicherten Daten in seinem Kopf durchsuchte und dann die passendsten Informationen daraus auswählte.

»Wie sieht es bei Insekten aus, die ein einfaches soziales System aufbauen? Zum Beispiel gibt es bei Bienenschwärmen immer einen bestimmten Teil von Individuen, die *keine Aufgabe haben.* Es gibt nichts, was sie tun können. Sie werden nicht weiter beachtet und sterben. Theorien zufolge ist das eine Fluktuation für Notfälle, aber kurz gefasst, bauen die Bienen so Stress ab, indem sie absichtlich Überflüssige erzeugen. Das ist eine Art Unterhaltung und Spaß.

Und wie sieht es mit dem Verhalten aus, das den Menschen eigen ist? Zum Beispiel Krieg? Dein ehemaliger Beruf.«

Boiled schwieg. Er starrte Faceman mit einem finsteren Glühen in den Augen an.

»Glaubst du, nur Menschen führen Krieg? Mitnichten. Man

kann ruhigen Gewissens behaupten, dass alle Tiere, die eine Herde oder ein Rudel bilden, auch Krieg führen. Von den Insekten bis zu den Pflanzenfressern, alle führen sie Krieg. Unter den Ameisen gibt es einige, die Nester anderer Arten angreifen und ihnen die Nahrung stehlen. Sie erobern das gegnerische Territorium, fangen die Überlebenden ein und lassen sie als Sklaven für sich arbeiten. Dieses Verhalten ist in Wahrheit also ein tierischer Impuls.

Wie findest du das?

So versteht man doch ganz gut, dass es dem Menschen immer noch nicht gelungen ist, das Instinktsystem der Tiere abzuschütteln, oder? Aber was ist jetzt der Unterschied zwischen Mensch und Tier?«

Faceman gönnte sich eine künstlerische Pause.

»Die Erschaffung der Werte«, sagte er.

»Während einerseits die Tiere auch etwas töten, was sie nicht fressen, hat der Mensch andererseits ziemlich lange gebraucht, um die Idee des Wertes von Leben und Tod zu entwickeln.

Das Leben hat keinen Wert.

Der Mensch hat dieses Ideal des Wertes entwickelt und in verschiedenen Bereichen des Lebens angewandt. Nur so gelang es dem Menschen, zum ersten Mal gegen die absolute Herrschaft des Instinkts in Konkurrenz zu treten und eine Gesellschaft überwältigender Stärke und Komplexität zu schaffen. Nur damit konnte der Mensch allen anderen Lebewesen überlegen werden und sich die Kontinente der Erde untertan machen.«

Faceman riss die Augen weit auf und neigte seinen Kopf zur Seite.

»Und was ist die Definition eines Menschen? Ob er dieses Ideal des Wertes versteht oder nicht. Ein Kleinkind ist noch sehr tierähnlich, es kann dieses Ideal noch nicht ganz begreifen. Doch wenn es den Wert erlernt, und auch lernt, wie man seinen eigenen Wert kreiert, wenn es den Wert von Dingen oder anderen Menschen akzeptiert und lernt, wie man ihren Wert erhöhen kann, dann ist es zum ersten Mal ein Mensch und ein Teil dieses sozialen Systems.

Andererseits gibt es auch absolut tierähnliche Menschen, die noch vor der Entwicklung der Idee des Wertes in das System der Gesellschaft integriert wurden.«

An dieser Stelle lachte er. Boiled reagierte nicht.

»Œufcoque kennt seinen Wert«, erklärte Faceman und lächelte liebenswürdig dazu, sein Tonfall klang allerdings so, als wolle er Boiled provozieren.

»Zuerst haben wir durch einen Zufall *diese eine Maus* ausgesucht, da der Metabolismus einer Maus gut als System einer vitalen Einheit geeignet ist. Doch als die Intelligenz der Maus stieg, bekam sie auch eine Persönlichkeit. Die Maus begriff das Werteideal, und so wurde sie von einem Tier zu dem modifizierten Lebewesen, das wir Œufcoque nennen. Œufcoque versucht, sich seinen eigenen Wert zu erarbeiten, und er versucht, den Wert anderer zu akzeptieren. Weil er verstanden hat, dass das der Hauptgrund ist, warum der Mensch seine Gesellschaft in diesem Maße ausdehnen konnte.

Der Wille des Menschen ist es, der ihn zahllose Gefahren überwinden lässt, um ständig neue soziale Gefüge zu entwickeln und sie auf ein hohes Niveau zu bringen. Dieser Wille brachte Œufcoque dazu, sich von sich aus mit sozialer Pathologie zu befassen.« Der Professor sah Boiled ernst an, während er das sagte.

»Im Gegensatz zu ihm bist du ein dummer Mann, der versucht, sich zu einem Tier zurückzuentwickeln, indem er seinen eigenen Wert verschleißt und sich trotzdem bis in alle

Ewigkeit an die menschliche Gesellschaft klammert. Wenn es das reine Töten ist, was du willst, dann geh in ein Naturschutzgebiet, in irgendeinen Dschungel und töte alles – Tiere, Pflanzen, Fische, Insekten und Bakterien, was auch immer du willst. Es ist überhaupt nicht nötig, dass du mit Menschen zusammenleben musst.«

Zum ersten Mal antwortete Boiled. Es war fast ein Reflex.

»Ich war Soldat. Ich habe Strategien gelernt, das Leben auf der einen Seite zu beschützen und gegen das Leben auf der anderen Seite zu kämpfen. Ich existiere, um zu beschützen und anzugreifen. Auch heute noch beschütze ich das Leben.«

»Ist das alles, was von deinem Stolz übrig ist? Die menschliche Existenz schließt stets den Widerspruch mit ein. Mal erschafft er das Militär, ein effizientes Tötungssystem, und dann versucht er, nicht davon getötet zu werden. Oder sie betrachten Plünderung als Teil des Produktions- und Handelskreislaufs.

Für mich sieht es mehr danach aus, als ob du nach etwas suchst, das du angreifen kannst, als dass du etwas beschützt. Ist das dein Wert?«

»Was weiß ein Mensch schon von der Gesellschaft, wenn er das Paradies an einem Ort errichtet hat, der von aller Welt isoliert ist?«

»Gerade weil ich die Gesellschaft kenne, habe ich das Paradies geschaffen. Damit fordere ich meinen Wert heraus.«

»Ich fordere ständig meinen Wert heraus.«

Faceman machte große Augen, er gab sich Mühe, beeindruckt auszusehen.

»Aha. Und was bist du?«

»Manche Menschen beschützen einerseits den Wert, andere bringen einen Wert ins Nichts zurück. Ich bin einer von denen, die dazu geboren wurden, mehr Nicht-Sein zu erschaffen.

Wenn es ein Mensch war, der die Werte geprägt hat, ist es auch wieder ein Mensch, der diese Werte zurück ins Nichts bringt.«

Faceman seufzte kaum hörbar.

»Eine sehr endgültige Art zu denken. Ein echter Tiefpunkt. Kompensierst du so dein Gefühl der Machtlosigkeit? Soll dir jedes Lebewesen dieses Gefühl des Nichts geben, weil du keine Gefühle mehr hast?«

»Das Paradies ist doch genau der Ort, der den Wert eines Menschen zerstört, während das Paradies sich weiterentwickelt. Aber mit dem Nichts zu spielen ist wohl dein großer Stolz.«

»Werte sind unbeständig. Die Zerstörung wird ganz sicher weitergehen, heute und auch in Zukunft. Aber solange die Struktur das Ziel ist, werden auch mitten in der Zerstörung Werte geschaffen. Und das ist niemals das Nichts.«

»Eine Anlage wie diese, die Menschen wie Dinge behandelt, will das bewerten?«

»Das hat auch damit zu tun, dass unsere Observationstechnologie bis heute nur auf einem materiellen Level oder einem Level psychischer Phänomene angewendet wird. Wir sind noch etwas unausgereift. Als wären wir nur ein Ei im Korb. Darum haben wir uns auch so ungern von Œufcoque getrennt. Das goldene Ei, das *die Seelen an ihrem Geruch erkennt.*«

Er unterbrach sich selbst und fixierte Boiled mit seinem Blick.

»Hat er dich nicht auch einmal erkannt, rostiger Revolver? Ich muss zugeben, dass du es schaffst, deine Mordgier mit deiner einzigartigen Psyche zu kontrollieren. Aber du bist so nur eine Waffe in Menschengestalt. Was willst du tun, um deine Seele zurückzugewinnen?«

Boiled erhob sich ruhig.

»Ich töte nur, um die Rechte meines Klienten zu schützen. Sonst töte ich niemanden.«

»Der Mensch ist bei dem Versuch gescheitert, selbst zu einem Gott zu werden. Du versuchst mit deiner Mordlust doch nur, ein Gefühl von göttlicher Allmacht zu bekommen und damit deine verlorenen Gefühle zurückzugewinnen. Doch dein ganzer Lohn dafür ist der Weg eine Treppe hinunter in die Hoffnungslosigkeit. Alle Krieger und Jäger der Geschichte waren verglichen mit dir sehr bescheiden.«

Boiled steckte seine Hand in die Jacke. Dieses Mal hatte er etwas Schweres aus Metall zwischen den Fingern.

»An der Front hat das Leben eines Soldaten keinen Wert. Es ist mir gleich, wenn du sagst, dass ich keinen Wert habe. Nur mein Feind kennt meinen Wert.«

»Das heißt also, wer deinen Wert erkennt, unterminiert seinen eigenen Wert.«

»Im Grunde seines Herzens weiß jeder Mensch, dass in Wirklichkeit nichts einen Wert hat.«

Boiled zog seinen Revolver. Ohne zu zögern, richtete er die Mündung auf den *Menschen* vor ihm.

»Antworte auf meine Frage. Was will Œufcoque über Shell herausfinden?«

»Dein Rost hat dich schon zu weit vergiftet. Meine Antwort bedeutet dir doch gar nichts mehr. Du bist heute nur noch ein Motor, der von Apathie, dem Instinkt zu überleben und deiner Mordlust angetrieben wird. Glaubst du, wenn du Œufcoque in der Hand hast, wird er deine Seele ersetzen?«

Boiled zog den Abzug durch. Mehrmals. Mit einem gewaltigen Krachen barst der weiße Tisch in zahllose Stücke und flog in alle vier Himmelsrichtungen, Erdbrocken rasten durch die Luft.

Dann blies der Wind den Schießpulvernebel beiseite. Der schwebende Vogelkäfig war von einer transparenten Kuppel umgeben. Von dort aus sah der Professor Boiled ernst an.

»Die Technologie, die du ebenfalls benutzt, um Kugeln von ihrer Flugbahn abzubringen, haben wir hier entwickelt.«

Boiled schoss wieder. Die Kugel kam von ihrer ursprünglichen Flugbahn ab und zerfetzte einen Baum hinter ihm in kleine Splitter. Die Zerstörungskraft war gewaltig, aber reichte eben nicht, um irgendetwas an der Situation zu ändern.

Boiled stöhnte. Die Augen des Professors wurden wieder schmaler. Ganz schnell drückte er erneut ab.

Dieses Mal allerdings streifte die Kugel den Vogelkäfig, Funken sprühten.

Die zwei Gravitationsfelder konkurrierten miteinander und wurden so verengt, dass die Kugel den Käfig gestreift hatte. Jedoch war das die Grenze gewesen. Boiled nahm den Revolver hoch.

»Warum fragst du deinen Klienten nicht?«, fragte ihn der Professor ganz ruhig.

»Es geht keinen von uns beiden etwas an, *was Œufcoque, Doktor Easter und Rune Balot suchen*. Das ist euer Fall. Warum macht dir dein Klient diese Information denn nicht zugänglich?«

Der Revolver war nach wie vor auf den Professor gerichtet, Boiled schwieg und starrte ihn an.

Den Abzug hatte er nicht noch einmal gedrückt.

»Glaubst du wirklich, Œufcoque kehrt zu dir zurück, wenn du sogar das Vertrauen selbst verloren hast?«, fragte Faceman.

Er klang entsetzlich traurig.

3

#Was … ist sie eigentlich?#

Tweedledum war unter Wasser völlig perplex.

#Ja … ein Sturm. Ich habe noch nie einen gesehen, aber das muss wohl ein Sturm sein.#

Sagte er fassungslos angesichts der Datenspirale, die sich um Balot herum drehte.

#Ich erfasse die Spur des Programms …#

Erklärte Balot, während es für alle so aussah, als schwimme sie mit ihren Armen und Beinen ganz langsam unter Wasser.

In dieser Sekunde rasten die Daten, die Balots Worte gemeint hatten, wie ein Strudel durch das Wasser, um sich dort in einem Flüssigkeitsschaltkreis semantisch um die anderen elektronischen Daten herum zu ordnen.

Gehirn – was dieses Wort bedeutete, und alles, was sich darauf bezog, wurde zur Basis ihrer Daten, sie sortierte alle Informationen, die damit zusammenhingen, verdichtete sie zu einem Bild, das Shells wahren Charakter enthüllte.

Balot war mittlerweile so weit, dass es reichte, wenn sich eine Idee in ihrem Kopf formte. Ein Bild, das sie suchte. Über die Lightight, die ihren Körper bedeckte, wurde es dann zu einem elektronischen Signal, das die Datenspirale in einer erstaunlichen Geschwindigkeit snarkte.

#Hier ist eine Kopie … ganz sicher … eine Spur.#

Kleine Blasen voller Atemluft blubberten leise aus ihrem Atemgerät nach oben. Ihre Augen waren nur halb geöffnet.

#Seine Erinnerungen der letzten achtzehn Jahre, er hat sie abgespeichert …#

Unter Wasser sah sie mit schlaftrunkenen Augen auf das Licht über ihr.

#Ich verknüpfe sie …#

Flüsterte Balot. Tweedledum war so überrascht, dass ihm ein #Unglaublich!# entwischte.

In diesem Augenblick wurden alle Daten sortiert, und nur die gesicherten Fakten blieben stehen.

#Ich habe das spezielle Programm analysiert, das nur genutzt wird, um Shells Erinnerungen von seiner Bewusstseinsschwelle aus seinem Hirn zu übertragen. Ich habe eine Spur gefunden, wann das Programm ausgeführt wurde. Ich habe nur nach Charakteristika gesucht, die auf Shell Septinos' fünf Sinnen basieren, damit ist eine Verwechslung mit seinen Fantasien und Wünschen ausgeschlossen. Sobald alles aufgezeichnet ist, wird die Form der Erinnerungs-Charakteristika zerstört und so aus seinem Hirn gelöscht.#

Ob Balot flüsterte oder ob es *die Daten waren, die von selbst sprachen,* konnte keiner mehr sagen.

#Um die achtzehn Jahre alten, hauptsächlich audiovisuellen Aufzeichnungen chronologisch zu speichern, hat man spezielle Speichermedien erstellt. Eine spezielle Technik der Metallverarbeitung, die nur an bestimmten Orten eingesetzt wird. Diese Spur – eine besondere Art der Metallverarbeitung – bestimmt den Datenkanal der Spur.#

#Aha, verstehe – in diesen Flaschen hat er achtzehn Jahre Gehirn gespeichert.#

Tweedledee flüsterte, als er Balot ansprach. Sie wirkte wie eine Schlafwandlerin.

#Und wo ist die Flasche?#

#Abhängig von der Art der Geldwäsche, können die Spuren des Fälschens der Rechnungen schematisiert werden. Diese Schemata stimmen mit Shells persönlichem Vermögen und seinen geheimen Konten überein. Immer wenn ein Mädchen starb, geriet das Geld plötzlich in Bewegung.#

Wisperte sie, und tief in ihrem Herz regte sich eiskalte Angst. Als hätte sie ein Messer aus Eis verschluckt. Ihr Puls schlug weiter ganz ruhig, aber ihre Seele selbst wurde immer klarer, immer schärfer.

#Warum ich?#

Fragte sie sich, und in dieser Sekunde veränderten sich die Daten, die in schwindelerregenden Spiralen um sie herumwirbelten.

#Richtig.#

Ganz ruhig beobachtete Balot das sprudelnde Licht. Sie atmete tief ein, doch ihre Seele versuchte ihren Wunsch, zu töten, noch mehr zu schärfen. Sie hielt ihre Hände an, die das Messer ihrer Seele noch schärfer machten, sie atmete langsam wieder aus.

#Die Antwort darauf ist in Shells Erinnerungen ...#

Zu diesem Ergebnis war Balot gekommen.

#Back-up Brain, ein alternativer Erinnerungsspeicher ... dazu braucht man eine Anlage und viel Geld. Der Geldfluss, die Spuren, die der Einsatz des Programms hinterlassen hat, Shells Verhalten, die Erstellung bestimmter Speichermedien, das Honorar für bestimmte Personen und schließlich die Mädchen zu diesem Zeitpunkt ...#

Diese ganzen Informationen und Daten kamen zu einem Ergebnis, *Balot fühlte es mit ihrer Haut*. Sie analysierte es aus jedem Winkel, und danach stellte sie fest, dass alle zu der gleichen Schlussfolgerung führten.

Ganz sanft machte sie ihre schläfrigen Augen weit auf und betrachtete die glitzernde Wasseroberfläche.

Sie fühlte sich, als wäre sie aus dem einen Traum aufgewacht, um in einen neuen Traum einzutreten. Und in diesem Traum spürte sie ganz deutlich, wie Zahnräder die Uhr richtig einstellten.

#Hast du es gefunden?#

Fragte Tweedledum überwältigt.

#Ja, ich hab's gefunden.#

Sagte Balot, und ihr Blick glitt weiter zu Tweedledum.

#Ich weiß, wo ich den Inhalt des verdorbenen Eis finde.#

[Boiled? Boss? Mr. Iron Man? Scheiße! Warum kriege ich keine Verbindung? Verdammt!]

Fluchte Medium, nicht mit seiner echten *Stimme,* sondern der Stimme seines Kommunikator-Implantats, die sich einfach so inhaltsleer in der Luft auflöste und verschwand.

Medium checkte, wie viel Zeit vergangen war, seit er diese gigantische Anlage betreten hatte. Etwas länger als eine Stunde. So lange hatte er dazu gebraucht, in den Kontrollraum hinter dem Vorbau zu kommen und dort drei Wachen mit seinem 200.000-Dollar-Buttermesser, der elektromagnetischen Klinge, umzubringen.

Er hatte die drei Männer in Stücke geschnitten und sie in ihre Spinde gesperrt. Vorher hatte er noch einem, der ungefähr seine Statur hatte, die Uniform abgerissen und sich übergezogen. Danach hatte er den Raum nach Informationen abgesucht, die er brauchen würde. Eine Karte der Anlage, Rohre, elektrische Schaltkreise und anderes. Es dauerte nur wenige Minuten, bis er die groben Strukturen des Kontrollraums direkt in sein Gehirn kopiert und erfasst hatte.

Nach getaner Arbeit versteckte er seinen Kopf, der mehr nach Patient als nach Wachpersonal aussah, unter der Kappe eines Wächters und verließ den Raum.

Er hielt sich genau an die offizielle Patrouillenroute und versuchte dabei, Kontakt mit seinem neuen Boss aufzunehmen, der ihn hierhergeschickt hatte. Er bekam einfach keine Verbindung.

Wahrscheinlich war das gesamte Gebäude so angelegt, dass elektrische Wellen abgeschirmt wurden. Allerdings wusste er dank des Bauplans aus dem Kontrollraum, dass es eine einzige Frequenz gab, mit der er eine vernünftige Verbindung aufbauen könnte – aber selbst diese Frequenz wurde jetzt von irgendetwas abgeschirmt.

Medium nahm das Messer in die rechte Hand, dann ging er weiter durch den Flur, lässig und gleichmütig.

Auf beiden Seiten des langen Flures waren viele Türen. Gelegentlich durchquerte er eine Lobby oder kam an Terrassen vorbei, die mit Glas abgeschlossen waren. Aber er begegnete nur selten anderen Menschen. Wenn er welche sah, so waren sie recht alt, ihre Körper mit Maschinen verbunden. Manche sahen aus wie Wissenschaftler, die zusammenkamen, um zu diskutieren. Sie sahen nicht so aus, als hätten sie irgendetwas mit dem Mädchen zu tun, das er suchte.

Dann plötzlich hatte er während der Suche in der Hardware seines Hirns tatsächlich ihre Koordinaten gefunden.

»Rune Balot«, flüsterte er.

Er hatte die Gästeliste geknackt, die nur durch ein primitives Passwort geschützt war. Er grinste. Seine Mundwinkel zogen sich dabei abnormal hoch. Rotes Licht flackerte hinter seiner Sonnenbrille, und Medium machte sich auf den Weg in den Sektor, in den die Koordinaten ihn schickten.

Er fand sein Ziel ziemlich schnell. Eine dicke Tür verschloss den Eingang. Er zückte seine Lockbuster-Card und steckte sie einfach in den Schlitz. Beim Netzhautscan machten seine roten, mechanischen Augen die übliche Tarnprojektion. Außerdem nahm er einen Finger aus der Tasche, dessen genetisches Muster ihn identifizieren würde, legte ihn mit der linken Hand auf die Maschine und drückte fest zu. Seine linke Hand war ihm zwar erst vor wenigen Tagen abgeschossen worden, doch er hatte sie umgehend durch eine elektronische Prothese ersetzt. Der Finger, den er von einer der Wachen abgeschnitten hatte, zerplatzte unter den Stahlfingern wie eine reife Frucht. Er quetschte etwas Blut heraus, das Vitalmuster wurde erkannt und er konnte passieren.

»Hallo, mein Kätzchen! Ich bin da!« Medium lachte schrill. Die Tür öffnete sich mit einem schweren Klacken. Kaum war er durchgegangen, als er »Wow!« rief.

Dann sah er sich um, er fühlte sich ziemlich high.

Üppige, grüne Bäume, strahlendes Sonnenlicht und ein sanfter Wind. Medium nahm sein gefährliches Messer wieder in die Hand und drehte sich wie beim Walzer. Er lachte.

»Das ist so *hardcore!* Das ist ja echt das Paradies! So ein schöner Strand! Hier kann ich mit meinem Kätzchen spielen!«

So tänzelte er nach recht und links und schwang wild sein Messer.

Die Blumenranken waren in einer Sekunde durchgebrannt, Äste rauschten mit einem trockenen Krachen zu Boden. Silbernes Licht fiel in seine rot glänzenden Augen, die so weit geöffnet waren, dass die Augenlider fast rissen. Dann hörte seine Raserei ganz unvermittelt auf.

Menschen!

Er duckte sich tief, machte einen Umweg durch die Bäume und näherte sich ihnen lautlos.

»Was sind das denn für welche?«, näselte er mit sich selbst.

Keiner von ihnen bewegte sich. Manche saßen in Rollstühlen, manche dazwischen im Gras. Alle hatten ihren Blick noch immer in die Luft gerichtet. Sie waren wie Dekorationen, wie zahllose reglose Puppen, die man an verschiedenen Stellen hier im Wald aufgestellt hatte.

Er beobachtete sie eine Zeit lang, dann brach er aus dem Gebüsch und zeigte sich, ging mit großen, unbeherrschten Schritten geradeaus, damit sie ihn sehen konnten.

Und nicht einer beachtete seine rot leuchtenden Augen oder die Klinge in seiner Hand.

Nicht lange darauf stellte er sich neben eine Frau im Rollstuhl. Ihre Haut war ungewöhnlich blass. Er sah sie scharf an, dann beugte er sich zu ihr und roch an ihr. Pustete in ihr Ohr. Sie bewegte sich nicht einmal ein ganz kleines bisschen. Er streichelte ihr Gesicht mit seiner Klinge. Er strich ihr Haar zur Seite, das fand er interessant, denn er entdeckte auf ihrem Kopf die Spuren mehrerer Eingriffe. Er stütze sein Kinn auf der Hand ab, die das Messer hielt, und sah sich die Frau nachdenklich an.

Danach machte er einen Schritt zurück, brachte Abstand zwischen sich und die Frau und trat mit Schwung gegen ihren Rollstuhl.

»Hey! Du verdammte Gummipuppe! Was denn? Schau mich an!«, schrie er und trat sie wieder und wieder.

Der Rollstuhl schwankte heftig, dämpfte aber den Aufprall, gepolsterte Armlehnen streckten sich aus und verhinderten, dass ihr Körper aus dem Rollstuhl fiel.

Medium kicherte.

»Alles Fetischisten. So viele lebende Gummipuppen.«

Mit einem Raubtiergrinsen im Gesicht sah er sich um. Ganz gleich, welchen Lärm er machte, alle ließen nur den Wind über ihre hellbraunen Patientenkittel wehen, keiner versuchte, auch nur einen Finger zu rühren.

Medium strich das Haar der Frau, deren Rollstuhl er getreten hatte, wieder ordentlich zurück in ihr Gesicht. Er nahm ihre Hand, die von der Armlehne neben dem Rollstuhl hing, und betrachtete sie ganz genau.

Er nahm ihre Finger in seinen Mund und sog daran. Dann legte er ihre linke Hand auf die Armlehne des Rollstuhls, schnallte sie fest und durchtrennte ihr Handgelenk mit dem Messer.

Einen Moment lang versteifte sich ihr Körper.

Der Gestank der ausgebrannten Wunde stach ihm in die Nase. Kein Blut floss. Er nahm die abgetrennte Hand in seine und lächelte zufrieden. Ganz höflich legte er ihr die Hand daraufhin in den Schoß.

Dann schnallte er ihre andere Hand auf der Armlehne fest und setzte die Klinge an ihren kleinen Finger.

Er fiel, so wie Karotten beim Schneiden vom Brett fallen. Danach schnitt er ihr Mittelfinger und Daumen ab, bewunderte die Form ihrer Hand mit den unregelmäßigen restlichen Fingern.

Ein Finger nach dem anderen fiel neben dem Rollstuhl ins Gras.

Tränen sammelten sich in den Augen der Frau, die sich nicht bewegte, liefen über und strömten über ihre Wangen. Als Medium das bemerkte, kam er ihr mit seinen Lippen ganz nahe, streckte seine Zunge aus und machte sie ganz spitz, dann leckte er ihre Tränen ab. Gleichzeitig trennte er ihren letzten Finger sehr sorgfältig ab.

Er lachte.

»Es ist so schön hier! Gar nicht schlecht, wenn ich mich hier nach neuen Fingern umsehe. Und dann ist da noch das Kätzchen. Ja! Hier kann ich viele Schätze finden! Fantastisch! Absolut fantastisch!«

Dann geschah es.

#Was machst du da?!#

Medium hörte plötzlich eine Stimme in seinem Kopf!

»*Wah?!*« Medium machte einen Satz. Vor Erschrecken war er hochgesprungen. Kaum war er wieder unten, raste er ins Gebüsch. Wie bei einer Flucht hastete er hin und her, lehnte sich dann mit dem Rücken gegen einen Baum. Dann sah er seine Umgebung genau an. Er atmete hastig ein und aus. In nur einer Sekunde war sein Gesicht zu einer von Angst verzerrten Fratze geworden.

Dann überrollte ihn die zweite Manipulationswelle.

#Hast du gerade auf Balots Daten zugegriffen? Wie bedauerlich! Diese Daten dürfen nur nach einer Genehmigung von Professor …#

»Wer bist du? Wo steckst du? Du verdammter Hacker! Scheiße! Du hast meine Freunde umgebracht! Du hast meine Freunde umgebracht!!«, brüllte Medium gellend.

Mit dem Messer in der Hand sprang er aus dem Schatten des Baumes, gehetzt sah er nach rechts und links.

#Ich bin hier. Du redest ziemlich viel. Ich kenne niemanden, der so laut redet wie du.#

Mediums Schrei riss ab.

Ein junger Mann kam mit ruhigen Schritten durch die Bäume.

Obwohl ihm klar sein musste, dass Medium ihn gesehen hatte, kam er ohne besondere Vorsicht näher.

#Ich bin Tweedledee. Wer bist du?#

Fragte er und blieb in geringer Entfernung vor Medium stehen.

»Ich?! Wer ich bin? Ach, so ist das! Verstehe!« Medium nahm seine Sonnenbrille ab, seine roten Augen waren fast kreisrund aufgerissen, als er den jungen Mann anstarrte.

»Du hast es also getan. Meine Freunde! Mein Rudel! Du hast es getan!«

Tweedledee neigte den Kopf zur Seite und beobachtete das Verhalten seines Gesprächspartners interessiert und aufmerksam.

#Du hast auch Hardware im Kopf.#

»Du sollst nicht in meinem Kopf sprechen!«

Tweedledee war erstaunt. Er runzelte die Stirn, während er dabei zusah, wie Mediums Sonnenbrille von seiner linken Hand zerquetscht wurde. Er schien überhaupt keine Angst zu haben.

Wieder neigte er seinen Kopf zur Seite und starrte Mediums reines, grausames Lächeln an.

#Ich wollte doch nur …#

»Wie willst du das denn wiedergutmachen? Mein Herz ist eine blutige Wunde! Ich bin tief verletzt! Und du bist dieser verdammte Hacker! Was machst du jetzt mit meinem blutenden Herzen?«, brüllte Medium und kam dabei Tweedledee immer näher. Tweedledee ging einen Schritt zurück.

#Wir können uns nicht unterhalten. Langweilig. Dieser Mensch aus der Außenwelt ist genau wie eine Testperson mit einer Tendenz zur Geistesgestörtheit.#

»Verpiss dich endlich aus meinem Kopf!« schrie Medium, die Klinge in seiner rechten Hand reflektierte das Licht und blendete in Tweedledees Augen.

Nur für einen Moment schloss Tweedledee überrascht seine Augen.

In dieser Sekunde raste Medium auf ihn zu, seine linke Hand griff nach Tweedledees Arm. Der bekam eine Gänsehaut, als er die metallische Hand fühlte. Verzweifelt versuchte er, seinen Arm zurückzuziehen, aber er kam nicht mehr frei. Dann schlug Mediums Stimmung plötzlich um, und er flüsterte: »Ich werde dich lieben, ganz zärtlich. Komm her. Komm schon.«

#Gegen gewalttätige Gäste sind mir bestimmte Maßnahmen erlaubt.#

Sagte Tweedledee und machte ihn ganz höflich darauf aufmerksam.

Mediums Gesicht verlor jeden Ausdruck. Etwas, das er lange unterdrückt hatte, brach aus ihm heraus, und damit rammte er das Messer und seine Faust in Tweedledees Gesicht.

Ein sattes, feuchtes Knirschen. Tweedledees Nase war gebrochen, viel Blut floss. Wortlos senkte er den Kopf. Er versuchte nicht einmal, sein Gesicht mit seiner freien Hand zu schützen.

Medium schwieg und schlug weiter zu, mehrmals.

Tweedledees Lippen, Augen und Ohren platzten auf. Sein halbes Gesicht schwoll schnell an, überall war Blut.

»Ich werde ganz zärtlich zu dir sein, mein Kleiner. Ganz zärtlich!« Mit seiner langen Zunge leckte Medium Tweedledees Blut von seinem Handrücken.

#Ich werde es so lange ertragen, bis das Sicherheitssystem aktiviert wird.#

Erklärte Tweedledee und hob sein geschwollenes Gesicht.

Er sah ruhig dabei aus, er hatte keinerlei Schmerzen.

Das schockierte Medium so sehr, dass seine Wut ihn erstarren ließ.

#Ich dachte zwar, ich würde nach langer Zeit gern einmal wieder Schmerzen spüren, aber ich habe mich geirrt. Es ist doch zu unangenehm. Also habe ich meinen Körper remanipuliert und den Schmerz wieder gelöscht.#

Medium kreischte und schlug erneut zu. Und noch einmal. Die Haut an Tweedledees Arm, den er gegriffen hatte, riss, und Blut rann heraus.

»So süße Finger. So schöne Finger. Und es schmeckt so gut. Dein Blut schmeckt ganz einmalig.«

Medium lachte, sein Gesicht grausam verzerrt. Er schlug weiter zu, dann blitzte seine Klinge auf.

Tweedledee war frei, doch nur kurz. Er fragte sich, warum er plötzlich von dem Mann vor ihm befreit war. Sehr bald fand er die Antwort.

Sein Arm unterhalb des Ellenbogens, den Medium festgehalten hatte, war abgeschnitten und verschwunden.

Dann sah Tweedledee, wie Medium den Arm, der bis vor Kurzem noch ihm gehört hatte, in der Hand hielt.

Die Wunde war sauber durchgebrannt, es floss kein Blut. Dann rauschte etwas in seinem Hals hoch, nach oben und weiter nach oben: »Ah …«

Eine Stimme löste sich aus seiner Kehle. Tweedledee war selbst überrascht davon und schielte sich selbst auf die Lippen.

Medium kam wieder näher.

Er kicherte und küsste den Arm, dann warf er ihn weg.

Ganz abrupt schwang er wieder seine Klinge. Tweedledee hob im Reflex den linken Arm, um sich zu schützen. Sein linkes Handgelenk wurde wie Wachs durchgeschnitten und flog durch die Luft.

Tweedledee atmete tief ein und ging rückwärts.

»Jetzt hast du einen Körper, wie er mir gefällt.« Medium lachte und bleckte seine Zähne.

»Ah … ah!«, keuchte Tweedledee.

»Eine Stimme … Atmung … das ist so lange her, dass ich so was hatte …« Er machte den Mund auf und zu wie ein Karpfen, sah Medium an und lächelte. Sein Gesicht war geschwollen, Blut floss, beide Arme waren abgeschnitten. Und er lächelte ihn so freundlich an wie ein kleiner Junge.

Sofort hörte Mediums gellendes Gelächter auf.

»Was bist du eigentlich?«

Unwillkürlich blieb er wie versteinert stehen, als hätte er Angst vor ihm.

#Das Sicherheitssystem wurde aktiviert. Jetzt ist es nicht mehr meine Schuld.#

Erschreckte ihn die Stimme in seinem Kopf wieder.

Jählings kreisten Schatten um Medium. Er hielt sein Messer hastig hoch. Als er die Schatten erkannte, verzerrte sich ungläubig sein Gesicht.

Riesige Fische umkreisten ihn.

Medium starrte mit blutunterlaufenen Augen in den Himmel. Ein trockenes Pfeifen kam aus seiner Kehle. Seine Augen hingen an *den Haien, die in der Luft schwammen,* er sah gar nichts anderes mehr.

#Kommt!#

Tweedledee reckte seine verstümmelten Arme in den Himmel und rief: #Die Security hat es genehmigt – den hier dürft ihr auffressen.#

Tweedledees Augen, geschwollen und aufgeplatzt, sahen Medium arglos und unschuldig an.

»Was …«, murmelte Medium im Schock.

In diesem Moment sah einer der über ihm schwebenden

Haifische zu ihm herunter. Unglaublich schnell stürzte er sich auf ihn. Medium blieb keine Zeit für eine Reaktion.

Von einer Sekunde auf die andere war alles, was Medium sehen konnte, der weit aufgerissene, frische rote Rachen eines Hais mit mehreren Zahnreihen.

Medium schrie wieder, laut und gellend. Ein Schrei, als würde sein ganzer Körper ausgequetscht. Ein Reflex ließ Medium seinen linken Arm heben, um seinen Kopf zu schützen.

Der Hai biss zu.

Sofort darauf wurde Medium in die Luft gehoben.

Er schrie und kreischte gellend. Die Muskeln seines linken Armes rissen, weil sein Körpergewicht daran zerrte. Es war unerträglich. Ohne noch irgendetwas zu verstehen, schwang er verzweifelt seine Klinge, Funken schlugen.

Aber die elektromagnetische Klinge konnte den Hai nicht erreichen. Zusammen mit den Funken prallte sie von der Luft ab.

Vom Wahnsinn getrieben schrie er wieder, wieder schwang er sein Messer. Ein anderer Hai verbiss sich in seinen Arm. Sie kreuzigten Medium, dann zeichneten die Haie mit ihm einen Bogen und schleuderten ihn durch die Luft. Wie eine Puppe.

Mediums Beine traten ins Leere. Von rechts und links schnappten weitere Haifische nach ihm. Sie zerrten seinen Körper an Armen und Beinen auseinander, bis er wie ein X aussah. Eine Wunde riss in seinem Fleisch auf wie ein Reißverschluss, es klang auch ähnlich, als das Blut herausschoss und sein Fleisch die weißen Knochen bloßlegte.

Medium schrie und schrie. Lungen und Kehle schrien von ganz allein die Qualen des Vierteilens heraus, den Schmerz, zwischen den Haifischzähnen zerrissen zu werden.

Er verlor die Kontrolle über seine Blase, und zwischen seinen Beinen tropfte es lauwarm runter.

Dann wurde Medium leise und verstummte. Weil er entsetzliche Angst hatte.

Ein paar der Haie stießen mit ihren Nasen in seine Leisten. Anscheinend fanden sie den Geruch des Urins sehr interessant.

Bis einer seine Zähne fest zwischen Mediums Beine stieß. Mediums Schrei klang feucht und gurgelnd. Auf die Haie wirkte es wie ein Signal, und die anderen Haie schnappten gierig danach, von vorne und von hinten.

Mediums unartikulierter Schrei, der keine Worte mehr formen konnte, warf ein unheimliches Echo.

»Oh, mein Ärmster! Das war ja wirklich ein besonders gewalttätiger Gast, mein armer Tweedledee«, sagte Faceman, doch seine Augen blickten ins Leere.

»Bitte geh sofort in die Krankenstation und lass dich da verarzten. Deine Arme werden in zwei bis drei Tagen bestimmt wieder verheilt sein. Genau, sei ein braver Junge. Ich lasse sofort überprüfen, ob es noch andere Opfer gab. Hier ist alles in Ordnung.«

Danach fokussierte sich sein Blick zurück *auf diese Seite* und er sah wieder Boiled an, der vor ihm stand.

Boiled auf dieser Seite hatte schon verstanden, wovon Faceman geredet hatte, als er in die Leere sprach, doch auch da hatte er die ganze Zeit seinen Revolver auf ihn gerichtet und ihn finster angesehen. Boiled sah ausdrucksleerer und maschinenähnlicher aus als je zuvor. Als gäbe es einen geheimen Wettbewerb zwischen seinem Blick und der Mündung seiner Waffe, welcher von beiden leerer aussah.

Faceman vergewisserte sich, dass die Situation vor ihm sich nicht geändert hatte, kurz darauf seufzte er tief.

»Gewalt gibt es wirklich in erschreckend vielen Formen …«

In diesem Moment fing es an.

Die Ruhe und der Frieden des Birkenwalds zerschellten wie Glas und zersprangen in tausend Stücke.

Zuerst war da nur der Schrei.

Dann kam das silberweiße Gleißen dazu. Es rotierte und beschrieb einen Bogen, während es fiel, dann prallte es von den Gravitationsfeldern zwischen dem Professor und Boiled ab und bohrte sich in einen Baum in der Nähe.

Boiled verschwendete nur einen flüchtigen Blick darauf. Es war ein Messer. Mediums Messer. Die Klinge war gezackt und bekam bereits einige Risse, sie sprühte ein kleines elektromagnetisches Feuerwerk ins Gehölz.

Der Schrei kam näher, wie ein unerwarteter Sturm.

Jetzt spritzten Tropfen auf Boiled, der sich wieder Faceman zuwandte.

Rote Tropfen.

Ein Tropfen nach dem anderen nässte das Gras. Und dann wurden es plötzlich mehr.

Es war wie ein roter Regen, der sich jäh über ihnen ergoss. Blut und Fleisch fielen wie Wasser vom Himmel.

Jetzt kam der Schrei aus unmittelbarer Nähe, er war schon fast über ihnen.

Rote Linien glitten über die weiße Borke der Birken. Von Zähnen zerrissene Fleischbrocken fielen zusammen mit den roten Tropfen, blieben an Ästen hängen und rutschten nach unten. Die kleine Lichtung war frisch rot und weiß eingefärbt und stank erstickend nach Blut.

Nur im Umkreis von Boiled und Faceman fiel kein Blut, wie in einem Wetterloch.

Sie standen unter einer unsichtbaren Kuppel, die Fleisch

und Blut abprallen ließ. Darüber schwebten die riesigen Fische, die etwas Rotes und Weißes zerfetzten.

»Das sind die Cherubim, die unser Paradies beschützen. Sie gehorchen Tweedledee aufs Wort.«

Faceman kniff seine Augen etwas zu, als er zum Schwarm der Haifische nach oben sah.

»Sie haben auch einen Floatgenerator, so wie du, aber sie verwenden ihn ganz anders. Sie schwimmen auf den Wellen des Magnetfeldes. Und diese Wellen machen deine Waffen sinnlos«, machte Faceman deutlich.

»Sie werden uns nicht angreifen. Wir haben ihre Erkennungsfähigkeit so programmiert, dass die Zielobjekte, die sie erkennen können, beschränkt sind. *Alles, was sie erkennen können,* sind Menschen, die wir als unsere Feinde betrachten.«

Ein neuer Schrei von einem, den sie als Feind angesehen hatten, hallte über dem Wald, voller Angst und Terror. Jetzt wurde sein Schrei dünner und schriller und dann manchmal zu einer Stimme, die nach Boiled rief.

Es klang erbärmlich. Ein entsetzlicher Schrei, der sich allen ins Ohr brennen wollte, die während seines grausamen Todes in der Nähe waren.

Aber Boiled sah noch nicht einmal hoch. Er fixierte weiterhin Faceman und schien darauf zu warten, dass dieser sich eine Blöße gab.

Faceman seufzte wieder und schüttelte den Kopf.

»Und, was glaubst du, warum Haie Menschen angreifen?«, fragte er, ganz so, als wolle er Boiled zurechtweisen, weil seine ganze Haltung immer noch für einen Angriff angespannt war.

»Zum Beispiel in einer ruhigen Badebucht? Oder an einer

Küste, die für ihre Wellen berühmt ist? Was meinst du, warum zeigen Haie plötzlich ihre Zähne?«

Boiled antwortete nicht.

»Das war der Wissenschaft viele Jahre lang ein Rätsel. Die Haie waren nicht hungrig, und Haie geraten gewöhnlich auch nicht in Rage, wenn man ihr Territorium verletzt. Sicher gab es auch Fälle, in denen sie Hunger hatten oder aggressiv waren. Aber nur in wenigen Fällen.

Haie könnten nicht überleben, wenn sie aus Aggression oder Hunger irgendetwas Unbekanntes reißen würden. Also warum? Sehen sie Menschen als Beute an, die einfach zu fangen ist? Obwohl Menschen ein Mehrfaches des Körpervolumens von Fischen haben?«

Der Schrei über ihnen wimmerte und wurde immer dünner. Der rote Regen ließ nach, und Faceman erklärte weiter, als decke er einen alten Zaubertrick auf.

»Ja, lange Zeit war das der Wissenschaft ein Rätsel, denn für Haie besteht keine Notwendigkeit, Menschen anzufallen – dabei war die Antwort auf diese Frage so einfach. Viel zu einfach, deswegen kam auch niemand darauf.«

Abrupt brach der Schrei über ihnen ab.

Medium war offensichtlich tot.

Faceman sah zu den Haien hoch, die nach Knochen und Fleisch gierten, das längst nicht mehr an einen Menschen erinnerte.

»Sie greifen Menschen nur aus Neugier an«, erklärte Faceman.

»Wenn sie mit ihren Zähnen etwas zerreißen, ist es das Gleiche, als ob ein Mensch sich etwas ansieht oder es mit seinem Händen berührt. Ihre Zähne, ihr Geschmacks- und Geruchssinn sind von der Evolution besonders begünstigt. Sie wollen *wissen,* was im Meer schwimmt, und sie wollen es *schmecken.*

Haie, die einen einzigen Tropfen Blut kilometerweit riechen können und dort hinschwimmen, werden einzig von dem Verlangen getrieben, das *zu schmecken, was sie gerade gerochen haben.*«

Dann sah er Boiled streng an.

»Ich werde dir sagen, was der Kern der Gewalt ist, Boiled. Es ist die Neugier. Die Neugier steckt hinter fast allen Gewalttaten. Sein Opfer wirklich intensiv zu erforschen, die eigene Kraft zu spüren, alles zu schmecken, was man schmecken kann. Auch wenn es noch darum geht, zu gewinnen, oder ob man es aus Pflichtgefühl tut oder wegen Minderwertigkeitskomplexen oder um sich selbst zu verwirklichen oder wenn es sich auch noch um eine kranke Veranlagung dreht – im Grunde ändert sich nichts daran, dass es im Kern um die Neugier geht«, elaborierte Faceman, als wolle er Boiled erklären, warum er noch immer die Pistole auf ihn richtete.

»Auf der ganzen Welt gibt es nichts Brutaleres als die Neugier. Und nur dank der Neugier können Mensch und Tier überleben. Nur einer, der das weiß und dieses Wissen ertragen kann, kann sich selbst als Mensch bezeichnen«, sagte Faceman und fixierte Boiled weiterhin.

»Weißt du wirklich, wohin dich deine Neugier, dein Leben, deine Kraft und deine Talente führen, Boiled?«

»Ich interessiere mich nur für das Nichts, das ich bringe«, presste Boiled unwillig hervor.

Schließlich senkte er langsam die Waffe in seiner Hand. Zur gleichen Zeit verschwand auch die elektromagnetische Kuppel um Boiled herum.

»Ich kann spüren, dass hier gerade jemand einen High-

Level-Snark durchführt«, sagte er und hielt den Handballen der Hand hoch, in der er keinen Revolver hielt.

Faceman konnte es auch fühlen, genau so, wie Boileds Hand und die Metallfasern mit ihrem eigenen Metabolismus unter dem bohrenden Einfluss eines Snarks stand, der ganz woanders passierte.

»Ich werde herausfinden, wer diesen Snark ausführt. Jede Behinderung wird vor dem Gesetz bestraft.«

»Verbrechen und Strafe haben nicht immer den gleichen Wert.« Faceman lachte Boiled aus.

»Wenn du dich jetzt bewegst, werden dich die Cherubim des Paradieses bestrafen.«

»Du kannst es ja versuchen.«

Boiled drehte sich um. Schon bei Boileds erstem Schritt reagierte einer der Haie. Boiled sah nicht einmal hin, als der Hai sein Maul aufriss, seine Zähne bleckte und von oben auf ihn herunterstieß.

In diesem Moment gab es ein heftiges Feuerwerk. Die Floatkuppel, die Boileds Körper umgab, hatte den zuschnappenden Hai perfekt abgeblockt. Doch auch der Hai generierte eine Floatkuppel, die langsam von oben auf Boiled herunterpresste.

»Mein Bewusstseinsschwellenwert beim Generieren eines Magnetfeldes liegt bei mehr als 95 Prozent«, sagte Boiled und sah Faceman an; dieser erwiderte seinen Blick überrascht.

»Als du bei uns im Paradies warst, hast du nicht mal 60 Prozent geschafft. Aber während du mitten unter den Ursachen aller Krankheiten gelebt hast, konntest du diesen Mechanismus in deinem Körper so weit verinnerlichen?«

»Ich bin nicht länger eine deiner Kreaturen. Ich bin ein Monster, das aus dem Paradies verstoßen wurde«, sagte er und richtete den Revolver ohne ein Zögern auf den Haifisch über ihm.

Die Zähne des Haifischs kreischten wie Fingernägel über eine Tafel in Boileds Kuppel. Nein, eigentlich sah es eher so aus, dass die Kuppel es dem Fisch unmöglich machte, seine Kiefer wieder zu schließen.

Boiled steckte ohne weitere Umstände seinen Arm und seinen Revolver in den Rachen des Tieres.

Mit einem Schlag zerbrach die Floatkuppel des Haifischs und aus dem Revolver schossen Flammen und Donner.

Der Hai explodierte.

Die Druckwelle einer einzigen Patrone zerriss den Hai von innen, er platzte wie ein abnormer Luftballon und verteilte sich in alle Himmelsrichtungen.

Boileds Revolver war so stark geworden, dass eine einzige Kugel so viel Schießpulver fassen konnte wie eine kleinere Panzerkanone. Wenn jemand wie Balot diese Waffe abfeuern würde, risse ihr der Rückstoß ganz sicher das Handgelenk ab.

Boiled hielt den Lauf des Revolvers nicht nur mit seinem Arm fest, sondern auch mit Float. Nur so konnte er diese Waffe mit ihrem maximalen Zerstörungspotenzial überhaupt benutzen.

Über seinem Kopf zogen die Haie dahin. Sie beobachteten ihn. Ihre Gier und Mordlust füllte die Luft, wütend bleckten sie ihre Zähne.

»Wann haben die Haie dich eigentlich darum gebeten, dass du sie fliegen lässt?«, fragte Boiled und starrte den Schwarm aus dunklen Augen an.

»Für Haie macht es keinen Unterschied, ob sie im Wasser oder in der Luft schwimmen, solange sie sich in einem dreidimensionalen Raum bewegen können. Genauso wie es für dich keinen Unterschied macht und du jeden Ort nur als Schlachtfeld siehst.«

Von oben fiel Regen sanft auf sie herab. Kein roter Regen. Die Reinigung hatte sich aktiviert, um das Blut abzuwaschen.

Der Regen fiel auch auf die riesigen Fische. Furchterregend schnell rasten sie auf Boiled zu und rammten ihre Zähne aus jeder Richtung in Boileds Floatkuppel.

Boiled bewegte sich. Er machte einen Schritt nach vorn und hielt seine Pistole gerade vor sich.

Es klang nicht wie ein Schuss, sondern eher wie eine Explosion. Sie riss den Kopf des Hais in Stücke, der frontal auf ihn zugekommen war, seine Überreste rammten sich in eine Birke hinter Boiled, die inneren Organe verteilten sich überallhin, es stank nach Ammoniak.

Boileds Kugeln erledigten einen Hai nach dem anderen oder er erwischte sie mit seinem Float-Hammer. Ihre großen Körper krachten kopfüber in den Boden und bewegten sich nicht mehr.

Der Gestank nach Haifischblut und Ammoniak biss in den Augen. Bäume und Gräser färbten sich viel röter als vorhin, die ganze Lichtung wurde wieder frisch in die Farbe des Todes getaucht.

Boiled wich ihnen schnell aus, nach rechts und links, und ohne zu zögern tötete er einen nach dem anderen, immer in der Reihenfolge des Angriffs.

Schon bald hatte er zehn Haie getötet. Sie stapelten sich auf dem Boden und fielen übereinander.

Der Rest der Fische, immer noch mehr als zehn, tanzten orientierungslos über Boileds Kopf. Schweigend stand Boiled in dem Blutbad und fixierte Faceman.

Nicht ein einziger Tropfen Blut war auf Faceman gefallen.

Boiled sah nicht so aus, als wolle er sich auf ein weiteres Gespräch mit ihm einlassen.

Er dachte nur noch darüber nach, wie er wohl die Floatkuppel um den Vogelkäfig herum aufbrechen könnte, die wesentlich dicker war als die der Haifische.

»Bis zum Ende wählst du also den Kampf? Scramble-09 kämpft nicht nur gegen die October Company, sondern sie suchen auch im Kampf ihre Nützlichkeit … ein Grund mehr für das Gesetz, diese Technologie zu verbieten.«

Faceman deutete mit seinem Kinn auf die Waffe in Boileds Hand.

»Ist das nicht ein Revolver, den Œufcoque mal durch Morphen erzeugt hat? Das ist wirklich eine Waffe, deren Nutzen sich rein auf Zerstörung beschränkt. Und auch nur eine Hülle, die Œufcoque abgelegt hat. Und dieses Ding ist jetzt der Ersatz deiner Seele, der *Ersatz* für Œufcoque?«

Boiled öffnete seinen Mund, aber er sagte nichts. Seine Worte verschwanden ins Nichts, das er geschaffen hatte. Und nichts blieb danach übrig.

»Du bist ein Hai, der Blut gerochen hat. Ein sehr neugieriger Hai, neugierig auf neue Methoden des Tötens.« Boiled schwieg auch weiterhin, also sagte ihm Faceman als Letztes: »Geh – in den Osten von Eden. Deine Füße werden von nun an nur noch auf Dornen und Disteln gehen.«

Und Boiled tat, wie ihm geheißen war.

4

#Tatsache. Achtzehn Jahre Hirn in Flaschen in einem ganz schön schicken Weinkeller.#

Murmelte Tweedledum vor sich hin.

Er sah zu Balot hoch, die an dem Pool stand, der eigentlich ein gigantisches Terminal war.

#Gehst du?#

Er war ein bisschen traurig und neigte seinen Kopf mit der silbernen Sonnenbrille etwas zur Seite.

#Ja …#

Balot schlüpfte wieder in den Patientenkittel, kniete sich hin und berührte Tweedledums Wange.

#Ich fände es schön, wenn ich einmal wieder hier frei schwimmen könnte.#

#Wenn die Welt draußen irgendwann genauso sein wird wie unsere hier, kannst du auch wieder schwimmen.#

Balot nickte.

#Ich komme wieder her, wenn die Welt draußen wirklich besser geworden ist.#

#Aber darum gehst du doch wieder nach draußen, oder? Ich hoffe, dass die Welt wenigstens für dich besser wird. Aber sobald du uns verlässt, wirst du eines Verstoßes gegen das Bundesgesetz verdächtigt. Tut dir das nicht leid?#

#Ich bereue nichts. Ich bin froh, dass ich es getan habe.#

#Ich wünsche dir ganz viel Glück.#

Balot küsste Tweedledum ganz vorsichtig auf die Stirn.

#Danke, dass du mit mir geschwommen bist.#

Sagte Tweedledum mit seiner zarten, schönen Stimme.

#Und jetzt beeil dich. Ein barbarischer Gast ist hier angekommen, er macht großen Lärm, weil er dich sehen will.#

#Danke.#

Balot stand hastig auf.

#Und vertrag dich gut mit Œufcoque.#

Fügte er noch hinzu.

Sie lächelte ihn ein letztes Mal an, dann lief sie barfuß in den Wald.

Auch lange nachdem sie dort verschwunden war, blieb Tweedledum noch regungslos liegen.

Er sah ihn schon ziemlich bald aus dem Dschungel kommen, den Mann, der so kalt wie der Tod war.

#Der Engel ist leider schon weg.#

Sagte Tweedledum ganz unbekümmert. Er hatte sich in einen der Durchsagelautsprecher neben dem Pool eingesnarkt.

»Tweedledum also.«

Flüsterte Boiled und richtete im gleichen Moment die Mündung seines Revolvers auf ihn.

#Als vitale Einheit werde ich als Teil des Kommunikationskerns behandelt. Wenn du mich tötest, beschädigst du das System also schwer. Und für dieses System hat die Regierung ein geradezu lächerlich großes Budget. Willst du etwa auch gegen das Gesetz verstoßen?#

»Was wollte sie hier wissen?« Mit einem satten Klacken spannte sich der Hahn. Tweedledum kicherte erst mit seiner zarten Stimme, dann lachte er.

#Frag doch deinen Klienten. Oder ist er einer von denen, die dir nichts erzählen wollen?#

Flammen krachten aus dem Revolver, und der Lautsprecher zersprang.

#Hey, hey! Und was hast du davon, wenn du mich zum Schweigen bringst?#

Kam Tweedledums erstaunte Stimme aus einem anderen Lautsprecher.

#Schon bald wird das Mädchen, das du so gern treffen willst, hier verschwunden sein. Und wenn die Verdächtige nicht mehr da ist, hast du hier nicht mehr Rechte als ein Zivilist. Deine Anwesenheit allein verstößt schon gegen das Gesetz.#

»Du kannst wirklich gut sprechen mittlerweile, Tweedledum.«

Boiled senkte die Mündung ab.

»Ich werde schon bald offiziell einen Antrag auf Freigabe der Information stellen, was Rune Balot an diesem Ort gesucht hat.«

#Und bis dahin wird sie ihren Fall gelöst haben. Zusammen mit Œufcoque.#

»Ich werde Œufcoque zurückbekommen.«

#Oh, eine Dreiecksbeziehung?#

Fragte ihn Tweedledum milde überrascht.

Boiled beachtete Tweedledum nicht weiter und suchte die Umgebung mit seinen Augen ab. Schon bald hatte er die Richtung gewittert, in die Balot gerannt war, und wendete sich gleichgültig ab.

#Ich habe mich wirklich erschreckt, als ich gehört habe, dass du die Haie weggeblasen hast. Ich dachte immer, du als rostiger Revolver wärst auch verzweifelt bemüht, deine Nützlichkeit zu beweisen.#

Boiled blieb eine kurze Sekunde lang stehen und sah Tweedledum an. Aber er sagte nichts und verschwand schon bald zwischen den Bäumen.

Tweedledum flüsterte und es klang wie ein Seufzen.

#Der macht mir Angst, echt. Damit konnte ich aber jetzt nicht gerade viel Zeit gewinnen.#

Das silberne Ei schwebte langsam auf das Dach der Anlage.

Die Stimme des Docs und eine Keycard öffneten Humpty Dumpty. Seine Schale bekam Risse und die Teile verwandelten sich in eine Treppe. Der Doc schob gerade eine Kapsel in einem kleinen Wagen in das Ei, als Balot atemlos angerannt kam.

»Barfuß?«, fragte der Doc ganz erschrocken.

Balot snarkte Humpty Dumptys Stereoanlage.

#Ich hatte es eilig.#

»Aber es ist doch alles in Ordnung, oder? Wenn du dich jetzt am Fuß verletzt hast und eine Tetanusspritze brauchst oder so …«

#Schon gut. Du wirst mich dann ja wieder heilen.#

»Hm.« Er nickte brav und fragte dann mit einem Zögern in der Stimme: »Warst du erfolgreich?«

#Ich habe es gefunden. Ich weiß jetzt, wo er seine Vergangenheit versteckt.#

»Verstehe …«

Er nickte erleichtert, dann sagte er besorgt: »Ich kann dich nicht zu einer Verbrecherin wegen Verstoßes gegen ein Bundesgesetz machen. Œufcoque wird bestimmt böse werden.«

#Ich bin dann doch in der gleichen Position wie ihr auch. In der gleichen Position wie Œufcoque.#

Antwortete Balot rasch und deutlich, sie lachte dabei.

#Gehst du schon?#

Snarkte eine andere Stimme durch die Stereoanlage.

Als sie sich umdrehte, sah sie Tweedledee einsam auf dem Dach stehen.

Entsetzt starrte sie in sein geschwollenes Gesicht und auf die Verbände an seinen Armstümpfen.

#Bitte macht euch keine Sorgen um mich. Ich habe es etwas übertrieben, weil ich nach langer Zeit wieder wissen wollte, wie sich Schmerz anfühlt. Ich musste es so weit kommen lassen, bis das Sicherheitssystem aktiviert wurde. Ich lasse mich gleich behandeln.#

#Das tut mir so leid, alles meinetwegen …#

#Schon okay. Wenn ich dich meine Freundin nennen kann …#

Balot war etwas überrascht, aber dann nickte sie ruhig.

#Danke. Ich freue mich auch, dass ich in dir einen Freund gefunden habe.#

Tweedledee lächelte.

#Wiedersehen, Balot! Briefe oder Mails sind verboten, aber ich würde mich sehr freuen, wenn wir uns irgendwann wiedersehen könnten!#

Bald darauf schwebte Humpty Dumpty hoch, und die Schale des Eis schloss sich. Gedankenverloren beobachtete Tweedledee, wie das Ei immer höher aufstieg. Dann tauchte plötzlich der Schatten eines großen Mannes hinter seinem Rücken auf.

Balot schnappte nach Luft, der Doc bemerkte ihn sofort und war wie erstarrt.

Boiled richtete seinen Revolver auf Humpty Dumpty.

»Hör auf! Willst du vor dem Bundesgesetz als Verbrecher …«, fing der Doc an, doch seine Stimme ging im Knall der Explosion unter. Boileds Kugel wurde direkt neben Balot von der sich schließenden Schale abgeleitet und verschwand mit großen Funken.

Diese Schale würde selbst einem direkten Raketenangriff standhalten.

Balot wusste, dass die Kugel geblockt werden würde. Und Boiled wusste es auch.

»Er hat tatsächlich geschossen«, flüsterte der Doc verblüfft. Boiled hatte ihnen erneut den Krieg erklärt. Jetzt würde man ihn genau wie Balot als einen Verdächtigen wegen eines Gesetzesverstoßes identifizieren – je nachdem, zu welchem Ende der Fall kam.

Er hatte nicht wieder auf sie geschossen, hielt aber seine Waffe fest auf das silberne Ei gerichtet.

Und sagte so ohne Worte, dass seiner Meinung nach Balots Tod die einzig mögliche Lösung dieses Falls sei.

Balot streckte ihre linke Hand gerade aus und zielte auf Boiled. Sie streckte den Zeigefinger aus, krümmte den Daumen und tat so, als würde sie sein Feuer mit einer Pistole erwidern.

Nie wieder lasse ich mich wehrlos töten, war ihre stumme Antwort.

Dann schloss sich die Schale und versteckte Balot in ihrem Inneren.

Humpty Dumpty gewann schnell an Höhe und Tempo und stieg auf.

Boiled sah ihnen mit seinen kalten, finsteren Augen nach, wie sie in die Luft entschwebten.

#Lächelst du, Boiled?#

Snarkte sich Tweedledee in einen der Lautsprecher auf dem Dach.

»Was …?«

#Du lächelst! Du lächelst, als hättest du gerade einen Freund gefunden.#

Sagte Tweedledee und lächelte selbst.

Wortlos steckte Boiled seinen Revolver in sein Holster zurück und drehte sich um. Als er Tweedledee den Rücken zukehrte, war sein Gesicht wieder vollkommen ausdruckslos.

#Wiedersehen, Boiled! Komm doch mal wieder vorbei!#

Tweedledee sah ihm ganz allein nach. Einsam.

5

Die Kapsel, die der Doc hereingeschleppt hatte, war mit einer blauen Flüssigkeit gefüllt.

Œufcoque schlief darin, ordentlich mit Kabeln gesichert und noch immer zusammengefaltet – *wie ein besonders kompliziertes Origami-Kunstwerk*. Er hatte die Kapsel in dem Schlafzimmer in der unteren Etage aufgestellt. Balot berührte die Glasscheibe des Metalltanks und dachte über Œufcoques Tod nach. Was Tweedledee ihr darüber erzählt hatte. Dass dieser Körper aus komplexem Fleisch und Stahl sich ausdehnen wird und ihn schließlich mit dem eigenen Gewicht erdrücken wird.

Sie dachte darüber nach, wie er wohl seinen Tod akzeptieren würde, denn sie wollte sich Mühe geben, seinen Tod dann auf die gleiche Art zu akzeptieren. Dann fiel ihr etwas ein, das er vor langer Zeit einmal gesagt hatte.

Er hatte einmal gesagt, dass auch er verbrannte Asche hatte, dass er der Stadt seinen Stempel aufdrücken wolle.

Der Doc klopfte an die offene Schlafzimmertür.

»Ich habe Kaffee gemacht.«

Balot trennte sich von der Kapsel und ging mit dem Doc ins Esszimmer.

»Wir sind jetzt in 18.000 Fuß Höhe. Unter uns ist die offene See vor der Stadt. Ist dir kalt?«

Balot schüttelte den Kopf und nahm die Tasse an.

Milchkaffee. Sie nippte daran und snarkte dann den Satellitenfernseher.

#Der ist sehr gut.#

»Das freut mich.«

#Ich hätte nie gedachte, dass ich Kaffee mal mögen würde.#

»Es gibt da bestimmte Tricks bei der Mischung und beim Aufbrühen. Ist ungefähr so wie das Panschen mit Reagenzgläsern«, sagte er und hantierte herum, als würde er Arzneien mischen. Balot sah ihn durchdringend an.

#Ganz plötzlich mag ich ihn nicht mehr.#

»Das ist gemein«, protestierte er. Balot lachte und trank ihren Kaffee. Bis sie merkte, dass er ihr etwas sagen wollte.

Vermutlich etwas darüber, was sie als Nächstes machen wollten. Wahrscheinlich war es kompliziert.

#Muss ich wieder vor Gericht?#

Fragte Balot.

Doc Easter zuckte die Schultern und schob sich die Brille hoch, wie er es immer machte.

»In dieser Situation ist das Gericht ohne große Bedeutung. Wir müssen auf das Verhalten der Gegner achten und sie gezielt schachmatt setzen. Sonst werden wir immer vor ihnen davonlaufen.«

#Das Verhalten der Gegner? Was denn?#

Gut, dass du mich da von selber drauf ansprichst, sagte sein ganzes Gesicht, was für ein Glück.

»Er heiratet.«

#... Hä?#

»Er heiratet in eine Familie der oberen Zehntausend ein. Dieser Plan zeichnete sich schon seit Längerem ab, jetzt wird er ihn wohl endlich wahr machen.«

#Shell heiratet?#

»Tja, so sieht es wohl aus.«

Der Doc verzog das Gesicht, als müsste er etwas Bitteres

runterschlucken. Es war Balot zwar egal, aber sie erkannte, dass er sich Sorgen um sie machte. Außerdem fing ihr Hals an, unangenehm zu jucken.

#Erzähl.#

»Okay. Na ja, es ist eine ziemlich widerliche Geschichte. Shell hat von sich aus einem Vorstandsvorsitzenden der October Company vorgeschlagen, seine Tochter zu heiraten. Trotz der Dokumente über seinen illegalen Deal, den er gerade laufen hat.«

#Komisch. Er heiratet trotzdem?#

»Allerdings. Für den Vorstandsvorsitzenden gibt es allerdings auch einen Grund, warum er das nicht ablehnen kann. Oder besser gesagt, er muss gar nicht ablehnen.«

#Ich komme da nicht ganz mit. Was?#

»Weil sie geistig behindert ist, seine Tochter«, sagte der Doc verbittert.

Balot sah sehr überrascht aus.

»In dieser Familie sind alle außer dem Mädchen geradezu blendend gesund. Sie haben sie praktisch eingesperrt. Um ihr Gesicht zu wahren. Sie sind eben sehr altmodisch – genauer gesagt: Sie sind erbärmlich. Sie wussten bereits vor ihrer Geburt, dass sie behindert sein würde. Und der einzige Grund, warum sie geboren wurde, war, weil sie aus *religiösen Gründen* nicht abtreiben wollten. Und diese Religion dient einzig und allein der Wahrung ihres Gesichtes. Das ist ihre Verbindung zur Regierung.

Shell hat irgendwie herausgefunden, dass diese Frau existiert, und vermutlich so etwas gesagt wie: Ich werde *das Problem für euch erledigen,* wenn ich dafür eine Position in der Familie bekomme. Wenn nicht, bringe ich ihre Existenz und *noch so ein paar andere Sachen* an die Öffentlichkeit. Tja, und so sieht es aus.«

Balot stellte ihre Tasse leise auf dem Tisch ab.

#Ich will ihn umbringen.#

Sie hatte nicht gesagt, wen. Sie hätte jeden damit meinen können.

Der Doc zuckte zustimmend die Schultern. Dann änderte er seinen Ton wieder.

»Ich hatte dir doch erzählt, dass ich geschieden bin, oder?«

#Ja.#

»Ich habe eine Tochter. Sie ist ein bisschen jünger als du.«

Balot war ganz ehrlich geschockt. Er lachte etwas säuerlich.

»Ich bin mir nicht sicher, ob es das daran liegt, aber mittlerweile empfinde ich für dich das Gleiche wie für meine eigene Tochter. Ich bin sogar persönlich wütend auf Shell. Selbst wenn das gar nicht gut ist …«

#Das verstehe ich jetzt nicht. Ist das schlecht?#

»Ist dir das nicht unangenehm? Wenn ich so für dich empfinde?«

#Gar nicht, du bist ja gar nicht so wie ein Vater.#

»Nun, das … ist eben so. Wir leiten dich so an, wie es aus unserer Sicht und aus unseren Gründen richtig scheint. Und wenn dir dann noch ein Beschützerinstinkt aufgedrängt wird, ist dir das doch bestimmt unangenehm.«

#Ja, total unangenehm.#

Balot nickte ganz ernsthaft.

Erst als der Doktor anfing, »Uh!« zu machen und dabei besorgt und ratlos aussah, lächelte sie ihn an.

#Aber ich will euch auch danken. Ich will euch helfen. Ich will es letztlich aber auch für mich tun.#

Er nickte. Und bedankte sich damit bei ihr.

»Was möchtest du machen? Nach dem Fall, an deiner Stelle würde ich das machen, was du willst …«

#Ich weiß es einfach noch nicht. Ich verstehe im Moment auch nicht, wie die Lösung des Falles aussehen soll.#

Sagte sie ganz offen.

#Wann wird Œufcoque sterben?#

Fragte sie dann zögerlich.

Die Frage traf den Doc ganz unerwartet.

»Ich habe Œufcoque nur gewartet, nicht Sterbehilfe geleistet.«

#Tweedledum hat es gesagt, und Professor Faceman auch. Œufcoque fing an, über den Sinn des Lebens nachzudenken, als er erkannte, dass er sterben muss.#

»Ah, ich verstehe.«

Einen Moment lang sah er sehr verwirrt aus und starrte in die Luft.

»Frühestens in fünf Jahren«, sagte er dann ziemlich nüchtern.

»Aber nur, wenn ein unheilbarer bösartiger Tumor oder so was entsteht. Und die Wahrheit ist – ich weiß es nicht. Vielleicht doppelt so lange, vielleicht auch dreimal so lang. Vielleicht lebt er auch fünfzig Jahre. Ist durchaus möglich. Allerdings – könnte das schwierig werden.«

#Schwierig?#

»Sein ganzer Körper wird anschwellen. Es geht dabei nicht nur darum, dass er dicker werden wird und Fett ansetzt. Alles wird größer. Seine Knochen, seine Muskeln, seine inneren Organe und sogar die Augäpfel. Im Moment ist es noch ganz gut, dass er als vitale Einheit in mehrere Dimensionen aufgeteilt ist, aber allein sein Gewebe hat mittlerweile etwa das Volumen des Kissens, auf dem du schläfst. Bald wird er so groß sein, dass er nicht mehr in den Humpty passt.«

An dieser Stelle unterbrach er sich. Er hielt sich eine Hand vor den Mund und dachte nach, dann sprach er weiter.

»Das Problem ist nur, wie er lebt. Er wünscht sich, seine Nützlichkeit beweisen zu können. Ich ja auch. Er und ich und du auch, wir wissen alle nicht, wann wir sterben. Oder wie. Wir wissen nur, dass wir *irgendwann* sterben werden.«

Balot nickte. Sie verstand ungefähr, was er meinte.

#Ich möchte bei ihm sein – geht das?#

»Ich denke schon ... nach dem Fall auch noch?«

#Ist eure Arbeit sinnvoll?#

Balot wiederholte mit Absicht Facemans Frage. Der Doc antwortete nicht sofort.

Er machte eine Pause und sah Balot an, um ihre Mimik genau zu beobachten.

»Ich bin zufrieden. So zufrieden, dass ich glaube, es gibt nichts anderes, das ich tun sollte.«

#Meinst du, ich könnte das auch?#

»Angesichts der bisherigen Daten bist du schon geeignet, aber ...«

#Früher bei den Shows im *Underground* habe ich Jungen und Mädchen gesehen, die jünger waren als ich und dort gearbeitet haben. Hauptberuflich haben sie gekocht oder bedient, aber manchmal haben sie auch auf der Bühne getanzt.#

»Einen beauftragten Fall anzunehmen ist keine Show. Wir müssen die verbrannte Asche von den Streitigkeiten vieler Menschen entfernen und letztlich den Fall lösen. Es ist harte Arbeit. Vielleicht versuchen wir ja auch nur, die Fälle zu lösen, um jemandem einen Stempel unserer verbrannten Asche aufzudrücken.«

#Ich will das auch. Ich will auch versuchen, das zu tun, was Œufcoque zu tun versucht.#

»Du machst mir Probleme, du lieber Himmel«, murmelte er, dann lachte er, als verschweige er ihr etwas.

»Ich werde dir immer aufgrund von Daten einen Rat geben können, *was zu tun ist,* aber ich weiß nicht, ob das als Basis für dein Erwachsenwerden wirklich *etwas Gutes* ist. Du solltest besser zur Schule gehen ...«

#Wenn du willst, dass ich zur Schule gehe, dann mache ich das. Ich mache meine Hausaufgaben und dann helfe ich euch.#

Es endete so, dass der Doc irgendwann seine Hände in einer Geste der Kapitulation hob.

»Als Erstes brauchen wir unsere ganze Kraft, um diesen Fall zu lösen. Wenn wir nichts machen, dann wird es unser Schicksal sein, dass die Gesellschaft uns alle miteinander abschafft und eliminiert. Was hältst du von der Idee, wenn du alles mit Œufcoque besprichst, sobald wir diesen Fall erledigt haben? Nur meine Meinung allein ist ein wenig einseitig.«

Balot nickte und nahm die Tasse wieder in beide Hände.

#Und ich will auch lernen, wie man solchen Kaffee macht.#

Erklärte sie todernst.

Der Doc hob eine Augenbraue und sah Balot an, die versuchte, den Geschmack des Kaffees ganz genau zu studieren.

Den zweiten Kaffee machte Balot.

In der Küche waren genug Lebensmittel, um es hier für eine ziemlich lange Weile auszuhalten. Doc Easter und Balot einigten sich darauf, dass sie beide zusammen kochen würden.

»Warum hat Boiled auf Humpty geschossen? Er musste doch nicht erst das Risiko eingehen, gegen ein Gesetz zu verstoßen, um unser Feind zu werden?«, nölte der Doc, während er in einen Teriyaki-Burger biss.

#Er ist doch Œufcoques Expartner, oder?#

»Ja. Er war sein Benutzer, nicht besser, aber wirklich auch nicht schlechter, als du es bist.«

#Warum habt ihr euch getrennt?#

Der Doc rang nach Worten.

#Kannst du nicht darüber sprechen? Haben sie sich geliebt? So wie Tweedledee?#

»Nein! Nein.« Der Doc schüttelte hastig seinen Kopf.

»Sie waren im Kampf ein gutes Team. Die waren stark! So gut wie unschlagbar. Eines Tages ist Boiled dann außer Kontrolle geraten.«

#Sagst du mir auch, warum?#

Der Doc sah bei dieser Frage sehr nachdenklich aus und aß erst einmal auf, was er noch in der Hand hatte.

»Ich werd's dir erzählen, du solltest wenigstens ansatzweise verstehen, was Boiled für ein Mann ist. Es ist jetzt ungefähr ein Jahr her. Damals hatten wir einen Fall, bei dem es hieß, dass ein junger Student nach einem Überfall ins Koma gefallen sei. Sein Vater war unser Auftraggeber, der junge Mann sein ältester Sohn. Eine Familie aus Vater, Mutter und drei Kindern, also noch ein Bruder und eine kleine Schwester. Der Vater leitete eine kleine Fabrik, war aber hoch verschuldet. Sie waren alle vom Einkommen des Studenten abhängig. Der war – so wie es aussah – ein *fleißiger* junger Mann, der ein Stipendium hatte und daneben noch *viel gearbeitet hat, um Geld zu verdienen.*«

#Wer hat ihn überfallen?#

»Zuerst dachten wir, es wäre ein Dealer gewesen. Seine Freundin war drogensüchtig, deswegen hatte er sich mit einem Dealer gestritten. Es kam zu einem Streit und er wurde dabei so verletzt, dass er ins Koma fiel.

Wir – also Boiled, Œufcoque und ich – hatten damals mit dem Staatsanwalt kooperiert. Eigentlich ging es uns aber darum, den Drogenhandel hinter dem Dealer, hinter dem die October Company steckt, aufzudecken.«

#Und?#

»Als Erstes wollten wir herausfinden, wer den Studenten zusammengeschlagen hat. Der Täter gehörte zu einer Drogengang, die ihr Revier in der Unigegend hatte. Ihre Spur fanden wir sofort. Dann passierte allerdings etwas Seltsames.«

#Seltsam?#

»Ein anderer Student, vermutlich der Anführer der Gang, beging Selbstmord.

Er war ebenfalls drogensüchtig. Soll dabei high gewesen sein, aber das war uns zu offensichtlich, und wir dachten uns, dass da bestimmt noch irgendwas anderes dahintersteckt. Kurz danach verschwand die Freundin des Studenten im Koma. Hinter dieser Gang war noch eine Organisation, die für die October Company die Drogen verkaufte. Die hatten auch enge Beziehungen zur Polizei. Wir waren da etwas von der Rolle, denn wir hatten nicht sofort begriffen, was hier eigentlich gespielt wurde.«

#Und diese Organisation hat versucht, etwas zu verheimlichen?#

»Jeder dachte das. Sogar die Leute aus der Organisation, die wir befragt hatten. Aber unsere Gegner waren alle, die mit den Drogen zu tun hatten. Und der Student stand im Mittelpunkt.«

#Was heißt das?#

»Es war alles ein Missverständnis. Der Student war der Täter.«

Balot starrte ihn überrascht an.

Der Doc runzelte die Stirn und sagte angewidert: »Die Drogen waren seine Haupteinkommensquelle. Offiziell war der Anführer der Gang der Student, der sich umgebracht hatte. Aber im Hintergrund leitete der andere den ganzen Laden. Und das ist noch nicht alles. Er hat auch seine Freundin drogenabhängig gemacht, so hat er sie rumgekriegt. Sie nannten es Fishing, so konnten sie sich ein Mädchen nach dem anderen angeln und mit Drogen vollpumpen.«

#Und wer hat ihn ins Koma geprügelt?#

»Der andere Student, der sich umgebracht hat. Vermutlich ging es um Geld oder vielleicht war er auch high, jedenfalls hat er ihn geschlagen. So hart, dass er etwa zwanzig Schritte die Treppe runter ist und mit dem Kopf gegen die Wand knallte.

Der Student, der ihn geschlagen hatte, stand unter Schock und flüchtete sich in die Drogen, wurde zu high und sprang schließlich kopfüber von einer Fußgängerbrücke auf die Straße. Dieser Unfall war wirklich entsetzlich! Er hatte auch noch Schnittwunden an Armen und Beinen, und jeder dachte, das wäre alles *Abschreckung*. Was es in Wirklichkeit war, war der Selbstmord eines Drogensüchtigen, der sich auch noch selbst ritzte und high war.«

#Ich verstehe gar nichts mehr. Das Opfer war also der Täter?#

»Wir haben damals auch nichts verstanden. Die Polizei war total verwirrt, weil einer der Beamten zu der Zeit wegen Korruption und Drogenhandel angezeigt wurde. Er hatte zuvor beschlagnahmte Drogen weiter verkauft und damit ganz gut verdient. Ein Teil davon ging an die Studentengang, und der Selbstmörder hatte auch irgendwie damit zu tun. Aber nicht direkt, also gab es keinen wirklichen Zusammenhang, auch wenn jeder dachte, dass da einer wäre.«

#Also war alles nur ein Missverständnis?#

»Die Forderungen der Familie des Koma-Studenten waren schon ziemlich heftig. Das Broiler House musste ihnen hohe Summen an Schadensersatzzahlungen leisten, ganz legal über das Kindergeld, damit sie die Schulden der Fabrik begleichen konnten. Allerdings war der Student ja einer der Täter, also irgendwie selber schuld. Dann ist auch noch die Familie ausgerastet. Sein Bruder hat einen Dealer ausfindig gemacht und zusammengeschlagen. Alles war völlig chaotisch. Kurz danach haben wir dann herausgefunden, dass die Freundin gar nicht verschwunden war, sondern völlig breit in einem Auto drei Tage lang durchgeschlafen hatte. Als wir sie dann gefunden hatten, konnten wir endlich klarstellen, dass der Fall kein richtiger Fall war.«

#Und wie habt ihr den Fall dann gelöst?#

»Das war das Allerschlimmste.«

Doc Easter presste sich eine Hand gegen die Stirn. Er machte ein Gesicht, als sähe er die Schreckensbilder von damals wieder.

»Wäre der komplette Sachverhalt ans Tageslicht gekommen, hätten wir alle Probleme gekommen, vor allem die Familie des Klienten. Der Vater würde die Fabrik verlieren, den Bruder würde man wegen Körperverletzung verhaften, und sie müssten den Schadensersatz wieder zurückzahlen. Die ganze Familie würde wieder in Schulden ertrinken. Die Polizei und das Broiler House würden ihr Gesicht verlieren, und die Fakultät, in der das Drama stattgefunden hatte, nannte man bereits Drogen-Uni. Die Drogenorganisation teilte sich in dem ganzen Durcheinander in mehrere Untergruppen auf.

Eine davon sorgte für ein ziemliches Chaos, als sie die Verbindungen zur Polizei an die Öffentlichkeit brachte.

Wir steckten dabei ordentlich in der Klemme, und wir waren es schließlich, die das Broiler House in dieser Situation angriff, sie negierten unsere Nützlichkeit. Wir wussten nicht mehr, wer unsere Feinde waren.

Und dann hat Boiled den Fall zu Ende gebracht, auf die schlimmste denkbare Art. Ohne uns ein Wort zu sagen.«

#Was hat er gemacht?#

»Er hat sie alle umgebracht«, sagte der Doc gallenbitter.

»Als Erstes hat er den Studenten im Koma getötet.« Er zuckte ganz schwach die Schultern, als er sah, wie Balots Augen immer größer wurden.

»Dann unseren Auftraggeber und einen anderen jungen Mann, ein echtes Arschloch, den wir hätten beschützen sollen. Danach die zugeknallte Freundin; in dem Wagen, in dem wir sie gefunden hatten, hat er sie erschossen. Wenig später hat er die Mitglieder der Studentengang getötet, einen nach dem anderen. Dann hat er die Organisation ans Licht gezerrt und ohne Ausnahme jeden von ihnen getötet. Schnell und präzise. Ein paar korrupte Polizisten hat er dabei auch erwischt.«

#Wie viele Menschen hat er denn getötet?#

»Bis dahin waren es elf.«

#Œufcoque war dabei seine Waffe?#

»Œufcoque hat Boiled vollkommen vertraut. Er glaubte, dass Boiled sich an seine Anweisungen halten würde.«

#Was waren denn Œufcoques Anweisungen?#

»Als wir erkannt hatten, dass der Student der eigentliche Kopf der Gang war, sagte Œufcoque, dass wir seinem Vater die Wahrheit sagen sollten. Und dann sollte der Vater entscheiden, ob er den Antrag auf Entschädigung zurückzieht oder nicht. Œufcoque hatte sich bis zum Schluss bemüht, eine gerechte Lösung zu finden. Boiled war mit Œufcoque losgegangen, um genau das zu tun. Auf dem Weg hat Boiled es sich dann anders überlegt und dachte wohl, seine Lösung wäre gerechter. In den folgenden vierzig Stunden tötete er fast zwanzig Menschen. Vor Œufcoque begründete er das damit, dass er die Familie vor einer missverständlichen Hass-Aktion der Gang beschützen müsse. Es gab tatsächlich ein paar, die es auf die Familie abgesehen hatten.«

#Warum hat Œufcoque das nicht gesehen?#

»Boiled hat in beiden Händen Metallfaser-Implantate zur Manipulation von Elektroden, genau wie du«, sagte er. Balots Entsetzen wuchs.

»Allerdings ist er auf dem Gebiet nicht so begabt wie du. Damals konnte Œufcoque während eines Turns seine Umgebung nicht besonders gut erfassen, das war ja auch nie nötig gewesen. Alle Information, die er brauchte, übermittelten ihm Boileds Hände. Das ermöglichte schnelleres und präziseres Morphen. Heute hat er neue Empfangsfunktionen und kann in praktisch jede Richtung sehen und hören und vor allem riechen. Sein ganzer Körper ist voller Kameras, so wie ein Weihnachtsbaum voller Kugeln ist. Wie Facettenaugen bei einem Insekt. Œufcoque hatte mich nach diesem Fall darum gebeten, und ich habe ihm diesen neurotischen Wunsch erfüllt.«

Balot nickte. Sie konnte so gut verstehen, warum Œufcoque das gewollt hatte, dass es ihr fast wehtat.

Sie verstand, wie es war, von jemandem ungewollt *so behandelt zu werden, wie es dem anderen gefiel.*

Es war eine Art Hoffnungslosigkeit. Gegenüber dem anderen, und auch sich selbst gegenüber. Ihre Brust tat ihr weh. Weil sie es zuließ, tat es ihr weh. Sie war Opfer – und Täter.

#Wann hat Œufcoque es gemerkt?#

»Letzten Endes erst, nachdem die Fabrik verkauft worden war und der Familie 1/18 der eigentlich vorgesehenen Entschädigungssumme gezahlt wurde. Als Œufcoque die Wahrheit erfuhr, verlor er erst das Bewusstsein und wurde dann fast autistisch. In dieser Zeit hatte Boiled zwei weitere Menschen ohne Œufcoque umgebracht. Œufcoque kehrte nie wieder in seine Hand zurück.

Boiled tauchte unter, nachdem er die letzten zwei getötet

hatte. Gerüchten zufolge hat die October Company ihn sofort angestellt.«

Doc Easter seufzte, als er sich an damals erinnerte.

»Eine Zeit lang sah es so aus, als würden Boiled und Œufcoque sich gegenseitig umbringen.

Ich fragte mich, ob es vielleicht ein Fehler war, dass ich mich für Scramble-09 entschieden hatte. Aber – ich wollte nicht so enden. Œufcoque und ich waren danach für verschiedene Fälle zuständig, damit wir uns als Zuständige wieder erholen konnten.

Boiled stand uns und sich selbst bei einigen Angelegenheiten gegenüber, denn er will immer noch beweisen, dass seine Art, den Fall damals zu lösen, nicht falsch war. Und das Ergebnis ist jedes Mal, dass wir die Waffen aufeinander richten.«

Er nippte am Kaffee, als wollte er seine Bitterkeit damit runterspülen.

#Vielen Dank, dass du mir das erzählt hast.#

»Kein Problem.«

#Warum tötet Boiled?#

»Die Zeit, in der er zum Soldaten ausgebildet wurde, hat sein gesamtes Leben wahrscheinlich am meisten geprägt. So konnte er sich dem Gefühl des Nicht-Seins widersetzen. Dieses Nichts verursacht einen ganz ungewöhnlichen Stress bei manchen Menschen …«

#Er wollte Œufcoque.#

»Kann ich mir vorstellen. Œufcoque ist die einzige vitale Einheit auf der Welt, die stärkste Nahkampfwaffe.«

#Ich denke, ich kann auch Boiled ein wenig verstehen.#

Der Doc verschluckte sich an seinem Kaffee und hustete.

»Du willst doch nicht etwa Rechtsverdreher werden, weil du eigentlich eine Killermaschine sein willst, oder?«

#Nein … aber ich kann ihn verstehen. Weil ich das *auch getan habe*. Ich habe Œufcoque vergewaltigt. Er ist das Opfer meiner Asche geworden. Ich glaube, dass es bei Boiled auch so war. Ich hätte allein nie aufhören können.#

»Du bist anders als er«, sagte Doc, weil er es selbst hören wollte.

Dabei wusste er nur zu gut, dass jeder so werden konnte wie Boiled. Nur wenn man sich selbst als Monster sah, bestand eine Chance, die verbrannte Asche nicht mehr zu sehen.

#Wird Œufcoque mir verzeihen?#

»Aber keine Frage …«

Balot fixierte ihn ernsthaft, er sah ihr in die Augen und nickte.

»Das wird schon werden. Du lernst dazu, du denkst über dich nach und wirst erwachsen. Er weiß das auch.«

Balot nickte. Œufcoque und der Doc waren immer freundlich zu ihr. Verzweifelt unterdrückte sie den Drang, sich ihre Freundlichkeit zunutze zu machen. Sie schämte sich vor sich selbst und hasste sich dafür.

Sie musste entscheiden, was zu tun war, und dann würde sie danach handeln.

»Wo wir hier gerade sitzen … kann ich dich auch etwas fragen?«

#Was denn?#

»Also Shells versteckte Erinnerungen …«, sagte er mit seltsamer Zurückhaltung. Balot schlug sich die Hand vor den Mund.

#Entschuldige. Hatte ich völlig vergessen.#

Gab sie ganz ehrlich zu. Dann sprach sie stockend weiter.

#Es sind Chips.#

»Chips?«

#Einer von Shells Läden ist ein Casino, das ›Eggnog Blue‹. Ich habe herausgefunden, dass er sie in 1-Millionen-Dollar-Chips mit speziellen Speichermedien versteckt hat.#

»1-Million-Dollar-Chips. Das ist wie Diamanten unter Diamanten verstecken«, murmelte er und sah Balot beeindruckt an.

»Das hast du gut gemacht, alle Achtung.«

#Tweedledum hat mir geholfen. Ganz allein hätte ich das nicht geschafft. Die Chips darf man nicht aus dem Casino mitnehmen, und außerhalb der Shows haben die Gäste sie so gut wie nie in der Hand.#

»Vermutlich dient das Casino einigen Kapitalunternehmen oder Entertainmentfirmen als Deckmantel. Sie geben dem Casino ihre Millionen zur Aufbewahrung beziehungsweise Geldwäsche. Und gleichzeitig macht es sich gut für das Casino, wenn da so ein Vermögen im Hintergrund steht.«

#Du hast recht. Anscheinend läuft das genau so, wie du sagst.#

»Und genau da drin hat er sie versteckt …«

#Ich habe die Aufzeichnungen analysiert, als die Chips hergestellt wurden. Es gab Hinweise auf eine Sonderbestellung. Die Aufzeichnungen sind zwar korrekt gelöscht worden, aber ich konnte die Datenbruchstücke wieder zusammensetzen.#

»Unglaublich. Gut, du hattest das Terminal des Paradieses und Tweedledum hat dir geholfen, aber dass du in so kurzer Zeit so viel …«

#Ich würde das gern mal wieder machen.#

Sagte Balot und lachte. Der Doc sah sie finster an.

»Du kannst wegen des Verstoßes gegen ein Bundesgesetz und schwerem Hacking zu mindestens zwanzig Jahren Haft verurteilt werden. Wenn es nicht so gut läuft, wird dir weiterhin fast ein halbes Jahrhundert lang untersagt, einen Computer auch nur anzufassen. Wenn es nicht unbedingt notwendig ist, darfst du das nicht tun.«

#Entschuldige.#

Sie ließ die Schultern hängen. Œufcoque hatte ihr das früher schon gesagt. Ihre Einstellung zum Gebrauch ihrer Macht. Sie hatte es dick, immer wieder die gleiche Lektion lernen zu müssen. Jetzt schämte Balot sich wirklich.

»Ach was, schon gut. Du bist wirklich ein ziemlich großes Risiko eingegangen. Und – wie viele von diesen Chips gibt es eigentlich?«

#In diesem Casino gibt es zwölf.#

»Eine ganze Menge ... und alle haben ein Stück von Shells Erinnerungen?«

#Nur vier davon. Nur die vier Chips mit dem Firmenlogo der October Company wurden anders als die anderen hergestellt.#

»Tatsache.«

#Und was machen wir jetzt? Überfallen wir sie?#

Fragte sie halb im Scherz.

»Ein Casino zu überfallen ist genauso umständlich wie ein Banküberfall. Das sollten wir erst als Letztes in Erwägung ziehen.« Balot war überrascht, dass der Doc so ernst über diese Möglichkeit sprach.

»Wenn ich allerdings die Staatsanwaltschaft nachforschen lasse, dann wird er mit Sicherheit das Versteck sofort ändern, sollte er diesen Zug im Voraus erahnen. Vielleicht machen wir Shell und die October Company damit auch aufmerksam und verpassen am Ende einen größeren Fisch. Ich sollte also nicht unbesonnen handeln ... die Sonderrechte eines Bevollmächtigten ... nein ...« Seine Stimme wurde immer tiefer und leiser, am Schluss murmelte er nur noch. Irgendwann sagte er: »Nun, vermutlich wäre es das Beste, wenn wir das Casino als Gäste besuchen.«

Er grinste Balot an. Er sah so motiviert und enthusiastisch aus, dass er Balot ein klein wenig unheimlich war.

»Balot, ich frage dich das, weil ich das auch Œufcoque fragen werde …«

#Was denn?#

»Hast du schon mal in einem Casino gespielt?«

#Nein. Ich stand immer nur hinter Shell.#

»Kennst du die Regeln von Poker oder Roulette? Black Jack oder Baccara?«

#Ich kann Memory oder Tarot.#

»Wir kommen dann also zu Lektion Nummer zwei …« Der Doc freute sich. »Wir müssen unserem Rechtsverdreher-Lehrling Rune Balot wohl nach dem erfolgreichen Kaffee-Unterricht noch eine Stunde geben. Was meinst du?«

#Kann ich dich was fragen?#

»Was denn?«

#Magst du eigentlich Glücksspiele, Doc?#

Er streckte einen Zeigefinger aus und wackelte damit von rechts nach links.

»Nun – Glücksspiele sind außerordentlich spannend und intellektuell stimulierend. Und sie zeigen einem die Ästhetik des Lebens.«

Balot war sprachlos.

Dritter Teil 回転

Rotor

1

Nicht mehr lange, und Balot würde anfangen zu flennen.

Und weil sie so drauf war, hatte sie gar nicht gemerkt, dass Œufcoque aufgewacht war und seine Kapsel sich langsam öffnete.

Der Unterricht des Docs war Schlag auf Schlag auf sie heruntergekracht: das Glücksspiel!

Er hatte ihr den Mechanismus in legalen Internetcasinos beigebracht und ihr verschiedene Spiele vorgestellt.

Auf den Seiten der Internetcasinos waren auch die Unterschiede zum Spiel in einem richtigen Casino explizit aufgeführt. Deshalb verstand sie es jetzt viel besser, wenn sie gegen den Doc spielte.

Blackjack, Bakkarat, Poker (Highball, Lowball und Highlow Split). Danach hatte er ihr die Mechanismen und Spielregeln von Glücksrad, Roulette und den einarmigen Banditen beigebracht. Sie hatte es auch im Großen und Ganzen verstanden.

Bis hierhin war alles gut.

Aber der Unterricht des Docs fing an diesem Punkt erst richtig an.

»Gut!«

Doc zeichnete mit einem smarten Quietschen Zahlen auf ein Clipboard.

»Wie ich schon vorhin erwähnt habe: Alle finiten Spiele können im Normalsystem dargestellt werden. Wir beschäftigen uns also mit den Nullsummenspielen im Normalsystem und werden uns überlegen, welche Strategie für den Spieler am effektivsten ist, um entlang der Basis der Rationalität zu bleiben und das Gleichgewicht im Spiel zu finden und zu seinen Gunsten zu kippen.«

Balot runzelte angestrengt die Stirn und nickte. Der Doc erklärte ihr etwas Wichtiges. Wie man bei Glücksspielen gewinnt und so. Allerdings hatte sie immer noch keine Ahnung, wie das funktionierte. Also hörte sie ihm weiter konzentriert zu.

»Stellen wir also das Normalsystem als eine Gewinntabelle dar, ja? Die Werte von 1 bis n sind deine Strategiesymbole, auf der anderen Seite sind meine Strategiesymbole. Jetzt werde ich deutlich machen, wie die Gewinnwerte der beiden Spieler sich gegenseitig beeinflussen. Beide Spieler versuchen, ihren sicheren Gewinn zu maximieren. Wenn man lange genug überlegt, endet man schließlich bei einer optimalen Strategie. Diese Struktur wird auch das Lösen des Spielgleichgewichts genannt.«

Während er das sagte, schrieb er viele Buchstaben hin. Dann Buchstaben mit kleinen Zahlen daneben. Plus und Minus fand Balot noch in Ordnung. Allerdings tauchten sehr bald auch noch andere Symbole auf, die Balot nicht kannte und von denen sie nicht wusste, ob es ein sonderbarer Buchstabe oder eher ein Symbol mit einer seltsamen Bedeutung war.

»Aber was wäre, wenn Spieler zusammenarbeiteten? Schauen wir uns also mal das Kooperationsspiel an, denn das folgt ja einer ganz simplen Logik. Die Spieler wählen eine Strategie aus einer finiten Auswahl und innerhalb dieser Regeln denken sie dann rational darüber nach, wie sie die Strategien der anderen Spieler mit ihren eigenen kombinieren können.«

Für Balot klang das alles ziemlich wirr. Aber sie strengte sich wirklich an und hörte ihm ernsthaft zu.

»Stellt man jetzt über diesen Prozess konspirativer Strukturen die Hypothese auf, dass optionale Teilmengen hier miteinander konspirieren, dann kann man auf die Weise einen reellen Zahlenwert ermitteln. Das ist eine sogenannte einzigartige Funktion; diese wird dann dem Helfer *n* zugeteilt, anschließend entscheidet sich diese einzigartige Funktion auf einen Schlag.«

Balot starrte auf die Schwärme von Buchstaben, Zahlen und Symbolen, die der Doc ohne Zögern auf das Clipboard geschrieben hatte, und dachte dann darüber nach, welche Stelle sie sich wohl würde merken können. Zumindest die Schlussfolgerung wollte sie sich einprägen.

Allerdings hatte sie noch nicht ganz raus, was genau jetzt eigentlich die Schlussfolgerung war.

Œufcoque wartete währenddessen, bis die Flüssigkeit der Kapsel verdampft war, dann morphte er in die Maus mit dem goldenen Fell und kletterte mühsam aus seiner Kapsel. Er invertierte einen Teil seines Fells, veränderte die Form, morphte, trennte es von seinem Körper und machte dann seine Lieblingshose daraus. Erst dann ging er langsam zu Fuß in die Richtung, aus der die Stimmen zu hören waren.

Überall auf dem Boden lagen von oben bis unten mit Formeln beschriebene große Blätter. Œufcoque schaute sie sich genau an und marschierte dann über das ganze Papier, bis er schließlich Balot und Doc Easter gegenüberstand. Er schnüffelte und rümpfte sein Näschen, als rieche er etwas Verbranntes, dann seufzte er, stellte sich unter den Doc, der enthusiastisch in voller Fahrt war, und sprang auf einen leeren Stuhl und danach auf den Tisch.

»Was hat denn ein 15 Jahre altes Mädchen davon, wenn du ihr Wirtschaftstheorien einpaukst, Doc?«, fragte Œufcoque.

Balot und Doc Easter sahen ihn gleichzeitig erschreckt an.

»Es ist gar nicht nett, seinem Gesprächspartner mithilfe seines Spezialgebietes Minderwertigkeitskomplexe einzujagen! Balot, warum erträgst du das eigentlich? Willst du am eigenen Leib erfahren, wie sich das Gefangenen-Dilemma anfühlt?«

Als er fertig mit Schimpfen war, setzte er sich auf den Papierhaufen auf dem Tisch.

»Oh, Œufcoque. Du bist aber ziemlich früh aufgewacht. Die Technologie des Paradieses hat sich ja wirklich weiterentwickelt.«

Œufcoque zuckte nur die Schultern.

»Erklärst du mir die Situation?«

Und der Doc fing an zu erklären.

Während er fröhlich erzählte, wie Balot die Daten im Paradies gefunden hatte und welche Schlussfolgerungen sie daraus entwickelt hatten, senkte Balot still ihren Blick.

Sie war sehr nervös. Œufcoque stand vor ihr, sie könnte ihn anfassen, wenn sie nur die Hand ausstreckte, aber sie konnte ihn nicht einmal ansehen.

»Wir werden noch einmal über den Punkt sprechen müssen, als Balot wegen eines Gesetzesverstoßes zu einer Verdächtigen wurde ... andererseits: Gibt es nicht einen einfacheren Weg, ihr Gewinnmethoden in einem Casino beizubringen, als mathematische Formeln? Was meinst du, Balot?«

Balot zuckte verschreckt zusammen.

Œufcoque und Doc Easter sahen sie ein wenig erschocken an. Balot versuchte, etwas zu sagen, irgendetwas Harmloses. Aber sie wusste nicht mal, *wie* sie etwas hätte sagen sollen.

Sie hielt den Blick auf den Tisch gerichtet und schrumpfte, sank in sich zusammen, als sperre sie sich ein.

Weder Œufcoque noch der Doc gaben ihr die Schuld oder zogen sie zur Verantwortung.

Keiner hatte etwas Rücksichtsloses gesagt wie ›Jetzt sag, was du willst‹ oder ›Wenn du irgendwas sagen willst, dann sag es‹.

»Es tut mir leid«, sagte plötzlich Œufcoque. »Es tut mir leid, dass ich geschlafen habe, während du eine so schwere Entscheidung treffen musstest.«

Balot schüttelte wild ihren Kopf.

Um Balot zu beruhigen, fragte der Doc: »Und, wie geht es dir, Œufcoque?«

»Ich kann in nichts Ballistisches morphen, aber ich werde euch dabei helfen können, im Glücksspiel zu gewinnen.«

Damit ging er dann zu Balot, stellte sich vor sie hin und streckte seine Arme aus: »Darf ich auf deine Schulter?«

Sie starrte ihn an. Ihr gesamtes Blickfeld verschwamm. Als sie schließlich nickte, tropften Tränen aus ihren Augen. Sie schlug beide Hände vors Gesicht, woraufhin Œufcoque sie ganz vorsichtig berührte.

»Ich mache einen Kaffee«, sagte der Doc und verschwand. Balot streckte ganz schrecklich vorsichtig ihre Hand nach Œufcoque aus.

– Darf ich dich anfassen?

»Klar.«

Œufcoque sprang auf ihre Handfläche. Balot hob ihn hoch, an ihrer Wange vorbei, und setzte ihn auf ihre Schulter.

– Wirst du bei mir bleiben, auch wenn es nur für diesen Moment ist?

»Klar.«

– Mir tut alles so leid, Œufcoque.

»Ist schon gut.«

Danach brachte sie kein Wort mehr heraus. Ein komplettes

Chaos von Gefühlen wütete in ihr, und sie bemühte sich verzweifelt, diese zu unterdrücken, damit Œufcoque sie nicht unnötig snarkte.

Der Doc kam wieder und stellte die Kaffeetassen auf den Tisch. Auch eine kleine Tasse für Œufcoque. Beide warteten, bis Balot sich wieder etwas gefasst hatte.

Dann arbeiteten sie an ihrem Plan. Zu dritt.

Sie entschieden, wer welche Rolle spielen sollte und wie sie sich dabei verhalten sollten. Dann stellten sie sich alle möglichen Szenarien vor, und der Doc erklärte, dass er das in einem Plan zusammenfassen werde.

Danach kochte Balot. Sie saßen alle zusammen am Tisch und sprachen über kleine Dinge. Was sie anschließend machen wollten. Was sie in Zukunft machen wollten, wenn dieser Fall endlich gelöst war.

Niemand sagte etwas Bestimmtes. Nichts Konkretes, alle blieben unbestimmt und scherzten. Doch es reichte, damit sie sich einander zugehörig fühlten.

Nach dem Essen nahm der Doc die Teller und erklärte beim Aufstehen: »Wir sind so weit.«

Œufcoque lächelte mürrisch.

»Wir gewinnen diesen Fall.«

Balot wollte zwar etwas sagen, aber die Worte wollten nicht raus, also nickte sie nur.

Sie hatte ein Zimmer in der ersten Etage bekommen. Als sie sich unter die Bettdecke kuschelte, fragte Œufcoque, während er an der Schnur ihrer Nachttischlampe hing: »Soll ich bei dir bleiben, bis du eingeschlafen bist?«

– Brauchst du nicht.

Balot streichelte kurz sein Fell.

– Danke.

Sagte sie ganz aufrichtig. In diesem Moment begriff sie zum ersten Mal, dass es genau das war, was sie schon die ganze Zeit hatte sagen wollen.

Œufcoque zog an der Schnur, machte das Licht aus, ging aus dem Zimmer und machte dabei die Tür ordentlich hinter sich zu.

Balot weinte ein bisschen im Dunkeln.

Sie weinte und dachte nach. Wie sie weiter vorgehen würden. Œufcoque und der Doc sahen nach vorn, sie orientierten sich nach vorn und versuchten, konkrete Ergebnisse für ihre vagen Werte und Ziele zu bekommen.

Shell und Boiled sind anders. Sie sehen bestimmt immer nur zurück, dachte Balot. Sie starren zurück und sehen ihrer eigenen Vergangenheit in die Augen, einer Vergangenheit, die schon lange tot sein sollte.

Eine Vergangenheit war wie eine Leiche, mit der man machen konnte, was man wollte.

Allerdings nur, wenn man sie ordentlich beerdigt, so dachte Balot jedenfalls darüber.

Die Vergangenheit starrt einem stets aus ihrem Grab nach. Wenn man nicht aufpasst, streckt sie ihre verfaulte Hand aus und man stolpert und verliert sein Ziel aus den Augen. Und als Shell und Boiled diesen brennenden Blick im Rücken nicht mehr ausgehalten haben, haben sie sich umgedreht und zurückgesehen – und die Finsternis hatte sie verschlungen.

Die gleiche Finsternis, die Balot jederzeit verschlingen könnte.

Balot dachte darüber nach, was sie tun könnte.

Was sie tun könnte, wenn sie das silberne Ei verlassen musste …

Schon bald trockneten ihre Tränen und sie schlief ein.

»War das gut so?«, fragte Œufcoque und sprang vom Stuhl wieder auf den Tisch.

»Warum fragst du?« fragte der Doc überrascht zurück und hörte kurz damit auf, seine Pläne und Tabellen begeistert auf dem Tisch zusammenzufalten.

»Was wir ihr angetan haben … es hat sie zu einer schwerwiegenden Entscheidung gezwungen.«

»Reden wir von dem Plan, den sie ausgewählt hat? Diese Entscheidung basierte auf ihrer Bewusstseinsschwelle.«

»Wir können nicht ausschließen, dass ihre latente Rache ihre Entscheidung beeinflusst hat.«

»Das kann schon sein, aber jetzt ist sie ja nicht mehr so wild darauf, sich zu rächen, oder?«

»Hm. Ich glaube, sie denkt sehr vorsichtig darüber nach, wie dieser Fall gelöst werden kann.«

»Das ist doch eigentlich ganz gut. Wenn sie sich damals nicht für Scramble-09 entschieden hätte, sondern sich auf die Security verlassen hätte – dann hätte die sie ganz sicher in Stücke zerrissen und auf dem Schwarzmarkt verkauft.«

»Schwarzmarkt?«

»Laut der Information der Polizei ist es das, was die Attentäter, die Boiled angestellt hatte, mit ihr vorhatten. Unter Körpermanipulationsfetischisten hatten sie einen gewissen Ruf. Weil sie immer erstklassige Teile verkauft haben.«

»Äh …«

»Solche Leute würde ich am liebsten in Stücke reißen. Ich denke so, und sie denkt das wahrscheinlich auch. Aber sie denkt nicht, dass es unsere Arbeit ist, solche Leute in Stücke zu reißen. Das ist doch gut, oder? Natürlich tut es mir auch weh, dass sie unser Versteck zerstört haben. Aber wenn der Fall nach unseren Vorstellungen gelöst wird, können wir Schadensersatzforderungen an das Broiler House stellen.«

»Das stimmt.«

»Ich denke, es war gut, sie stärker zu machen. Wie erwartet wurde auch entdeckt, dass die Leitungen des Wachdienstes absichtlich manipuliert worden waren. Vermutlich hat jemand intern an den Leitungen herumgefummelt. Dem Typen, der das Geld dafür angenommen hat, ist es vermutlich egal, ob das Körpermanipulationsfetischisten waren oder Massenmörder.«

»Was ist mit den internen Mittätern?«

»Die Polizei fahndet noch nach ihnen, das ist aber nicht unser Auftrag. Bei Beihilfe zum Hacken einer öffentlichen Einrichtung ist die Kaution ziemlich hoch. Die Polizei hofft, bei der Verhaftung einen ziemlichen Bonus zu kassieren.«

Œufcoque saß auch weiterhin unzufrieden auf dem Tisch.

»Du bist echt halbgar. Was denkst du denn?«

»Worüber?«

»Über sie.«

Œufcoque kratzte sich ein bisschen am Hinterkopf.

»Ich hoffe, dass sie ihre negativen Gedanken durch Vernunft und Ehrgeiz überwinden kann. Genau das ist doch eigentlich *ihr* Fall. Wir werden sie beschützen und ihr dabei helfen, erwachsen zu werden und ihre Rechte vor dem Gesetz zurückgewinnen. Vielleicht ist das ja sogar die Arbeit, die ich immer tun wollte.«

»Als Sozialarbeiter? Wenn du genug vom Herumballern hast, sollten wir dann also unseren Job wechseln?«

»Manche Leben sind sofort vorbei, wenn sie sich auf die mildtätige Wohlfahrt verlassen. Dem Broiler House ist das immer zu kompliziert, die suchen dann die Lösung im Beauftragen eines Falles. Ich will ja zur Abschreckung benutzt werden, um Leben vor ununterbrochener Gewalt zu schützen. Dafür gibt es Scramble-09.«

»Und wo genau ist dann dein Problem?«

»Ich will nicht, dass sie die Bedrohung als Begründung nimmt, um mich wieder als Waffe einzusetzen und …«

»Und deswegen versuchen wir doch, die Angriffslücke des Gegners auszunutzen und so sanft wie möglich den Fall zu lösen. Also was ist das Problem?«

»Doc, du kannst meine Gefühle als lebendes Werkzeug einfach nicht verstehen.«

»Aha?«

»Ich suche immer nach einem Benutzer. Ich *will,* dass jemand wie sie mich benutzt. Ich hätte nie gedacht, dass ich mich irgendwann einmal wieder so vollständig in die Hand eines Menschen begeben würde.«

»Also?«

»Also bin ich auch völlig ratlos, seit ich erfahren habe, dass sie nach dem Ende dieses Falles gern eine Zuständige für beauftragte Fälle werden möchte.«

»Das freut mich«, sagte Doc Easter, wandte seinen Blick von Œufcoque ab und nippte in aller Ruhe an seinem Kaffee.

»Was freut dich, Doc?«

»Kennst du den Marriage Blues, Œufcoque?«

»Was?«

»Das ist das ewige Herumgrübeln an einer feststehenden Entscheidung. Ständig überlegt man sich dabei – und das Überlegen kann sich ganz schön hinziehen –, wie genau sind jetzt meine persönlichen Gefühle, kann ich das überhaupt schaffen, was ist dazu unbedingt notwendig, was kann ich dem Zufall überlassen.«

»Und ich mache das, glaubst du?«

»Ich finde, du gibst ein *gutes Beispiel* dafür ab.«

»Und was kann man dagegen machen?«

»Man kann warten, bis es so weit ist.«

Œufcoque schaute in die Luft und seufzte, tief.

»Schwierig.«

»Eine der schwierigsten Fragen seit Anbeginn der Zeiten. Viel Glück«, sagte der Doc und klopfte Œufcoque auf die Schulter, aber es fühlte sich nicht besonders aufmunternd an.

2

Kurz vor Tagesanbruch landete das riesige silberne Ei auf dem Dach des Broiler House-Wolkenkratzers. Humpty Dumpty blieb exakt einen Meter über dem Dach stehen, mehrere Risse liefen über seine Oberfläche, die sofort das tiefe Violett der Morgendämmerung angenommen hatte. Die Risse formten regelmäßige Sechsecke, ein Teil der Schale formte sich zu einer Treppe, die zum Dach hinunterführte.

Balot und der Doc gingen die Treppe runter.

Der Wind war ungewöhnlich stark, der dreifache Drahtzaun um das Dach herum klapperte ziemlich laut.

Balot ging in das Haus und rief den Fahrstuhl. Sie snarkte nicht, sondern benutzte ganz brav den Knopf.

Der Doc schickte Humpty wieder in die Luft und kam dann mit großen Schritten auf sie zu.

»Gut, gehen wir!«, sagte er und tänzelte geradezu in den Fahrstuhl.

Er war außerordentlich gut gelaunt. Seit sie den Doc kannte, hatte er nicht so ausgelassen gewirkt. Er hatte einen großen Koffer in der Hand, und auch Balot trug eine Tasche über der Schulter.

»Du bist ja echt guter Stimmung, Doc«, sagte Œufcoque lustlos, er lag wieder als Choker um Balots Hals.

»Das ist der entscheidende Moment. Wortwörtlich. Und das Wichtigste ist, dass du auch so weit bist, obwohl du Glücksspiele eigentlich hasst. Ich ziehe mit der Einstellung los, ein oder zwei Casinos zu sprengen.«

»Wir gehen aber gar nicht hin, um Shells Casino zu sprengen.« Während Œufcoque sprach, krümmte sich der Rand des Halsbandes, und er gähnte. Balots Schultern zuckten unwillkürlich, es kitzelte sie im Nacken.

»Ich hasse es, früh aufzustehen. Ist gegen meine Gewohnheiten«, beschwerte er sich. Dann hatten sie mit dem Fahrstuhl auch schon das Erdgeschoss erreicht.

Im Foyer befanden sich bereits ein paar Justizbeamte. Viele von ihnen übernachteten in diesem riesigen Hochhaus, und im Café saßen viele vor ihrem Morgenkaffee.

Balot und Doc Easter durchquerten die Eingangshalle und stiegen draußen in ein Taxi.

Das Taxi fuhr von dem Hochhaus weg, Richtung Uptown.

Während der ganzen Zeit im Taxi starrte der Doc auf sein notizbuchgroßes Display und summte vor sich hin. Auf dem Display flimmerten viele Zahlen in mehreren Reihen und stimmten den Doc so froh, als wären sie bereits alle auf seinem Konto.

Schon bald blieb der Wagen vor einem Motel stehen. Einem Motel in der Nähe des Flughafens.

Als sie die Lobby betraten, waren ihre Zimmer bereits vorbereitet. Die Zimmer, die der Doc gestern Abend von Humpty aus über den Netservice reserviert hatte.

Ihre Zimmer lagen nebeneinander, und Balot und der Doc taten so, als wären sie gerade erst aus dem Flugzeug ausgestiegen und gerade erst in der Stadt angekommen. Immerhin waren sie geflogen, so viel stimmte ja.

In ihrer Tasche hatte Balot fast nur Klamotten. Kaum war sie in ihrem Zimmer, nahm sie ein Kleid aus der Tasche. Œufcoque hatte es für sie gemacht, nach der Vorlage eines Onlineshops. Sie hängte es ordentlich auf einen Bügel, nahm ihre Schuhe und etwas Schmuck aus der Tasche und legte die Sachen auf den Schreibtisch.

Während sie alles vorbereitete, flutschte das Halsband auf. Noch in der Luft invertierte es und morphte in den Körper der kleinen goldenen Maus. Œufcoque sprang auf den Tisch und gähnte ziemlich ausgiebig.

»Wir haben eine Menge Zeit. Ich will noch ein bisschen schlafen«, maulte er. Ohne darauf zu warten, was Balot dazu sagen würde, marschierte er zum Bett, sprang auf das Kopfkissen und legte sich auf den Rücken.

Balot folgte Œufcoque zum Bett und stupste ihn in den Bauch.

– Das ist jetzt das erste Mal, dass ich sehen muss, wie du dich so gehen lässt!

Mischte sie sich in ihn ein und lachte.

Œufcoque zuckte nur die Schultern. Sag doch, was du willst, dachte er sich.

Er lag auf dem Rücken wie ein Mensch, verschränkte seine Hände auf dem Bauch und streckte seine Beine bequem aus. Dann fing er an zu schnarchen.

Ganz flüchtig machte sie sich Sorgen, ob seine Wunden vielleicht noch nicht ganz ausgeheilt waren. Doch Balot wollte ihn nicht weiter stören und ging duschen.

Danach sah sie sich noch ein bisschen die Spielregeln-Tabellen an, die der Doc ihr gegeben hatte, und davon wurde sie dann ebenfalls müde. Es war erst kurz nach halb sieben. Also schlüpfte sie auch unter die Decke, fühlte noch an ihrem Ohr, wie Œufcoque sich unanständig am Bauch kratzte, und schlief sofort ein.

Es war fast Mittag, als das Telefon klingelte und der Doc sie weckte. Œufcoque war schon wach und sah fern. Ohne Ton, nur das Bild. Sie fragte, ob er denn so mitbekäme, worum es ging, und er antwortete: »Ich übe Lippenlesen.«

Sie dachte, dass das aber ein komisches Hobby sei, aber er machte das nicht zum Spaß.

»Ist ein gutes Warm-up für die Arbeit, die wir gleich machen werden«, sagte er und trat mit seinem winzigen Fuß auf die Fernbedienung, um das Bild auszuschalten.

Sie gingen in das Motel-Restaurant, wo der Doc schon auf sie wartete. Sie aßen etwas und besprachen ein letztes Mal, was sie zu tun hatten. Danach testete der Doc noch mal Balot, ob sie auch die Regeln der wichtigeren Spiele verstanden hatte.

Die Regeln selbst waren einfach; auf komplizierte Spiele hatten sie es allerdings auch gar nicht abgesehen. Das Problem war, dass die Spieler immer in Gewinner und Verlierer aufgeteilt wurden, wenn sie nach den Regeln spielten.

#Wie viel müssen wir gewinnen?#

Snarkte sich Balot in Œufcoque ein, der wieder ein Halsband war.

Der Doc verzog die Lippen zu einem Grinsen und schob seine Brille mit einem Finger hoch.

»Wir werden aus 2000 Dollar vier Millionen Dollar machen.«

Es hörte sich an wie ein Traum, aber der Doc blieb zuversichtlich.

»Na, wenn du selber spielst, wirst du es verstehen. Wichtig ist allein, dass man eine sichere Methode findet, um zu gewinnen. Wenn wir das nicht schaffen, brechen wir diesen Plan ab.«

#Können wir das denn?#

»Also, unmöglich ist es nicht. Wir wollen damit ja kein Geld verdienen. Für uns ist es schon ein Gewinn, wenn wir nach dem Casino-System spielen und die Chips berühren können. Normale Gäste berühren die Chips nur, um Geld zu verdienen, sie genießen den Thrill gar nicht. Aber wir wollen nur das Gelbe vom Ei, das in den Chips versteckt ist. Und zwar ohne die Schale oder das Eiweiß zu berühren.«

»Wie viel Geld sind eigentlich vier Millionen Dollar?«

Der Doc dachte darüber nach.

»Nun …«

»Das ist kein Geld«, mischte sich Œufcoque ein. Ganz leise, sodass nur der Doc und Balot ihn hören konnten.

#Wie meinst du das?#

»Es sind nur Chips, die 4-Millionen-Dollar-Chips heißen. Wir gehen da nicht hin, um Geld zu stehlen. Deswegen sehen wir darin auch eine Lösung und deswegen bin ich auch bereit, euch zu helfen. Auch wenn das fehlschlagen sollte, haben wir immer noch die Möglichkeit, die Chips zu stehlen. Falls wir herausfinden, wo die gesuchten Chips sind. Sobald Shell das mitbekommt, ist es allerdings damit vorbei. Es wird ohnehin schon schwierig genug sein, sie während der laufenden Verhandlungen zu finden. Es ist wirklich ein Glücksspiel. Und jetzt ist der letzte und damit auch der beste Zeitpunkt dafür.«

Balot sah den Doc genau an.

#Verstehe. Wenn ihr glaubt, dass wir das schaffen können, dann glaube ich das auch.#

Sagte sie aus tiefstem Herzen.

Der Doc lächelte liebenswürdig und klappte sein Notizbuch-Display auf.

»Dann mal auf in den Kampf«, sagte er und löschte sämtliche Daten auf dem Notebook. Alle Daten über das Casino, das sie jetzt besuchen wollten, waren darin gespeichert gewesen. Informationen über wirklich alles, bis hin zu Daten darüber, wer wo wie arbeitet und wie viel Geld dabei verdient. Absolut alles wurde gelöscht, und Balot starrte ganz erschrocken auf den leeren Bildschirm.

»Wenn das Casino uns verwarnt und ich so was in der Hand habe, werden wir sofort rausgeworfen. Alle anderen Casinos in der Stadt werden dann auch informiert. Und die bekommen darüber hinaus Bilder von uns. Dann können wir uns nie wieder in einem Casino blicken lassen«, sagte er und machte dabei ein Gesicht, an dem man ganz deutlich ablesen konnte, dass seiner Meinung nach alles passieren konnte, aber nur das nicht.

#Schaffst du das trotzdem?#

»Im Notfall sind alle Daten auch in Œufcoque gespeichert. Mach dir keine Sorgen, hm?« Er grinste und runzelte daraufhin die Stirn: »Und, hast du dich entschieden, wie du mich anreden willst?«

Balot war ein wenig verlegen und schüttelte den Kopf.

»Gut, dann probier einfach ein paar Sachen aus.«

#Lieber großer Bruder.#

Und sofort musste sie schrecklich lachen.

»Also das nicht«, sagte der Doc ernst. »Und wie wäre es mit … Daddy?« Balot zog die Augenbrauen hoch.

#Fühlt sich komisch an. Geht nicht.#

»Hm.«

#Onkel?#

»Und wie ist das?«

#Das ist okay. Damit mache ich wahrscheinlich keine Fehler.#

»Gut. Dann bin ich von jetzt an dein Onkel Easter.«

Balot musste erneut lachen. Sie konnte es einfach nicht unterdrücken und lachte so sehr, dass ihre Schultern bebten. Als sie die enttäuschte Miene des Docs sah, holte sie tief Luft und nickte.

#Onkel Easter.#

Sie wiederholte es. Der Doc nickte.

»Das wäre dann also entschieden.« Balot kicherte noch ein bisschen, aber eigentlich fühlte es sich für sie gar nicht so fremd an. Sie sah den Doc fragend an und zeigte ihm, wie sie ihr Haar kämmte. *Mach deine Haare endlich wieder ordentlich.*

#Bitte, färb deine Haare wieder in eine Farbe.#

Der Doc signalisierte mit einem Schulterzucken sein Einverständnis.

#Ich wollte dich das schon immer fragen. Warum färbst du dir die Haare so?#

»Einer der Drei Doktoren, die Scramble-09 entwickelt haben, trug sein Haar so.«

Erklärte Œufcoque.

»Es ist die farbige Darstellung eines komplexen Systems. Haar für Haar wurde korrekt nach der Chaos-Theorie eingefärbt«, fügte der Doc hinzu und fuhr sich durchs Haar.

#Hast du ihn sehr gemocht und respektiert?#

»Er war mein Mentor. Ein einmaliger Lehrer und der verantwortliche Leiter bei Œufcoques Entwicklung. Ich hätte ihn dir gern vorgestellt.«

Balot nickte. Sie hatte nicht danach gefragt, ob dieser Mann, der den beiden so viel bedeutet hatte, von der October Company getötet wurde. Sie hätte dabei das Gefühl gehabt, sich aufzudrängen und die alten Wunden der beiden mit Füßen zu treten. Etwas anderes fiel ihr allerdings ein.

#Dieser Doktor, hat er auch gern Glücksspiele gespielt?#

»Er war unschlagbar«, antwortete der Doc sofort.

Balot nickte. Sie hatte nichts anderes erwartet.

Zurück in ihrem Zimmer, stellte sie sich unter die Dusche und zog sich danach sorgfältig an.

Ihr Choker war zwar *Made by Œufcoque,* aber es war nicht Œufcoque selbst, sondern nur ein kleiner Kommunikator. Als sie fertig war, nahm sie Œufcoque in die Hand und stellte sich alles ganz bildlich vor. Weiche Handschuhe, die ihre Hände umhüllten. Œufcoque verlor seine Form, und sofort umgab er ihre Hände. Er streckte sich weiter und weiter über ihre Arme aus und verschmolz hinter ihren Schultern. Die Stellen, an denen ihre Finger sich verschränkt hatten, bekamen Risse, und Balot trennte langsam ihre Hände, bis sie beide wieder vollständig voneinander gelöst waren. Im gleichen Moment erschien ein für Œufcoque ganz typisches Design. Vermutlich hatte er im Onlineshop ein wenig recherchiert. Nach nur zwei, drei Änderungen waren die Handschuhe so, dass sie einigermaßen zufrieden damit war.

Während sie im Foyer warteten, erschien der Doc schließlich und sah so aus wie einer, der wirklich weiß, wie man sich amüsiert. Er trug einen langen Cowboy-Mantel und einen langen Schal um den Hals, ganz wie ein Mafia-Pate.

Seine Haare glänzten silberweiß und waren glatt nach hinten gegelt. Er klapperte mit seinen Schuhen so fröhlich zum Empfang, um seinen Schlüssel abzugeben, wie einer, der vorhatte, sich jetzt Hals über Kopf ins Vergnügen zu stürzen und dabei um eine Menge Geld zu spielen.

Sie standen vor dem Motel. Ihre Limousine ließ nicht lange auf sich warten.

Es war nicht das erste Mal, dass sie in einer Limousine fuhr, aber Balot wurde trotzdem ein bisschen nervös.

»Dann los, was, Balot?«, schnurrte der Doc und klopfte ihr auf die Schulter, »die Show fängt an.«

#Okay.#

Balot tippte auf ihren Kommunikator und nickte. Der Chauffeur lächelte freundlich unter seiner Kappe mit dem kleinen Schirm und hielt die hintere Tür auf. Balot stieg ein.

#Onkel, komm schon!#

Rief sie nach dem Doc. Ein Kichern kitzelte sie in ihrem Bauch, aber sie konnte sich beherrschen.

Der Doc stieg ein, der Chauffeur schloss die Tür, setzte sich auf den Fahrersitz und fuhr los.

Die Stimme des Docs dröhnte jovial durch den Wagen, bis sie im Casino angekommen waren. Ganz so, als müsse er jedem zeigen, was für ein fantastischer Spieler er war. Balot sprach wenig und nickte viel. Ganz so wie die Nichte, die zu Besuch gekommen ist und um die sich jetzt ihr Onkel kümmert. Und als hätten sie viele Verwandte im luxuriösen Viertel Señorita auf den Hügeln.

Schon bald hielt die Limousine am Eingang des Casinos.

Direkt daneben war ein großes Hotel. Hinter dem Hotel standen mehrere Hochhäuser, mit Büros und Konferenzräumen von staatlichen Einrichtungen oder verschiedenen anderen Instituten. Außerdem noch Fernseh- und Radiosender. Das Vergnügungsviertel hatte sich in ihrer Nähe ausgebreitet.

Der Doc gab dem Chauffeur hundert Dollar und sagte ihm, er werde sich vor der Rückfahrt mit seinem Büro in Verbindung setzen.

In Wirklichkeit sah es allerdings anders aus. Als der Doc gut gelaunt zum Parkplatz wies, erkannte sie das vertraute rote Cabrio.

»Ich habe gestern einen vom Broiler House gebeten, den Wagen herzufahren.«

Balot war ganz ehrlich beeindruckt. Wenn es um Pläne ging, dachte Doc Easter wirklich an alles.

»Gut, dann lass uns mal ein bisschen Spaß haben!«

Der Doc und Balot gingen zusammen los.

Ihre Nervosität, die angefangen hatte, als sie in die Limousine eingestiegen war, ließ schnell nach.

Rechts und links vom Eingang am Strip sah man eine Eierschale über dem *Eggnog Blue* leuchten. Das Ei war in zwei Hälften geteilt, und es gab eine dreidimensionale Animation, bei der zahllose Chips von innen nach außen fielen.

Als Balot durchging, fühlte sich das sehr merkwürdig an. Sie erkannte auch sofort, warum.

Ihr Gepäck war in einer Sekunde durchgecheckt worden. Dank Infrarotstrahlen, Überwachungskameras und Röntgenaufnahmen wusste der Rezeptionist am Empfang sofort, wenn jemand mit etwas Auffälligem hier reinkam.

Die Überwachung war lückenlos, und der Doc ging mit lässigen und geübten Schritten ohne zu zögern weiter.

Es war ein ziemlich großes Casino.

Der Flur, der zum Hotel führte, war sehr breit, auch der Gang in den Kinder-Freizeitpark kam Balot extrem lang vor. An den Wänden im überdachten Einkaufszentrum hingen mehrere Bildschirme, in denen Boxkämpfe oder Shows mit Zauberern flackerten.

Balot war schon oft in diesem Casino gewesen, trotzdem konnte der Doc sie auf mehrere Dinge hinweisen, die ihr nie aufgefallen waren, als sie noch Shell bei seinen Shows begleitet hatte. Der Eingang des Casinos war sehr familienfreundlich, worauf auch großer Wert gelegt wurde. Es hatte nicht das Image, dass sich hier nur Reiche und zwielichtige Gestalten amüsierten. Unter den legalen Casinos lebten die mit dem folgenden Motto am besten: Wir bedienen lieber zehntausend Gäste, die hundert Dollar hierlassen, als einen Gast, der eine Million hierlässt. Und hier schien das Konzept ganz gut aufzugehen.

Der Doc warf einen verächtlichen Blick auf die Touristen, die hier mit ihren Kindern spielten, und ging rasch daran vorbei. Wie Balot ihn kannte, hatte er sicherlich den Bauplan des Casinos auswendig gelernt.

Dann überfiel sie der Lärm.

Sie hatte angenommen, dass kurz nach Mittag noch nicht so viele Besucher da sein würden, aber diese Vermutung wurde von einem gewaltigen Tumult weggeblasen.

Wohin sie auch sah, überall waren einarmige Banditen.

Angefangen von kleinen, in die man 5-Cent-Coins warf, bis hin zu Maschinen für High Roller, die mit 100-Dollar-Coins gefüttert wurden, standen die Slot Machines dicht an dicht nebeneinander.

#Cool.#

Sagte Balot.

Warum sie bei dem Lärm noch eine Reaktion schauspielern sollte, war ihr allerdings nicht mehr ganz klar.

»Willst du ein bisschen spielen?«, fragte Doc »Onkel« Easter. Sie nickte brav.

Zusammen mit dem Doc ging sie durch die Reihen der einarmigen Banditen, die wie verschiedene Ammoniten-Spezies aussahen, in verschiedenen Farben und Formen. Überall dudelten elektronische Melodien, gleichzeitig mit dem Lärm von Sirenen wie bei einem Feuerwehrwagen heulten Männer und Frauen in jedem Alter auf, wenn sie den Jackpot gewonnen hatten.

Über der Maschine, die den Jackpot ausspuckte, drehten sich rote Lampen, wie bei einem Polizeiwagen, eine ganze Traube von Menschen hatte sich darum gebildet, die ihren Freunden auf die Schulter klopften. Sie bekam fast Kopfschmerzen von dem metallischen Klang der Münzen, die in die Schächte fielen, und der Aufregung und Reizüberflutung, die in immer höheren Wellen kamen.

Der Doc bekam am Empfang verschiedene Münzen, einen Teil davon gab er Balot. Außerdem gab er ihr noch ein Bündel 20-Dollar-Scheine.

»Gewöhn dich erst mal an die Atmosphäre. Wie beim Surfen. Fühl die Welle«, riet er ihr. Dann verschwand er, wie einer, der sich von den Wellen hinaustreiben lässt, und sah sich ein paar der einarmigen Banditen an.

Ganz weit hinten stand ein AirCar oder ein anderer Luxuswagen mit einem Schild: Gewinnen Sie den Jackpot und der Schlüssel gehört Ihnen!

Doc Easter setzte sich an einen einarmigen Banditen in der Nähe des Wagens. Er erklärte Balot die Bedienung und warf ein paar Münzen hinein.

Die Bilder begannen fließend zu rotieren und liefen auf einen spannungsgeladenen Augenblick zu. Mit einem Klacken blieb ein Bild stehen, dann das nächste, und schließlich präsentierte die Maschine dem Doc sein Schicksal. Eine der vier Linien war gerade noch eben so ein Treffer und fünf 20-Cent-Coins rollten aus der Maschine.

»Ich habe mein Glück herausgefordert, das ist gar nicht mal so schlecht«, meinte er, steckte die Münzen ordentlich wieder hinein und drückte auf die Push-Taste.

Eine Sekunde lang dachte Balot darüber nach, ob sie die Maschine snarken sollte.

Œufcoque, ihr Handschuh, hob ihre linke Hand hoch und zerrte sie ein wenig von der Slot Machine weg. Er hob ihre Hand ans Ohr, und sie konnte seine Stimme hören.

»Unterschätz das Sicherheitssystem hier nicht.«

Sie zuckte zusammen.

Die Maschine hatte alle Coins des Doc verschluckt. Es schien ihn nicht zu kümmern und er warf scheppernd weiter Münzen in die Maschine, als wollte er ihren Rhythmus überprüfen.

Balot konnte das Innere des einarmigen Banditen fühlen. Er war so konstruiert, dass er bei der geringsten Manipulation von außen sofort anhalten würde.

Die Konstruktion war nicht kompliziert, aber gerade das machte das Sicherungssystem so perfekt. Plötzlich sah Balot nach oben, weil sie sich beobachtet fühlte. Überall unter der Decke glitzerten bunte Lampen. Und sie bemerkte, dass zwischen dem ganzen Glitzer eine unglaubliche Menge an Kameras dicht an dicht platziert waren.

Sie schluckte.

»Eyes in the Sky – im Himmel sind Augen«, erklärte Œufcoque, als ob er ihre Gedanken lesen könnte.

»Solche Kameras wurden eigentlich vom Militär entwickelt. Die erkennen die Fußspuren von Menschen noch völlig präzise aus 20.000 Metern Höhe. Hinter den Kameras überprüfen Aufseher jede Bewegung der Gäste. Sobald du also einen der einarmigen Banditen manipulierst, bekommen die Aufseher eine Warnung, und die Kameras verfolgen dich automatisch aus jedem Winkel.«

Sie ballte ihre Faust ganz fest, um ihm so zu sagen, dass sie ihm zustimmte.

»Möchtest du auch mal spielen?«, fragte der Doc plötzlich. Er hatte mal mehr, mal weniger Münzen. Sie nickte und snarkte den Kristall an ihrem Choker.

#Darf ich mir eine Maschine aussuchen?#

»Klar. Trennen wir uns doch für eine halbe Stunde. Wir machen hier unsere erste Etappe und dann sehen wir weiter. Viel Glück!«

Balot ging weg und sah sich etwas um.

Sie sah sich jede Maschine einzeln an und versuchte, die Welle zu spüren. Diese Welle, von der Doc Easter gesprochen hatte. Obwohl es verboten war, die Maschinen zu snarken, so war es doch kein Problem, mal zu sehen, wie sie sich veränderten.

Die Maschinen bewegten sich in ihrem eigenen, komplexen Rhythmus. Sie waren nicht alle gleich eingestellt, aber alle zusammen formten sie einen Durchschnittswert. Jede Maschine war ein Tropfen Wasser, zusammen waren sie eine Welle. Diese Welle bewegte aber nicht nur die Oberfläche. Das Wasser bewegte sich ausschließlich nach oben und unten. Ganz allmählich gelang es ihr, die Situation genauer zu erfühlen. Dann setzte sie sich vor eine Maschine. Ein einarmiger Bandit für 1-Dollar-Coins. Die Maschine sah aus wie eine Whiskey-Flasche. Sie hatte sich davorgesetzt, weil sie fühlte, dass ihr Rhythmus abwärts ging.

Sie konnte hören, wie manche Maschinen in ihrer Nähe zu laut wurden. Zahllose Geräte wiederholten das Ansteigen und Absinken in einem komplizierten Rhythmus, aber nur diese eine hier fühlte sich so an, als wolle sie einfach nur schweigen.

Balot warf ein paar Coins in den Schlitz, drückte ›Push‹ und sah zu, wie die Bilder rotierten.

Während sie die Bewegung der Bilder fühlte, stoppten die Bilder. Ganz unglaublich unzusammenhängend.

Sie spielte ein weiteres Mal. Warf nur eine Münze ein, dann drehten sich die Bilder.

Daneben. Noch eine Münze. Wieder nichts. Nachdem sie das ein paarmal wiederholt hatte, hatte sie plötzlich einen Treffer.

Sie erfasste vollständig, wie dieser Moment sich anfühlte. Ganz kurz war ihr, als ob Œufcoque etwas sagen wollte, aber wirklich gehört hatte sie ihn nicht. Sie hörte nicht einmal mehr den infernalischen Lärm um sich herum.

Dann verlor sie mehrmals hintereinander. Sie spürte, wie die Maschine mit den anderen zusammen stieg und wieder absank.

Plötzlich fühlte es sich so an, als steige ihr Körper mit auf. Ganz natürlich hob sie ihre Hand. Sie warf mehrere Münzen nacheinander in den Schacht, und wenig später, als die Welle ihren Gipfel erreichte, drückte sie auf die Taste.

»Perfekt«, murmelte Œufcoque unerwartet. Balot kam wieder zu sich. Und damit kam der Lärm zurück.

Sie zuckte zusammen, als plötzlich die Sirenen schrillten. Balot fühlte sich, als hätte sie etwas Schlimmes getan. Auf einmal wurde sie von Stimmen überrollt, und noch bevor es ihr klar wurde, hatte sich schon eine Menschenmenge um sie gebildet. Sie erschrak und drehte sich um. Alle quietschten total überrascht.

Einen flüchtigen Moment lang dachte sie, dass vermutlich gleich die Polizei käme, um sie zu verhaften. Allerdings passierte etwas ganz anderes.

In diesem Moment klackerten und hüpften unfassbar viele Münzen in ihre Handflächen. Sie hatte noch nie so viele Münzen gesehen. Der Gedanke, wie sie die nur alle in ihre Tasche bekommen sollte, verschwand sofort wieder. Es waren einfach zu viele!

Um sich herum hörte sie neidische Seufzer. Ein Casino-Angestellter drängelte sich durch die Menschenmenge und kam auf sie zu.

Sie sah ihn ganz erschrocken an, doch er lächelte und zeigte ihr seinen Korb.

»Darf ich das für Sie in diesen Korb tun?«

Sie dachte, dass er ihr bestimmt alle Münzen wegnehmen würde, und stand auf.

Das Gefühl, dass alles sowieso nicht ihr gehörte, wurde stärker. Als er die letzten Münzen in den Korb warf, hob sich ihre Hand wieder an ihr Ohr.

»Vergiss nicht, ihm Trinkgeld zu geben. Ein Dollar reicht.« Nach Œufcoques Worten nahm sie hastig einen Dollar aus der Tasche.

Er drehte sich mit dem Korb voller Coins zu ihr um. Als er sah, dass sie ihm einen Schein hinhielt, nahm er ihn sehr höflich entgegen. Danach gingen sie zusammen zum Schalter und tauschten den Inhalt des Korbes – der etwa so viel wog wie eine Bowlingkugel – in 100-Dollar-Coins um, die wesentlich leichter waren.

Balot nahm den Korb entgegen. Als sie nachzählte, hatte sie genau sechzig Münzen. Einen Moment lang wusste sie nicht, wie viel Geld das eigentlich war.

Schließlich ging sie mit dem Korb zu einem anderen einarmigen Banditen. Genau wie vorher versuchte sie, die Welle zu spüren. Dann setzte sie sich an eine Maschine, deren Welle langsam ruhiger wurde. Dieses Mal war es eine Maschine für 5-Dollar-Münzen. Sie hatte nur drei Coins davon in der Tasche, also wartete sie erst mal eine Weile, bevor sie die erste hineinwarf.

Schließlich warf sie die Münze hinein. Ihr erster Versuch schlug fehl, also nahm sie die zweite Münze aus der Tasche. Sie warf die Münze ein, als sie spürte, wie die Welle anstieg. Aber auch das ging daneben. Dann bemerkte sie, wie die Welle mit dem Fehlschlag versuchte, noch weiter aufzusteigen. Balot atmete ganz tief ein und wieder aus. Sie folgte dem Aufstieg der Welle und wartete mit der Münze in der Hand.

Dann bewegte sich ihre Hand unerwartet von selbst, warf die Münze in den Schlitz und drückte auf die Taste.

– Was?!

Mischte sie sich überrascht in Œufcoque ein.

»Du solltest in dieser Phase nicht zu viel gewinnen. Sie werden sonst auf dich aufmerksam«, antwortete er ruhig. Die Bilder in der Maschine rotierten und blieben stehen.

Keine Sirenen diesmal. Stattdessen schepperten ungefähr zwanzig 5-Dollar-Münzen heraus. Wenn das Timing richtig gewesen wäre, hätte sie mindestens das Zehnfache herausgeholt, da war sie sich ganz sicher.

»Von den Chips, die wir haben wollen, gibt es im ganzen Casino nur vier. Es spielt überhaupt keine Rolle, wie viele andere Chips wir auf dem Weg dahin bekommen. Jetzt sollten wir darauf achten, dass hier im Casino niemand auf uns aufmerksam wird.«

– Aber du hast gesagt, ich darf spielen.

Sie schmollte und war ein bisschen enttäuscht.

»Auch wenn es für dich wie ein Spiel aussieht, muss es das für Beobachter hier in der Nähe nicht sein. Ein Casino sieht alle Menschen als Feinde an, die zu viel gewinnen.«

Seine Worte erinnerten sie wieder an die Kameras über ihr.

Gehorsam legte sie die Coins in den Korb und ging zum Treffpunkt, den der Doc und sie verabredet hatten.

3

»Hast du den Trick so in etwa begriffen?«, fragte der Doc. Er hatte nichts in der Hand, also dachte sie, dass er alles verloren hatte.

»Insgesamt ein wenig mehr als zehntausend.« Er lachte, nahm einen Stapel 1000-Dollar-Chips und erschreckte Balot damit.

#Wollten wir die Chips nicht mit diesen Maschinen gewinnen?#

»Mehr als zwei Millionen Dollar kriegen wir aus den einarmigen Banditen nicht raus, selbst wenn wir alles zusammenkratzen. Das lohnt sich nicht. Außerdem soll ja niemand denken, dass wir gegen das Casino spielen.«

#Also machen wir *was*?#

»Wir nehmen das Geld von den anderen Besuchern des Casinos.«

Balot starrte ihn verblüfft an. Sie hatte sich einige Lektionen anhören müssen, aber er hatte ihr immer nur die Kernpunkte erklärt, wie sie sich wann verhalten sollte. Den gesamten Plan kannte nur der Doc.

»So, die erste Etappe haben wir jetzt hinter uns. Dann machen wir uns mal auf an die Front«, sagte der Doc und marschierte auf das zu, was hinter den Slot Machines lag. Hinter dem Labyrinth der einarmigen Banditen war ein unübersichtlicher, riesiger Raum. So groß wie mehrere Tennisplätze.

Die Spieltische standen dort in ordentlichen Reihen, an den Wandseiten standen dekorative Pflanzen. Am Bartresen gab es Cocktails. Verglichen mit dem Krach hinter ihnen konnte hier von Lärm keine Rede sein. Das hier war ein stilvoller Raum mit einem Ambiente für Erwachsene. Die Dealer standen höflich hinter ihren Tischen, wie Schauspieler auf ihren jeweiligen Bühnen.

Einige der Cocktail-Kellnerinnen, die kostenlose Getränke auf einem Tablett trugen und damit hin und her eilten, hatten das klassische Bunny-Kostüm an, andere trugen Kostüme, die wie Spielkarten aussahen oder von einer Alkohol-Marke gesponsert wurden.

»Das mit den Mechanics hast du verstanden, oder?«

Balot nickte als Antwort auf seine leise Frage. Er hatte ihr einiges über die Mechanics – Poker-Trickbetrüger – beigebracht. Wie sie vorgehen, warum sie sich so verhalten und so weiter. Manche suchten den Thrill, andere glaubten, dass das der kürzeste Weg zu Ruhm und Reichtum sei. Und für Dealer, die ihren Beruf in illegalen Casinos gelernt hatten, war Betrügen etwas, das sie jeden Tag sahen.

»Wir werden nach ihnen fischen«, verkündete der Doc.

»Wenn wir das Casino frontal angreifen, schmeißen sie uns raus. Zuerst müssen wir uns einen Brückenkopf bauen und einen Schützengraben anlegen, möglichst so, dass es sich für uns und das Casino lohnt und keiner dabei große Verluste macht.«

#Sie schmeißen uns raus, auch wenn wir nicht betrügen?#

»Aber sicher. Wenn wir in einer Stunde aus zehn Dollar eine Million Dollar machen, werfen sie uns raus. Und wenn wir aus tausend Dollar zehntausend Dollar machen, werden sie uns blockieren, damit wir nichts mehr verdienen können.

Wir werden aus hundert Dollar tausend machen und dann aus tausend zehntausend Dollar. Und dann fangen wir richtig an zu spielen.«

Balot verstand, was er damit meinte. Dann fragte sie nach dem Problem: #Und wer ist der Mechanic?#

»Als du vorhin an den einarmigen Banditen gespielt hast, bin ich einigen auf die Spur gekommen.«

#Wie hast du sie entdeckt?#

»Ich hab's dir doch gesagt: Für das Casino und uns sind sie am wenigsten profitabel.«

Mit einem triumphierenden Grinsen hob er seinen Daumen und zeigte ganz leicht nach oben an die Decke. Auf die Augen des Casinos, die Balot mittlerweile auch sehr gut kannte.

»Für ein Casino sind Mechanics ziemlich lästig. Jeder, der so aussieht wie ein Betrüger, wird sofort durchgecheckt. Profidealer können ihre Tricks für gewöhnlich sofort durchschauen. Allerdings ist es auch möglich, dass die Dealer und die Mechanics *zusammenarbeiten*. Darum müssen alle Dealer sich alle dreißig Minuten melden, und hinter jedem Dealer, der die Möglichkeit hat, direkten Kontakt mit den Gästen aufzunehmen, stehen dann noch ein Pitboss und ein Floormanager, die alles aufzeichnen. Das Casino ist wie eine Mama, die durchschauen alles.«

Jetzt verstand sie endlich, warum der Doc so gegrinst hatte, als er in sein Notebook gesehen hatte. Er hatte noch einmal rasch nachgesehen, an welchem Tisch wie viele Personen saßen und wie viele davon verdächtig waren.

»Und jetzt zeige ich meiner entzückenden kleinen Nichte, was ich wirklich drauf habe, was?«, fragte der Doc plötzlich laut mit einer näselnden Stimme und strich um die Tische herum, um sie zu begutachten. Er sah überzeugend aus, wie ein junger, spielsüchtiger Neureicher, und Balot war es ehrlich gesagt ziemlich peinlich, mit ihm zusammen sein zu müssen.

Die ganze Zeit sah Balot so aus, als ob ihr das eigentliche

Spiel gleichgültig sei, sie aber die Atmosphäre des Casinos aufregend fand. Das gehörte zum Plan, aber es ging ihr auch wirklich so.

»Na gut, setzen wir uns hier hin. Hier finden wir bestimmt ein paar schöne Schürhaken«, rief der Doc und setzte sich an einen Tisch, an dem gerade ein Spiel beendet wurde.

#Schürhaken? Poker, Onkel?#

Fragte Balot und setzte sich auf den Stuhl, den der Doc ihr angeboten hatte.

»Damit schüren sie gegenseitig ihre Abneigung. Und pokern«, sagte der Doc arrogant und legte seine Chips auf den Tisch.

Der Dealer warf einen Blick auf Balot und fragte: »Sind Sie seine Begleitung?«

Er war noch ziemlich jung, sein blondes Haar sah zu seinen blauen Augen sehr hübsch aus.

»In gewisser Weise, ja. Aber wenn sie am Tisch sitzt, ist sie meine Rivalin.« Der Doc nickte.

»Spiel doch auch. Du spielst doch immer im Pokerraum zu Hause, oder? Du gibst dein ganzes Taschengeld ja sowieso nur für deine Kleider aus, da kannst du es doch jetzt auch mal für ein bisschen Spaß ausgeben.«

#Ist das genug, Onkel?#

Fragte sie laut und nahm ein paar 100-Dollar-Münzen aus dem Korb. Der Dealer und die anderen Gäste starrten den kleinen Chips-Berg mit großen Augen an.

Der Doc hatte das schön gesagt, dass sie sowieso ihr ganzes Geld für Kleider ausgebe. In Wirklichkeit hatten alle Kleider, die sie je von dem Geld gekauft hatte, das sie mit ihrem Körper verdient hatte, in etwa so viel gekostet wie die Chips auf dem Tisch wert waren.

#Darf ich?#

Fragte sie.

Der Dealer runzelte leicht die Stirn und starrte Balot an, die durch die Maschine in ihrem Hals sprach ohne den Mund zu öffnen, dann nickte er, tauschte ihre Münzen in Chips um und gab sie ihr zurück. Anschließend nahm er den Chip an, den der Doc ihm hinhielt, signalisierte dem Floormanager, dass er ein offizielles Trinkgeld erhalten hatte, und legte den Chip an einen dafür vorgesehenen Platz auf dem Tisch, wo ihn jeder sehen konnte.

Balot war sich sicher, dass er ihn in seine Tasche stecken würde, aber alle Taschen an seiner Kleidung waren zugenäht. Das Management war wirklich sehr umsichtig.

So demonstrierte der Dealer – in seiner Funktion als Croupier – Integrität und Ehrlichkeit. Er streckte seinen Rücken durch, als ob er sich etwas darauf einbildete, und ließ seinen Blick über die Gäste an seinem Tisch schweifen.

Außer dem Doc und Balot saßen da noch vier weitere Gäste. Einer trug einen Cowboyhut und hatte eine Zigarette im Mundwinkel. Neben ihm saß ein ruhiger Mann in einem Anzug. Diese beiden saßen rechts von ihnen.

Auf ihrer linken Seite saß ein älterer Herr mit einem sorgfältig gestutzten Bart und noch weiter links ein Mann mit einem Bierbauch. Sie erinnerte sich an das Gespräch mit dem Doc von vorhin. Einer von ihnen war ein Mechanic.

»Ach ja! Kannst du Gebärdensprache?«, fragte Doc Easter den Dealer. Der junge Mann schüttelte ein wenig besorgt seinen Kopf.

»Sie hat diese kleine Behinderung im Hals. Siehst du ja, oder? Ich will damit nicht sagen, dass du über ihre möglicherweise unklare Aussprache hinwegsehen sollst, aber darf ich vielleicht für sie sprechen, wenn etwas mit ihrem Gerät nicht stimmen sollte?«

Der Dealer tippte auf den Hörer in seinem Ohr und wartete auf die Genehmigung seines Managers, dann antwortete er:

»Kein Problem.«

Sein Gesicht sah allerdings so aus, als wolle er sagen: Eigentlich ist das nicht erlaubt, aber in Anbetracht der Zeit, in der ihr hier spielen wollt, machen wir eine Ausnahme. Wenn es einen Zeitpunkt gab, an dem die Art des Docs zu sprechen und seine Gestik wirklich nützlich waren, dann war das vermutlich hier. Für den Dealer sah es so aus, als hätte er zwei neue Gäste, die zwar möglicherweise fehl am Platz waren, aber dafür leicht zu handhaben. Und die anderen am Tisch sahen das ähnlich.

»Sind die anderen Herren auch damit einverstanden?« fragte der Doc.

Der Cowboyhut zuckte die Schultern und sagte gar nichts, der Anzug bekundete höflich sein Einverständnis.

Auch der alte Herr und der Bierbauch hatten keine Einwände. Einer sagte sogar, er freue sich, dass eine junge Lady an ihrem Spiel teilnähme.

Cowboyhut murmelte plötzlich etwas wie ›*Sie sollten endlich Chips für Behinderte machen*‹. Alle taten so, als hätten sie nichts gehört. In diesem Moment dachte Balot, dass es ganz okay wäre, wenn Cowboyhut der Mechanic wäre.

Ihre linke Hand kam wieder von selbst hoch und zupfte an dem Ohrring an ihrem Ohrläppchen.

»Nimm dir das nicht zu Herzen.« Sie hörte Œufcoques Stimme und spielte weiter mit ihrem Ohrring.

In ihrem Innersten nickte sie, es reichte, um Œufcoque mitzuteilen, was sie empfand.

»Ab jetzt werden wir über Buchstaben kommunizieren. Nicht verlesen«, sagte er.

In diesem Moment setzte sie sich ganz gerade hin.

– Ich werde das schaffen. Und keinen Fehler machen.

Dann fing das erste Spiel an.

Diese Pokervariante hieß Hold'em.

Die Spieler bekamen je zwei Karten und überlegten sich die bestmögliche Hand mit den fünf Community Cards, die der Dealer auf dem Spieltisch abgelegt hatte. Ein Spiel hatte vier Runden.

Der Mindesteinsatz auf dem Tisch war dreißig Dollar, der Höchsteinsatz sechzig. Dieser Höchsteinsatz war allerdings erweiterbar und die Einsätze konnten bis zu drei Mal erhöht werden. Demzufolge war der Einsatz ziemlich hoch.

Der Dealer erklärte, dass das Spiel begonnen hatte, und ließ keine weiteren Mitspieler zu.

Mit einer fließenden Handbewegung legte er die Karten in die Kartenmischmaschine und drückte ein paarmal auf die Taste.

Er zeigte so, dass die Karten fair gemischt wurden, und legte sie dann in den Kartenschuh. Die erste Runde fing an.

Die erste Karte bekam der Anzug, dann der Cowboy, der Doc, Balot, der alte Mann und schließlich der Bierbauch. Danach verteilte der Dealer eine weitere Karte pro Person gegen den Uhrzeigersinn, bis jeder zwei Karten hatte.

Der Dealer-Button lag vor dem Anzug.

Der Cowboy links von ihm machte den ersten Blind, ungefähr das Gleiche wie der Mindesteinsatz bei einer normalen Pokerpartie. So früh im Spiel helfen einem allein die beiden Karten bei der Entscheidung.

Das erste Blind war jetzt ein Small Blind, dabei setzte man die Hälfte des Mindesteinsatzes oder weniger. Der Cowboy setzte zehn Dollar.

Danach legte der Doc seinen Wetteinsatz ab, einen Big Blind. Bei diesem Einsatz war er dazu verpflichtet, nicht nur seinen Call abzulegen – also den gleichen Einsatz, zehn Dollar –, sondern er musste erhöhen.

Der Doc erhöhte den Einsatz um zwanzig Dollar.

Die folgenden Spieler mussten bei diesem Einsatz entweder mitgehen – also zehn oder zwanzig Dollar ablegen – oder das Ganze mit einem Raise von dreißig Dollar erhöhen. Wollten sie das nicht, blieb ihnen nur Fold – der Ausstieg aus dem Spiel.

Balots Karten waren die ♣ 10 und ♠ 7. Zu diesem Zeitpunkt waren von den 52 Karten schon zwölf verteilt. Sie saß an der dritten Stelle des Dealer-Button.

Mit dieser Hand sollte sie eigentlich aussteigen. Sogar Balot war das klar. Eine der Pokervarianten, die ihr der Doc gestern noch erbarmungslos eingetrichtert hatte, war Hold'em gewesen.

Aber Œufcoque gab ihre andere Anweisungen.

[Call.]

Sie konnte fühlen, wie das Wort in ihrer linken Hand auftauchte und griff nach den 30-Dollar-Chips.

#Dreißig Dollar. Call.#

Sagte sie und legte die Chips auf den Tisch.

Der alte Herr ging ebenfalls mit, der Bierbauch stieg vorher aus.

Schließlich machte der Anzug vor dem Dealers Button ebenfalls Call und erhöhte mit Raise um weitere dreißig Dollar. Der Cowboy und Doc gingen mit.

Nach Œufcoques Anweisungen zahlte Balot wieder den Einsatz und ging mit, genau wie auch der alte Herr.

Danach erhöhte niemand den Einsatz. Im Pot lag jetzt ein Einsatz von insgesamt 280 Dollar.

Das Setzen in der ersten Runde war vorbei. Der Dealer legte die erste Karte aus dem Kartenschuh verdeckt auf dem Feld ab. Er machte das, um einen Betrug zu vermeiden – eine Gewohnheit, um den gewöhnlichen Trick auszuschließen, dass Karten gezinkt wurden.

Dann legte er drei Karten verdeckt in die Mitte des Tisches. Diese Community Cards nannte man Flop.

Die zweite Runde fing an.

Der Dealer drehte die drei Flopkarten um, von der ersten bis zur letzten.

♣ König, ♠ 8 und ♥ 2.

Balot hatte in diesem Moment noch kein Paar. Ein Flush war ebenfalls unwahrscheinlich. Wenn überhaupt, war ein Straight möglich, mit einer 10, 8 und 7 – sie wusste aber nicht, wie hoch die Wahrscheinlichkeit dafür war.

Die zweite Runde begann ebenfalls mit dem Blind. Der Cowboy zahlte dreißig Dollar ein. Der Doc ging mit, genau wie Balot es auf Anweisung von Œufcoque tat. Der alte Herr stieg aus und legte seine Karten verdeckt auf den Spieltisch.

Der Geschäftsmann auf ihrer anderen Seite ging ebenfalls mit und erhöhte den Einsatz um dreißig Dollar. Keiner stieg aus, alle gingen bei dreißig Dollar mit. Zusammen mit den anfänglichen 280 Dollar waren jetzt insgesamt Chips im Wert von 520 Dollar im Pot. Ohne es zu wollen, erinnerte Balot sich plötzlich daran, wann sie bei ihrer *früheren Arbeit* so viel Geld verdient hatte.

Sie hasste sich dafür.

Selbst wenn sie es gewollt hätte, es gab kein Zurück mehr. Am liebsten hätte sie Œufcoque gefragt, was er vorhatte.

Aber er konzentrierte sich anscheinend darauf, wer der Trickbetrüger war. Oder war ihm dieses Spiel völlig egal?

Dritte Runde.

Der Dealer legte wieder eine Karte ab und drehte die vierte Community Card um.

Die vierte Community Card nannte man auch Turn, diese Karte hier war ein ♣ Bube. Irgendetwas erschreckte sie dabei.

Sie hatte jetzt einen Buben, 10, 8 und 7 – wenn noch eine 9 kam, hätte sie einen Straight.

Langsam glaubte sie, dass Œufcoque die nächste Karte irgendwie vorhersehen konnte, auf eine Art, die Menschen nicht verstanden.

Wenn das aber nicht so war, und er nur weiterhin aggressiv mitging, dann war er ganz offensichtlich ein Anfänger.

Oder versuchte er, wie ein Anfänger auszusehen?

Der Cowboy zahlte einen Blind von dreißig Dollar, der Doc ging mit.

[Raise. Sechzig Dollar.]

Ohne es zu wollen, sah Balot mehrmals hin, was da in ihrer Handfläche stand.

#Ich gehe bei dreißig mit und erhöhe auf sechzig.#

Verkündete sie und zahlte ihre Chips. Insgesamt waren schon 200 Dollar aus ihrem Korb verschwunden.

Es machte ihr ein wenig Angst, dass ihr Gewinn aus dem einarmigen Banditen in einem kurzen Augenblick zu verpuffen schien.

Der Anzug zahlte sechzig und erhöhte den Einsatz um weitere sechzig Dollar. Der Cowboy ging mit und zahlte sechzig Dollar, genau wie auch der Doc. Dann war wieder Balot dran.

[Raise. Sechzig Dollar.]

Stand in ihrer Handfläche.

Ihre Nerven lagen ziemlich blank.

Sie konnte einfach nicht verstehen, warum sie im ersten Spiel so aggressiv spielen sollte, doch sie zahlte den Einsatz, den der Anzug auf sechzig Dollar erhöht hatte.

Und sie erhöhte den Einsatz noch einmal, sodass der Gesamteinsatz mittlerweile bei 330 Dollar lag.

Der Anzug zögerte nicht. Er erhöhte den Einsatz sogar noch ein weiteres Mal.

Der Cowboy ging mit und erhöhte ebenfalls.

Der Doc ging dieses Mal auf Check, denn ab der dritten Runde war es erlaubt, im Spiel zu bleiben, ohne den Einsatz weiter zu erhöhen.

Balot fühlte sich unsicher und ein bisschen im Stich gelassen, aber Œufcoques Aufforderung – [Call] – beruhigte sie wieder. Sie hatte Angst davor gehabt, den Einsatz weiter erhöhen zu müssen. Die erhöhten Einsätze von Cowboy und Anzug hielt sie und zahlte 120 Dollar. Jetzt hatte sie schon 450 Dollar ausgegeben.

Der Anzug ging mit, doch als sie schon dachte, dass das Setzen hiermit beendet sei, sagte jemand: »Raise.«

Der Anzug.

Seine Haltung demonstrierte grundsätzlichen Widerstand.

[Call.]

Lautete Œufcoques Anweisung.

Der Cowboy und Balot gingen mit. 510 Dollar, weg.

An dieser Stelle stieg der Doc aus, verdeckte seine Karten und murrte »O nein« dabei.

Eigentlich hätte Balot das viel lieber geseufzt.

Der Anzug ging mit, der Cowboy zahlte ebenfalls den Einsatz.

Und um es noch schlimmer zu machen sagte er: »Ich erhöhe. Sechzig Dollar.«

Œufcoque war immer noch für [Call]. Also ging sie mit. Mittlerweile waren es 570 Dollar.

Der Anzug ging mit – und endlich war das Setzen beendet. Fast zweitausend Dollar waren im Pot.

Für sie fühlte es sich an, als segelte diese absurde Summe einfach davon wie ein kleiner Papierflieger auf einer launischen Bö.

Der alte Herr und der Bierbauch, die beide ausgestiegen waren, verfolgten das Spiel mit großem Interesse.

Der Dealer legte eine dritte Karte ab und drehte die fünfte Karte um, den River.

Letzte Runde!

Balot sah sich ihre Karte unbewusst etwas zu aufmerksam an und konnte es gerade noch so vermeiden, dass ihr Gesicht zu enttäuscht aussah.

Eine ♥ 7. Sie hatte so lange gekämpft, aber schließlich hatte es doch nur zu einem Paar mit 7 gereicht. Oder der Cowboy und der Anzug blufften und sie konnte vielleicht doch noch gewinnen, sogar mit dieser Hand.

Œufcoque würde doch bestimmt den Bluff der Gegenspieler durchschauen?

Aber der Cowboy, der den Blind vorgab, hielt gelassen die sechzig Dollar.

[Call.]

Sie tat, was Œufcoque ihr sagte, aber es fühlte sich an, als ginge es sie gar nichts an, sondern irgendjemand anderen.

»Call, sechzig Dollar. Und Raise, sechzig Dollar« sagte der Anzug. Der Cowboy ging mit und erhöhte den Einsatz.

[Call.]

Balot zahlte 120 Dollar. Dann erschien die nächste Anweisung in ihrer Hand.

[Raise. Sechzig Dollar.]

Sie hatte sich erschreckt, als sie das gelesen hatte. Aber wenn sie den Anweisungen nicht gehorsam folgte, dann machte sie sich für ihre Umgebung verdächtig. Also hob sie ohne es zu wollen eine Augenbraue und erhöhte den Einsatz. 810 Dollar waren weg.

Der Anzug sah Balot flüchtig an.

Dann sagte er: »Call. Und Raise. Sechzig Dollar.«

Gelassen legte er seine Chips auf den Tisch.

Der Cowboy zeigte seine weißen Zähne und ging mit, dann erhöhte er noch ein weiteres Mal.

Œufcoques nächste Anweisung traf sie unerwartet.

[Fold.]

Balots Hand, die gerade nach den Chips greifen wollte, hielt plötzlich inne. Das war doch totaler Unsinn. Nichts von dem, was sie tat, ergab irgendeinen Sinn. Wenn ich hier Check sagen würde, dann käme ich da noch halbwegs anständig raus. Trotzdem legte sie ihre Karten auf den Tisch, wenn auch widerstrebend.

#Fold.#

In diesem Moment zeigte sich ein Lächeln auf den Lippen des Cowboys. Ein unangenehmes, bedrohliches Lächeln. Er starrte den Anzug an und zog seine Schultern hoch.

Auf ihrer anderen Seite ging der Anzug ungerührt mit und erhöhte auch noch. Der Cowboy brummte und ging ebenfalls mit. Jetzt war das Setzen beendet.

Zeit für den Showdown.

Der Anzug, der zuletzt erhöht hatte, zeigte seine Karten.

♠ König und ♦ 2. Zwei Paare, nämlich zwei Könige und

zwei Zweien. Das war nun wirklich keine Hand für einen Bluff. Hätte er noch eine weitere Karte davon gehabt, wäre es immerhin ein Full House geworden.

Der Cowboy brüllte »Wow!«, knallte seine Karten auf den Tisch und zeigte allen sein Blatt.

♥ König und ♠ 8. Auch zwei Paare, allerdings höher. Er streckte seine Hände aus und schaufelte die Chips laut klackernd ein. Wie ein Hund, der sich gierig auf seinen Napf stürzt.

Der Dealer fing gerade an, die Karten wieder einzusammeln, als der Doc Balot auf die Schulter klopfte.

»Und, wie war dein Blatt?«

Normalerweise war diese Frage absolut undenkbar. Schließlich hatte er ihr doch beigebracht, dass nur wenig einem so viele Nachteile verschafft, als wenn man die Hand offenlegt, auf die man es eigentlich abgesehen hat, vor allem, wenn es damit nicht geklappt hat. Balot wollte ihre Karten eigentlich verstecken, aber der Doc griff danach und drehte die Karten so hin, dass jeder sie sehen konnte.

»Aha, so so, du wolltest also einen Straight. Das war wohl nichts, was? Du hättest gleich aussteigen sollen«, sagte er so laut genau das, was er nicht hätte sagen sollen, und sie sank in sich zusammen.

Auf der anderen Seite des Tisches brach der Cowboy in Gelächter aus. Ganz offenbar hatte er gute Laune. Auch die anderen starrten ohne jede Zurückhaltung auf ihre Karten.

Jetzt war allen klar, was für eine waghalsige Anfängerin sie war.

»Ich hätte auch so aggressiv wie du spielen sollen«, sagte der Doc und zeigte seine Karten, kurz bevor der Dealer sie einsammelte.

♣ 2 und ♠ 2. Three of a Kind, Drilling. Der Cowboy sah erstaunt aus. Auch die anderen wirkten schwer beeindruckt. Spieler, die auch mit einer hohen Hand noch vorsichtig blieben, nannte man The Rock, solide wie ein Fels. Und der Doc hatte gezeigt, dass er genau das war.

Aber hatte er ihr nicht gestern beigebracht, dass ein Mangel an Abenteuerlust schuld an einer Niederlage sein kann? Die anderen am Tisch dachten bestimmt, dass er ein einfacher Gegenspieler ist, ebenso wie Balot, nur etwas anders. Sie wollte schon protestieren, doch da zwinkerte er ihr zu, ganz schnell, damit es niemand außer ihr sah. Dann verstand sie endlich, dass sein Verhalten durchaus seinen Sinn hatte.

Sie schmollte ein bisschen und damit fing das zweite Spiel an. Ihr Schmollen war halb Show, halb Ernst. Œufcoque und der Doc planten mit diesem Spiel etwas, das sie noch nicht ganz durchschaut hatte!

Der Dealer legte ein neues Deck in den Kartenschuh, und das zweite Spiel konnte beginnen.

Balot hatte die Karten ♣ Dame und ♣ 8 in der Hand.

Der Dealer-Button bewegte sich, und der Doc war an der Reihe, den Blind zu zahlen.

Der erste Einsatz betrug zehn Dollar. Balot erhöhte den Einsatz, dann zahlte sie. Vermutlich gefiel dem Cowboy das Spiel jetzt besser, weil er gewonnen hatte, jedenfalls erhöhte er. Der Bierbauch stieg als Erster aus. Nach dem Call wurde der Flop auf dem Spieltisch umgedreht.

♣ 5, ♦ 8 und ♥ Dame. Es ging mit Call und Raise weiter, und der Anzug, der es im letzten Spiel bis in die letzte Runde geschafft hatte, stieg aus.

Danach fing die dritte Runde an und die vierte Karte, Turn, wurde umgedreht.

♣ König. Balots Herz schlug schneller. In der dritten Runde ist jede Hoffnung meist vergeblich, aber sie konnte plötzlich fühlen, dass ein ♣ Flush in ihre Nähe gerückt war.

Außerdem hatte sie zwei Paare, zwei Damen und zweimal eine 8. Wenn sie daran dachte, dass sie gerade eben 800 Dollar verloren hatte, dann war das ihre Chance.

[Fold.]

Dieser Befehl kam, als sie einmal mitgegangen war, nachdem der Cowboy erhöht und der alte Herr danach auch erhöht hatte. Balot fühlte sich allein gelassen und legte ihre Karten ab. Das Wort in ihrer Hand verschwand wieder, die noch aktiven Spieler beendeten ihren Call, und die letzte Runde fing an.

Die fünfte Karte, River, war ein ♣ Ass. Jetzt verstand sie gar nichts mehr.

Sie hätte einen Flush haben können! Zusammen mit dem Einsatz, den sie vor ihrem Ausstieg abgegeben hatte, hatte sie mehr als eintausend und ein paar hundert Dollar verloren. Mittlerweile argwöhnte sie, dass sie absichtlich so chaotisch spielte.

Und damit hatte sie völlig recht.

In der letzten Runde stieg der Doc aus und es kam zu einem Duell zwischen dem alten Herren und dem Cowboy. Der alte Herr erhöhte dein Einsatz, der Cowboy nahm die Herausforderung an, ging mit und erhöhte, und das wiederholten sie dann.

Der Cowboy sah für alle so aus, als wäre er gut in Form und spielte leidenschaftlich.

Der alte Herr auf der anderen Seite des Tisches war so ruhig, dass er seine Chips ganz ordentlich in einer Reihe aufstapelte. Das Setzen wurde beendet.

Beim Showdown zeigte der alte Herr zuerst, was er in der Hand hatte.

♠ König und ♥ König. Drilling. Für Hold'em ein normales, aber starkes Blatt.

Dann klatschte der Cowboy seine Karten laut auf den Tisch. Sie dachte, dass er bestimmt verärgert war, aber das war er gar nicht.

Wieder bleckte er die Zähne, lachte dreckig und präsentierte dann seine Karten.

♥ Ass und ♦ Ass, das hatte er in der Hand gehabt. Ein Ass-Drilling. Der Cowboy hatte erneut gewonnen, insgesamt jetzt fast 4000 Dollar.

Für Balot schien es ganz klar: Der Cowboy war der Mechanic, ganz sicher.

Aber wie wollten der Doc und Œufcoque den besiegen?

Das nächste Spiel fing an. Jetzt aber, dachte sie sich.

♣ 6 und ♣ 3 waren Balots Karten. Der Dealer-Button lag vor dem Doc. Balot zahlte den Blind, ohne zu zögern. In der ersten Runde war der Bierbauch wieder als Erster ausgestiegen.

Der Cowboy erhöhte den Einsatz, alle gingen mit. Der Flop lag jetzt in der Mitte des Spieltisches, und der Dealer deckte eine Karte nach der anderen auf.

♠ 10, als Nächstes ♣ 5 und ♥ 4.

Und wieder hüpfte ihr Herz. 6, 5, 4, 3 – damit könnten sie auf einen Straight mit einer 7 oder 2 hinarbeiten, oder wenn ♣ 5 kam, könnte sie es wieder mit einem Flush versuchen.

[Fold.] stand in der Sekunde in ihrer Hand, in der sie eigentlich hatte mitgehen wollen.

Sie konnte es einfach nicht glauben. Œufcoques Anweisung war meilenweit entfernt von dem, was Balot wollte. Doch Balot schloss die Augen und legte ihre Karten ab.

– Warum?

Wenn sie in dieser Phase des Spiels ausstieg, blieb ihr nichts anderes übrig, als den anderen zuzuschauen.

[Ich habe den Trick durchschaut.]

War Œufcoques Antwort.

– Du weißt, wer der Mechanic ist?

[Ich weiß alles.]

Balot hob ihre Augenbrauen.

– Also dass der Gewinner der Mechanic ist?

Das weiß ich selber auch, dachte sie.

Œufcoque antwortete allerdings etwas vollkommen anderes.

[Der Mann ganz rechts und der Mann hinten links, sie arbeiten zusammen.]

Balot war überrascht – der Anzug und der Bierbauch?

In der Zwischenzeit hatte die dritte Runde angefangen.

Turn war ♣ Bube. Außer Balot und dem Bierbauch spielten alle noch mit.

[Irgendetwas verbindet dich mit Kreuz.]

Sagte Œufcoque ohne jeden Zusammenhang. Andererseits war er es gewesen, der ihr zweimal die Chance auf einen Flush verdorben hatte.

– Aha? Erklär mir lieber, warum die zwei die Mechanics sind.

[Ich erkenne es an ihrem Geruch und ihrem Verhalten.]

War seine schlichte Antwort.

– Aber sie verlieren?

[Es lohnt sich nicht, sofort zu gewinnen. Am besten ist es, einen gewinnen zu lassen und ihn danach auszunehmen, um so eine Menge Geld zu machen. Zumindest denken das die drei.]

– Die drei?

[Der Dealer gehört auch dazu.]

Instinktiv starrte sie den Dealer an. Genau in diesem Moment zog er die River-Karte für die letzte Runde.

Ein ♦Ass. Zum Glück – oder leider, denn die Karte hätte Balot weder einen Flush noch einen Straight gebracht.

– Der Cowboyhut ist nicht der Mechanic?

[Der ist nur ein williges Opfer. Nächste Runde lassen sie ihn auflaufen.]

Antwortete Œufcoque knallhart. Irgendwie verbesserte das ihre Laune und sie bohrte ein bisschen nach.

– Wie hast du erkannt, dass sie Betrüger sind?

[Ich erkläre es dir. Beobachte sie unauffällig. Der Mann hinten rechts wird gleich gewinnen.]

Balot warf einen Blick auf den Anzug. Ein echtes Pokerface.

Der alte Herr erhöhte, der Anzug erhöhte ebenfalls. Der Cowboy, dessen Gesicht knallrot angeschwollen war, ging ebenfalls mit. Der Doc zahlte und warf ihr einen Seitenblick zu.

»Na, hast du den Dreh jetzt raus? Am wichtigsten ist, dass du dich an die Atmosphäre gewöhnst«, sagte er dann zu Balot, als wäre er der große Auskenner. Alle hatten ihn gehört. Aber nur Balot hatte verstanden, was er eigentlich sagen wollte.

#Ja, so ungefähr schon, glaube ich. Viel Glück, Onkel.#

Erwiderte sie. Inzwischen machte ihr das Schauspielern richtig Spaß.

[Er hat die Chips vor sich so aufgestapelt, dass die Zahlen senkrecht zur Wettlinie auf dem Tisch stehen.]

Erläuterte Œufcoque. Er meinte die Chips aus dem allerersten Einsatz des Anzugs.

Die Zahl des obersten Chips lag tatsächlich senkrecht zur weißen Linie auf dem Spieltisch.

[Der Mann ganz links, er hält einen Chip zwischen dem rechten Mittel- und Zeigefinger.]

Der Bierbauch machte genau, was er gesagt hatte.

[Der Mann ganz rechts, der Gewinner, hat einen Drilling mit Assen. Doc hat zwei Paare, mit 5 und 4. Der Cowboy neben dem Doc hat einen Drilling mit Buben. Der alte Herr links von dir hat zwei Paare, 10 und 4.]

– Woher weißt du das alles?

Das war ihr zu mysteriös. Selbst wenn er die Emotionen durch den Körpergeruch wahrnehmen konnte, war es unwahrscheinlich, dass es so weit ging, auch die Zahlen auf den Karten lesen zu können.

[Der Mann ganz links übermittelt diese Information an den Dealer und den Gewinner. Ich habe das durchschaut. Und ich weiß mittlerweile, wie sie riechen, wenn sie bestimmte Karten in die Hand bekommen.]

Sie war ziemlich beeindruckt, als sie Œufcoques Erklärung in ihrer Hand las.

[Der Spieler ganz hinten sagt an, welcher Spieler welche Paare mit den Community Cards bilden kann. Der Chip in der rechten Hand markiert die stärkste Hand des Opfers. Die Art, wie er seine linke Hand hält und wie er sitzt, zeigt dem Dealer, welche Karten die anderen Spieler haben und ob der Dealer eine stärkere Hand anbieten kann. Der Gewinner hat den Chip senkrecht gelegt, das heißt, dass der Dealer ein Ass als River bringen soll.]

– Er kann die Karten manipulieren?

[Er hat besondere Karten im Kartenschuh versteckt. Gezinkte Karten. Diese Karten kann er durch die Größe, die Form der Ecken und so weiter ertasten. Es müssen nicht einmal alle Karten markiert sein. Es reicht schon, wenn hohe Karten wie Asse oder Könige gezinkt sind.]

Der Dealer berührte den oberen Rand des Kartenschuhs tatsächlich manchmal ganz natürlich, mit einer unauffälligen Bewegung, die sich nichts davon anmerken ließ.

– Das ist echt fies.

[Der Mechanic wird gleich gewinnen.]

Der alte Herr stieg aus, der Doc ebenfalls.

Der Cowboy knirschte sehr laut mit den Zähnen, erhöhte aber den Einsatz. Ohne Zweifel war er ein leichtes Opfer für jeden Trickbetrüger. Während sie ihn beobachtete, tat er ihr unwillkürlich schon fast leid. Alle zahlten ihren Einsatz, und der Cowboy zeigte ihnen mit Schwung seine Karten.

Ein Drilling mit Buben. Genau, wie Œufcoque es gesagt hatte.

Offensichtlich ein schwieriges Spiel, doch schien es nach wie vor so, als hätte der Cowboy immer noch gute Chancen zu gewinnen.

Allerdings gehörte es auch zum Betrügen dazu, dem Opfer dieses Gefühl zu vermitteln.

Der Anzug zeigte seine Hand. Der Cowboy schnappte nach Luft. Ein Drilling mit Assen. Es war, als würde er von seinem eigenen Blatt aus dem letzten Spiel geschlagen.

Balot sah dabei zu, wie sämtliche Chips zum Anzug wanderten.

Dann hatte sie endlich das System verstanden. Der rotgesichtige Cowboy wurde zum Opfer *gemacht*. Sie ließen den Cowboy absichtlich gewinnen, und wenn er richtig in Stimmung war, nahmen sie ihm nur Stück für Stück sein Geld weg, damit er seine Motivation nicht verlor.

Der Anzug gewann auch das nächste Spiel.

Dann gewann der alte Herr. Danach gewann der Cowboy, der nächste Sieg ging wieder an den Anzug.

Balot und der Doc verloren ständig. Sie taten so, als ginge

es ihnen nur um das Spiel und die Karten, als reichte es ihnen schon, die Karten nur in der Hand zu halten.

Die Mechanics machten keine Fehler, ganz egal, wie man es sah. Ganz nach Plan gaben sie Karten aus, die einem gewisse Hoffnungen machten, und dann gewannen sie doch noch ganz knapp.

Die zweite Runde hatte gerade angefangen, als Œufcoque sie fragte:

[Kannst du dich in die Kameras einmischen?]

– Ich denke schon.

[Dann zieh die Kamera etwas weg, die unsere Hand aufzeichnet.]

Balot tat, was er sagte. Sie konnte die Kameras in einer Reihe über sich fühlen, sie musste dazu nicht einmal hochsehen.

Drei Kameras zeichneten alles an diesem Tisch auf. Allerdings konzentrierten sie sich nicht ausschließlich auf diesen Tisch, ihre Blickwinkel überschnitten sich, während sie den ganzen Raum erfassten.

Balot schob eine Kamera wenige Millimeter zur Seite. Das Sicherheitssystem war ziemlich lax, das Einmischen war deshalb mehr als einfach.

Und schon gab es keine Kamera mehr, die Balots Hand beobachtete.

Balots Karten waren jetzt ♣ König und ♠ 8.

Der Flop war ♣ 10, ♠ 6 und ♣ Bube.

[Erfasse die Atmung der anderen.]

War ihre neue Anweisung. Und das machte sie. Sie fühlte die Atmung aller am Tisch, auch die des Dealers. Einatmen, ausatmen. Wieder einatmen, ausatmen. Keiner der Menschen hier am Tisch würde überleben, ohne zu atmen.

Der Cowboy hatte den unruhigsten Atem, er atmete in Brust

und Schultern. Der alte Herr atmete tief in seinen Bauch. Der Dealer, die Mechanics und der Doc atmeten irgendwo zwischen Brust und Bauch.

Ihre Atmung überschnitt sich nur wenig mit dem Verlauf der Partie. Wenn sie mitgingen, atmeten alle stark aus.

[Geh mit, wenn sie alle ausgeatmet haben.]

Sie folgte Œufcoques Anweisung gehorsam und wartete auf den Intervall.

[Entspann dich.]

Sagte er noch, als ihre rechte Hand sich bereits bewegte. In diesem Augenblick hatte sich die Atmung von allen am Tisch überschnitten, sie hatten ausgeatmet. Schneller als in einem Blinzeln hatte Œufcoque die Karten des Doc – der schon in der ersten Runde ausgestiegen war – mit Balots Karten getauscht.

[Während des Einatmens nach dem Ausatmen ist der Mensch am wehrlosesten.]

Jetzt hatte Balot ♣ König und ♣ Dame, und keiner hatte etwas bemerkt.

[Teilen wir uns doch dein Kreuz-Glück.]

Erklärte und prophezeite Œufcoque.

Dritte Runde. Bisher waren der Bierbauch und der Doc ausgestiegen, die anderen vier spielten noch.

Der Turn war ♠ Bube.

Mit einer der Community Cards zusammen war das bereits ein Paar mit Bube. Wenn jetzt jemand einen Drilling hätte, würde automatisch ein Full House daraus. Bei dieser Partie ging es nur darum, die Gegner richtig einzuschätzen – entweder standen sie kurz vor einem Full House, oder sie hatten bereits eins. Oder sie blufften.

Der alte Herr erhöhte den Einsatz. Der Anzug ging mit. Der Cowboy auch, er erhöhte.

[Raise. Maximum.]

Sie ging erst mit und erhöhte den Einsatz dann auf 120 Dollar. Die Runde ging einmal mit, dann erhöhte der Cowboy wieder, danach erhöhte Balot. Jetzt war der Einsatz auf 2000 Dollar angestiegen. Alle Spieler legten ihren Einsatz in den Pot. Damit war die dritte Runde beendet.

Ihr Herz schlug wieder schneller. Der Dealer legte seine Hand auf den Kartenschuh.

Balot konnte nicht übersehen, dass seine Augen dabei flüchtig darauf schielten, wie der Mann ganz links seine Hand hielt.

Er deckte die fünfte Karte auf.

♣ Ass.

Einen Moment lang konnte sie es gar nicht glauben.

[Die Wahrscheinlichkeit dafür lag bei etwa einem Viertel, aber die Chance war da.]

Sagte Œufcoque ihr unauffällig, während sie in dieser Runde den Einsatz erhöhte.

[Ist so eine Art menschliche Angewohnheit, dass der Geruch von Menschen je nach Kartenfarbe oder Zahl andere Neigungen zeigt. Der Mann ganz rechts riecht bei Pik sicher und voller Selbstvertrauen. Bei anderen Farben riecht er jedes Mal anders. Die anderen riechen auch anders, je nach Karte völlig unterschiedlich. Kreuz scheint ziemlich unbeliebt zu sein.]

– Und deshalb kommt es immer zu mir? Ich kriege die Reste?

[Unvermeidliche Reste, sozusagen. Vielleicht ist das ja dein Schicksal oder dein Glück.]

Erklärte er mysteriös.

Der alte Herr stieg aus. Der Anzug und der Cowboy blieben im Spiel.

Der Einsatz wurde wieder und wieder erhöht. Bis zum Schluss blieben insgesamt drei im Spiel.

Zuerst zeigte der Cowboy seine Karten.

♥ 6 und ♥ Bube, ein komplettes Full House. Der Cowboy strahlte übers ganze Gesicht, ein schöner Gegensatz zu dem brutalen Grinsen des Anzugs.

Dieser drehte seine Karten um und zeigte allen seine Hand.

♠ Ass und ♦ Ass. Ein Full House mit Assen und Buben – ein überwältigender Sieg.

Diese Hand konnte man nur noch mit einem Full House mit Ass, König und Dame schlagen, mit Poker oder einem Straight oder Royal Flush. Poker schied wegen der Kombination der Community Cards aus, seit die drei Buben da waren. Also gab es nur noch eine geringe Wahrscheinlichkeit für einen Straight Flush oder einen Royal Flush.

In diesem Moment war wirklich jeder überzeugt, dass der Anzug gewonnen hatte.

Der Cowboy biss die Zähne zusammen und rollte mit den Augen, als er dabei zusah, wie der Anzug seine Hand nach den Chips ausstreckte.

#Ich habe gewonnen.#

Erklärte Balot. Einen Moment lang verstand niemand, was sie gesagt hatte. Nur eine Sekunde später machte der alte Herr neben ihr *Oh!* und alle starrten ihre Karten an und wurden dabei ganz still.

♣ König und ♣ Dame.

Dem Anzug, dem Bierbauch und dem Dealer war das Entsetzen ins Gesicht geschrieben.

♣ König, Dame, und dazu der Bube, eine 10 und das Ass.

Ein vollendeter Royal Flush, mit einer Wahrscheinlichkeit von 1 : 650.000.

#Ich habe doch gewonnen, oder?#

Balot war verunsichert, weil alle sie so anstarrten, deswegen hatte sie gefragt. Sie hatte Angst, dass sie vielleicht doch einen Fehler gemacht hatte, und war erst wieder beruhigt, als sie sah, dass der Dealer ganz blass wurde und nickte.

Sofort geriet ihr Tisch in Aufruhr. Sogar andere Gäste, die einfach nur zufällig vorbeikamen, blieben erstaunt stehen und starrten auf Balots Hand.

Sie schichtete die 3000-Dollar-Chips zu einem kleinen Berg auf. Der Dealer gab ihr dazu noch einmal tausend Dollar und irgendwelche Gutscheine. Anscheinend eine Prämie für den Royal Flush, die den Hausregeln nach dazugegeben wurde. Ein Gutschein war für eine Übernachtung in dem Hotel, das an das Casino angeschlossen war, außerdem noch ein Gutschein für einen der Preise in der Lobby und eine Anleitung, wie sie ein Foto mit dem »Ehrenpreis« an ihrem Tisch machen konnte.

[Er riecht nach Wut und Angst]

Sagte Œufcoque bezüglich des Dealers, der versuchte, sich betont gelassen zu geben.

Schließlich war das einer der Spieltische, den der Doc nach dem Lesen der Casino-Aufzeichnungen ausgewählt hatte. Der Durchschnitt war unausgeglichen. Es war außerdem offensichtlich, dass diese Unausgeglichenheit dem Manager auffallen würde, wenn ein weiterer Durchschnitt mit extremen Chip-Wanderungen auftauchte.

Ist der Durchschnitt unausgeglichen, dann ist das nicht nur zugunsten der Gewinner.

Wenn Betrüger Fehler machen, dann ist es oft so, dass sich extreme Karten bei einem Spieler ansammeln.

[Unsere Gegner werden langsam verzweifelt. Das ist unsere Chance. Verglichen mit illegalen Casinos sind legale Casinos gegenüber Betrügern ziemlich streng, wenn auch auf andere Art.]

Sie konnte fühlen, wie Œufcoques weitere Erklärung auf der Innenseite des Handschuhs erschien:

[Ein familienfreundliches Casino sieht den Betrug als schlimmstmögliche Störung des Betriebs. Wenn ein Betrug aufgedeckt wird, werden alle Beteiligten von allen Casinos ausgeschlossen. Die dürfen dann nie wieder etwas mit Casinos zu tun haben. Nicht einmal Aktionär oder Vorstand von Casinos dürfen sie dann noch werden. Die werden sehr gründlich aus der Branche entfernt.]

Darum war es jetzt die Aufgabe des Dealers und der Mechanics, den Durchschnitt dieses Tisches wieder in Ordnung zu bringen. Ihr Leben hing davon ab. Wenn man nur ein bisschen auf diesen Tisch klopfte, würde man ohne Zweifel Staub aufwirbeln. Und zwar eine ordentliche Menge.

[Vermutlich setzen sich verschiedene Gruppen von Trickbetrügern abwechselnd an die Tische und gewinnen nach der gleichen Methode. Wenn einer einen Fehler macht, kann die ganze Gruppe auffliegen, einer nach dem andern.]

Der Dealer verteilte die Karten sehr gewissenhaft, genau wie Œufcoque es gesagt hatte.

Während sie ihre Karten annahm, konnte sie spüren, dass neben den Kameras, in die sie sich eingemischt hatte, sich auf einmal auch noch andere Blicke über ihrem Kopf auf diesen Tisch konzentriert waren. Überraschend schnell reagiert. Überraschend auch, weil die Kameras die anderen beobachteten, nicht Balot.

Das Casino wusste anscheinend Bescheid über ihre bisherigen Verluste. Darum dachten die Manager, dass nicht Balot betrogen hatte, sondern dass die Mechanics aus irgendeinem Grund einen Fehler gemacht hatten. Und das war den Mechanics auch klar.

Trotzdem mussten sie weiter betrügen, um den Durchschnitt wieder zu retten.

Balot bekam ♣ 2 und ♥ 4.

[Sieht so aus, als wollten sie dir keine hohen Karten mehr geben. Asse und Könige behalten sie für sich.]

– Und jetzt?

[Raise.]

Balot gehorchte. In der ersten Runde erhöhte sie aktiv, dann erhöhte sie wieder und ging mit, in der zweiten Runde erhöhte sie wieder aggressiv.

Sie konnte fühlen, wie der Dealer und die Mechanics plötzlich entspannter atmeten. Anscheinend dachten sie, dass Balot den Einsatz wahllos erhöhte und übertrieb, obwohl sie nur eine schwache Hand hatte.

Das wäre auch für sie am einfachsten gewesen, wenn sie den Durchschnitt wieder in den Griff bekommen wollten. Bierbauch fing plötzlich an, zu erhöhen, als wolle er in einem Spiel allein das Gleichgewicht gerade rücken.

Keiner stieg aus, die nächste Runde fing an.

Der Flop war ♣ 5, ♠ König und ♥ König.

Nachdem der Einsatz mehrmals erhöht worden war, stieg der alte Herr aus.

[Kamera.]

Erschien als Anweisung. Balot snarkte die Kamera wieder. Es reichte völlig, die Richtung nur um ein paar Millimeter zu verschieben. Im Bruchteil einer Sekunde veränderte ihr Handschuh die Form und verschluckte eine Karte.

Dann erschien eine neue Karte, und Balot hatte ♣ 2 und ♣ 3 in der Hand.

Dritte Runde.

In dem Moment, als der Turn umgedreht wurde, verlor der

Cowboy seine Motivation und stieg aus. ♣ 4. Dann erhöhte der Bierbauch vehement den Einsatz, und der Doc antwortete ihm auf die gleiche Art. Balot und der Anzug gingen ruhig mit.

Nach diesem Spiel von Angriff und Verteidigung mit Raise und Re-Raise wurde schließlich die vierte Runde eingeleitet.

River war ♣ Ass.

Die gleiche Karte wie vorhin.

Balot hielt das für reichlich übertrieben.

[Schon gut. Ich weiß, dass niemand ♣ 3 in der Hand hat.]

Wortlos gehorchte sie Œufcoque und ging mit. Wenn sie Betrug mit Betrug bekämpfen sollte, dann würde sie gewinnen, solange Œufcoque in ihrer Hand war.

Der Doc stieg bald aus, der Bierbauch machte es ihm nach, als wollte er klarstellen, dass seine Aufgabe hiermit beendet sei.

Der Anzug erhöhte den Einsatz, und Balot ging fast schon automatisch mit. Der Anzug sah ein bisschen verkniffen aus. Aber er konnte nicht zurück.

Es gab kein Zurück.

Er drehte seine Karten um und zeigte seine Hand. Er hatte ♠ Ass und einen ♦ König. Ein Full House mit Ass und König. Ohne Frage eine der stärksten Kombinationen.

#Ich habe gewonnen.#

Der Anzug hatte bereits wieder seine Finger an den Chips, als sie das sagte. Seine Hände verharrten in der Luft, als der Cowboy einen ohrenbetäubenden Schrei losließ.

Der Anzug nahm ganz langsam seine Finger von den Chips, und zusammen mit dem Dealer sah er sich Balots Hand an.

♣ Ass, 2, 3, 4 und 5.

Kein Royal Flush dieses Mal, aber ein makelloser Straight. Solange der König in den Händen der Gegner war, war das ihre einzige Möglichkeit, um ein Full House zu schlagen.

Die Betrüger wurden blass. Dem Cowboy und dem alten Herren stand vor Überraschung der Mund offen.

Und der Doc war sehr beschäftigt, allen zu zeigen, wie unglaublich stolz er auf sie war. Balot schaufelte die Chips zu sich. Blitzschnell verwandelte Œufcoque die Karte zurück und gab sie dem Dealer wieder.

Der Dealer riss sich zusammen, legte die Karten in die Kartenmischmaschine und nahm ein neues Deck. Seine Augen huschten gehetzt von einem Mechanic zum anderen.

[Sie fangen an, sich zu misstrauen.]

Sagte Œufcoque. Für den Dealer sah es so aus, als ob die anderen Mechanics Balot benutzten, um ihm eine Falle zu stellen. Andererseits sah es für die Mechanics so aus, als ob der Dealer die Karten so manipulierte, um sie zu ärgern oder aus dem Casino werfen so lassen.

[Als Nächstes lassen wir den Doc gewinnen.]

Balot sagte brav: #Onkel, wenn du dich anstrengst und *wirklich viel* setzt, dann kannst du auch gewinnen.#

Sie bemühte sich, dabei wie eine Nichte auszusehen, und gab ihm den richtigen Wink.

»Okay, dann werde ich dein Glück mal herausfordern, was?!«

Er hatte sie sofort verstanden.

Das neue Spiel fing an, die Mechanics ruderten hilflos in einem Strudel aus grundlosem Misstrauen und Ungeduld.

Balot bekam ♣ 8 und ♠ 7.

Der Flop bestand aus ♣ König, ♥ 8 und ♠ Ass. Der Anzug begann mit Blind. Raise und Call wurden wie üblich wiederholt, der Cowboy hatte sich anscheinend nach den beiden Flushs in Folge wieder beruhigt; er stieg einfach aus.

Auf der anderen Seite gab sich der Bierbauch redlich Mühe,

dem Dealer durch Blinzeln und Augenaufreißen mitzuteilen, was er von ihm wollte.

[Der Dealer kann nicht zurück, weil seine Freunde weitermachen wollen.]

Sie wusste, dass Œufcoque recht hatte, und konnte fühlen, wie der Dealer eine Karte unter dem Kartenschuh austauschte.

Die Turn-Karte war eine ♦ 8.

Bei Angriff und Verteidigung stieg erst der Bierbauch aus, dann der alte Herr.

In der letzten Runde wurde die River-Karte aufgedeckt. Balot mischte sich schnell in die Kamera ein und Œufcoque legte los. So schnell, dass niemand ihn sehen konnte, tauschte er eine der Karten von Doc Easter aus.

[Fold.]

Wies er sie an.

Die River-Karte war ♥ Ass.

Der Anzug erhöhte den Einsatz, der Doc ging mit und erhöhte seinerseits, Balot stieg aus. Das schien den Dealer und die beiden Mechanics sehr zu beruhigen. Die Wettrunde war beendet, die Karten wurden gezeigt.

Der Anzug hatte ♣ Ass und ♠ König. Schon wieder ein Full House. Zweimal nacheinander Full House. Sogar der Cowboy neben ihm sah aus, als hätte er etwas gerochen.

Allerdings ... »Ich hab gewonnen!«, verkündete der Doc mit Absicht nach einer kleinen Kunstpause.

Der Anzug nahm wieder einmal seine Hände von den Chips, die er fast berührt hatte. Er wirkte irgendwie erschöpft. Dann richtete er seinen Blick auf Doc Easters Karten. Unmittelbar danach verzerrte sich sein Gesicht. Er sah aus, als falle er gleich in Ohnmacht.

♣ 8 und ♠ 8.

Die eine Hand, die genau in die Lücke traf und mit der man ein Full House schlagen konnte – Poker.

[In ihrem System haben sie es in der Regel auf ein Full House abgesehen. Da haben sie keine Maßnahmen gegen Poker oder einen Straight Flush.]

Œufcoque hatte recht. Von jetzt an hatten der Bierbauch und der Anzug abwechselnd ein hohes Full House. Es gab keinen Durchschnitt, kein Gleichgewicht und gar nichts mehr. Alles war durcheinander.

Der Cowboy sah vergrätzt aus und stapelte unordentliche Türme aus seinen Chips. Nach dem nächsten Spiel stand der alte Herr schlicht von seinem Stuhl auf und verließ den Tisch. Weder der Dealer noch die Mechanics konnten begreifen, warum das alles so passierte. Sie wurden ungeduldig und wütend und Œufcoque spielte mit ihnen, wie es ihm gefiel.

Ganz egal, wie gut das Pokerface sitzt, kein Mensch kann seinen Körpergeruch kontrollieren.

Die Mechanics taten Balot leid, denn Œufcoque konnte jede ihrer noch so feinen Regungen lesen und zog sie buchstäblich bis auf die Knochen aus.

Mittlerweile hatte der Cowboy nicht mehr genug Chips, nach der Tap-Out-Regel spielte er mit einem anderen Pot mit, letzten Endes verlor er aber alles.

Die Mechanics sahen dem Cowboy nach, der seinen Stuhl verließ und zielgenau auf den Boden spuckte.

Andere Casino-Gäste kamen nicht mehr näher, nicht nur, weil an diesem Tisch um hohe Einsätze gespielt wurde, sondern auch wegen dieser delikaten Atmosphäre, dass irgendetwas hier nicht richtig war. Die Mechanics spielten nur noch gegen den Doc und Balot.

Und gegen Ende reagierte der Dealer nicht mehr auf die Mechanics. Die beiden waren ebenfalls zu ungeduldig geworden, zu viele Fehler beim Austausch der Zeichen hatten nur noch zu mehr Misstrauen geführt, und alle waren kurz davor, zu explodieren.

Œufcoque hatte all das präzise durchschaut. Erbarmungslos nahm er ihnen ihre Chips weg.

Schon bald hatte der Bierbauch keine Chips mehr. Schweigend stand er auf und verließ seinen Platz. Als der Anzug das sah, stand er auch auf, nahm den jämmerlichen Rest seiner Chips und sah den Dealer so bohrend an, als ob er ihn gleich jetzt und hier umbringen wollte. Dann verschwand er in der entgegengesetzten Richtung, in die Bierbauch gegangen war.

»Das war aber mal ein schönes Spiel!«, gab der Doc laut seiner Freude Ausdruck. Aus dem kümmerlichen Rest seiner Selbstbeherrschung kratzte der Dealer ein Lächeln zusammen. Als der Doc aufstand und ihm dem Rücken zukehrte, veränderte sich seine Miene vollkommen.

Das war bestimmt das erste Mal, dass Balot ein blutrünstiges Raubtiergrinsen gesehen hatte. Denn genau so sah der Dealer im Moment aus.

4

»Das war doch ganz ausgezeichnet!«, brüllte der Doc. Er saß am Baccara-Tisch. In diesem Teil des Saales trafen sich nur die High Roller, die wirklich eine Menge Geld ausgeben wollten. Die Männer rauchten Zigarren, und die Frauen hatten ihre üppigen Dekolletés mit Juwelen dekoriert. Alle stapelten ihre teuren Chips wie ein kleines Gebirge vor sich auf und waren absolut verrückt nach dem Spiel.

#Warum hast du gewonnen? Die Summe auf der anderen Seite war viel höher.#

»Nein, nein, nein. Es geht doch gar nicht um die höchste Summe«, beantwortete der Doc ihre Frage und sammelte seine Chips ein.

»Derjenige mit einer Summe am nächsten an der 9 gewinnt. Dieses Mal hatte der Spieler eine 4, also musste er noch eine Karte ziehen, leider hat er eine 6 gezogen.«

#Aber 10 ist doch dicht dran an 9?#

»Zehn ist Baccara. Und damit die schlechteste Punktzahl.«

Balot nickte zerstreut. Baccara war nicht ihr Gebiet, sie konnte sich nicht besonders gut an die Regeln erinnern. Sie stand hinter dem Doc, ihre linke Hand lag auf seiner Schulter. Diese linke Hand war ihr Trick, denn Œufcoque konnte fast alle Spiele durchschauen und gab dem Doc über ihre linke Hand Anweisungen.

Es ging bei dem Spiel darum, dass die Spieler versuchten vorherzusehen, ob ein Spieler oder der Croupier zuerst 9 oder eine nahe Punktzahl erreichen würde, dann setzte man entsprechend. Eigentlich ein Spiel, das komplett vom Glück abhing. Doch weil Œufcoque dabei war, bekam das Spiel eine ganz andere Bedeutung.

Er konnte sie riechen, wie sie sich für die Seite des Croupiers oder des Spielers entschieden und wenn sie die Karten zogen. Daraus erstellte Œufcoque eine Prognose, welche Zahlen sie vermutlich gezogen hatten und welche Strategien sie wohl planten. Schon bald hatte der Doc die subtilen Angewohnheiten der Menschen auf beiden Seiten begriffen.

»Da, nimm, das ist dein Anteil. Jetzt geh und spiel ein bisschen«, sagte er und gab ihr einen Korb mit Chips.

Das war das Signal, dass er jetzt auch ohne Œufcoques Hilfe auskam. Sein Gedächtnis war unglaublich gut und sein Blick scharf. Aber irgendwie hatte Balot das Gefühl, dass sie vom Tisch vertrieben worden war, noch bevor sie den Reiz des Spiels begriffen hatte.

Das tat ihr ein wenig leid.

#Ich bin dann da, *wo du gesagt hast,* ja? Wenn du verlierst, ruf mich!#

Sie klopfte ihm auf die Schulter. Eigentlich sagte sie damit, dass er sie rufen solle, wenn er Œufcoque brauchte.

Der Doc lächelte sie furchtlos an.

[Wir haben eine gewisse Summe erreicht. Wir müssen uns jetzt etappenweise am Durchschnitt des Casinos orientieren und danach handeln. Spaß am Spielen werden wir bestimmt bei einer anderen Gelegenheit haben können.]

Sie konnte fühlen, wie Œufcoques Worte sich auf die Innenseite ihres linken Handschuhs schrieben. Er antwortete wieder auf etwas, das sie nicht ausgesprochen hatte. Also verließ sie den Tisch, wenn auch immer noch widerstrebend. Die anderen Tische sahen alle aus, als würde dort mit hohem Einsatz gespielt. Die spielsüchtigen Gäste gaben ihren Begleiterinnen Chips und rieten ihnen, irgendwo anders ihre Zeit zu verschwenden.

Balot sah dem Spiel eine Zeit lang hinter Doc Easters Rücken zu. Wie ein kleines Mädchen, das die Erwachsenen vergessen hatten, während sie sich amüsierten. Dann schmollte sie ein bisschen und ging mit kleinen Schritten davon.

Einerseits gehörte das zu ihrer Show – andererseits fühlte sie sich wirklich so. Obwohl am Tisch alle so begeistert und aufgeregt gewesen waren, hatte sie bis zum Schluss einfach nicht verstanden, was an dem Spiel so interessant war. Und das bedauerte sie.

Vielleicht war ja sogar das Teil der Strategie des Managements, selbst eine so blutige Anfängerin, wie Balot es war, in diesen Zustand zu versetzen.

Sie ging an den Tischen vorbei und betrat wieder einen anderen Raum. Hier standen viele Schilder, die darauf hinwiesen, dass mit hohen Einsätzen gespielt wurde. Sie nahm sie kaum wahr. Interieur und Dealer sahen elegant und lässig aus, gleichzeitig teuer, sie hatte das Gefühl, langsam dem Kern des Casinos nahe zu kommen.

Ihr Ziel waren die Roulettetische.

Hier sollte ihr erster richtiger Kampf sein, inmitten von Männern und Frauen jeden Alters, die wild rotierenden Zahlen und Bällen folgten.

Um mit Balots und Œufcoques kombinierten Fähigkeiten an die wertvollen Chips heranzukommen, war dieses Glücksrad optimal. Hatte der Doc gesagt. Balot rief sich noch einmal die Regeln ins Gedächtnis und wollte sich schon einen Tisch aussuchen, als unerwartet Worte auf der Innenseite ihres Handschuhs erschienen.

[Setz dich an Tisch 7.]

Œufcoque hatte dort anscheinend etwas entdeckt. Sie ging auf den Tisch zu und setzte sich in die Nähe des Dealers. Je näher sie dem Roulette-Kessel war, desto einfacher konnte sie ihre Talente einsetzen. Das hatte ihr der Doc geraten.

[Sie lässt dich gewinnen.]

Diese Worte ersetzten die anderen. Balot gab ihre Chips einem Dealer, der sie in Chips nur für diesen Tisch umtauschte.

Ein roter 100-Dollar-Chip war Balots Einsatz.

An diesem Tisch gab es drei Dealer. Einer drehte das Roulette, die anderen zwei waren für das Umtauschen oder Auszahlen der Chips zuständig. Hier in der Nähe waren nur wenige Gäste, Balot war die Einzige an diesem Tisch. Der Dealer, der ihr die Chips gegeben hatte, arbeitete im Moment nur für Balot.

Vermutlich hatten alle in Scharen den Tisch verlassen, nachdem ein großes Spiel beendet worden war. Oder eine Gruppe von Touristen hatte erst den Tisch erobert und war dann wieder weitergezogen. Was auch immer es war, Œufcoques feine Nase roch sensibel eine vorteilhafte Situation.

– Auf was soll ich setzen?

[Such dir was aus.]

War seine Antwort.

Balot warf einen flüchtigen Blick auf den Dealer. Den Dealer, der die Kugel werfen würde.

Der Dealer war eine alte Dame. Eine sehr schöne Frau. Sie musste wohl etwas über sechzig sein, aber sie hielt sich sehr gerade und sah sehr würdevoll aus. Sie trug das graublonde Haar aufgesteckt, ihre blauen Augen waren klar, ihr Blick gelassen.

Weibliche Dealer waren in Casinos nicht selten, aber sie

sah zum ersten Mal jemanden hier, der so viel älter war als die anderen.

– Sie hat irre viel Charisma.

Der Gedanke rutschte ihr unbeabsichtigt heraus, während sie den Spieltisch betrachtete.

[Laut unserer Informationen heißt sie Bell Wing. Ist als herausragende Croupière bekannt.]

– Croupière?

[Croupier oder Croupière. Der Dealer, der beim Roulette die Kugel in den Kessel wirft.]

Balot dachte bei sich, dass sie das noch viel cooler machte, und verschaffte sich einen Überblick über den gesamten Tisch. Beim Roulette nannte man den Tisch Tapis Vert, auf dem Layout standen Zahlen, angefangen mit 0 und 00, dann rote oder schwarze Zahlen von 1 bis 36; dazu verschiedene Möglichkeiten, darauf zu wetten.

Auf der anderen Seite des Tisches stand neben dem Roulettekessel eine längliche Laufschriftanzeigentafel, die anzeigte, welche zwanzig Zahlen zuletzt gezogen worden waren. Als Referenz für die Spieler. Roulette hatte das Image, dass je nach Situation oder Dealer bestimmte Eigenheiten passieren könnten. Es gehört beim Roulette zum Spiel, dieses *Ungleichgewicht* zu finden und so zu erahnen, wohin die Kugel fallen würde.

Balot sah sich die Anzeigentafel kurz an. Die letzten fünf Zahlen waren 14 Rot, 0 Rot, 17 Schwarz, 30 Rot und 23 Rot. Sie betrachtete diese Zahlen nur flüchtig, dann setzte sie ihren Chip nach oben, auf 2 Schwarz. Und danach auch auf 14 Rot, warum auch immer.

Die Augen der alten Dame, der Croupière, sahen sich rasch Balots Chips an.

Anscheinend hatte sie nicht daran gedacht, dass Balot gleich auf eine einzelne Zahl mit hoher Gewinnausschüttung setzen könnte. Sie wartete noch einen Moment, dann legte sie ihre Hand auf den Roulettekessel.

»Das Spiel beginnt«, sagte sie mit ihrer tiefen, ruhigen Stimme.

Mit ihrer linken Hand fasste sie den Griff des Kessels an, dann drehte sie ihn schnell. Eine anmutige Bewegung, fast ohne Anstrengung. Gleichzeitig warf sie die Kugel mit einem fließenden Schwung hinein. Der Kessel drehte sich nach rechts, die Kugel rotierte nach links. Die Zahlen rasten schwindelerregend dahin, die Kugel glitt und rutschte, die gegeneinander laufenden Rotationen zogen Lichtspuren hinter sich her.

Balot wollte noch einen Chip setzen, doch dann hielt sie plötzlich still und beobachtete das Drehen.

»Nichts geht mehr«, erklärte die alte Dame. Das Spiel war beendet, sie würde jetzt keine weiteren Wetteinsätze annehmen.

Balot behielt den Chip in der Hand und verfolgte mit den Augen, wohin die Kugel fallen würde.

Der Unterschied zwischen den zwei Rotationen wurde schmaler und schmaler. Doch da berührte die Kugel unerwartet im äußeren Kessel einen der acht Kegel, einen der *Obstacles,* und sprang in eine unerwartete Richtung. Die Kugel berührte den Kessel, der sich immer langsamer drehte, und nach wenigen Sekunden war sie in ein Fach geglitten.

Die Drehung hörte einfach auf. Der Strom der Zahlen wurde schwächer, sie konnte deutlich sehen, wohin die Kugel gefallen war.

»2 Schwarz«, sagte die alte Dame. Gleich darauf legte ihre Hand, die vorher so elegant die Kugel rollen ließ, einen kleinen Kristall, geformt wie ein Gewicht, auf die entsprechende Zahl auf dem Layout. Balot beobachtete überrascht, wie schnell die Croupiers sich bewegten, um ihr ihren Gewinn auszuzahlen.

Œufcoque hatte wieder recht behalten. Die alte Dame hatte Balot gewinnen lassen.

Sie hatte einmal kurz ihre Zahl angesehen und den Ball präzise dort eingeworfen. Sie hatte davon schon mal etwas gehört, wollte es allerdings nicht glauben, bis sie es gesehen hatte. Eine unfassbar präzise Technik.

Vielleicht war es aber auch nur so etwas wie Zufall.

Eine unausgewogene Tendenz der Zahlen auf der Leuchtanzeigentafel schien darauf hinzudeuten. Die Zahlen sind beim Roulette nicht in ihrer Reihenfolge von 1 bis 36 angeordnet. Ihre Anordnung wie 14, 2, 0, 28, 9, 26, 30 wirkte fast zufällig. Betrachtete man die letzten fünf Zahlen, die gezogen worden waren, dann erkannte man gewisse Tendenzen bei der Positionierung. Unklar blieb dabei, ob es an den Gewohnheiten des Tisches oder des Croupiers lag, doch wenn man darüber nachdachte, dass die eigentliche Wahrscheinlichkeit bei 1:36 lag, so sah das nach einer Wahrscheinlichkeit aus, die man recht einfach kalkulieren konnte.

Oder hatte die alte Dame diese Situation mit Absicht geschaffen? So ungerührt, wie sie dabei aussah, hielt Balot alles andere für ausgeschlossen. Sie wirkte außerordentlich kompetent.

»Herzlichen Glückwunsch.«

Einer der Dealer schob ihr einen Berg Chips zu. 35-fache Gewinnausschüttung. Balot gab ihm den Chip, den sie eingesetzt hatte, vielleicht ein wenig zu hastig. Nicht als Chip für ihren nächsten Einsatz, sondern als Dankeschön.

– Ich hab mich erschrocken.

Murmelte sie heimlich Œufcoque zu.

[Sie fühlte sich so an, als wolle sie jemanden gewinnen lassen. Vermutlich, um so mehr Spieler anzulocken.]

Antwortete Œufcoque und bestätigte, was Balot gedacht hatte.

Noch bevor sie es merkte, standen viele Menschen um den Tisch herum. 35-fache Ausschüttung – die höchstmögliche Ausschüttung beim Roulette. Und bei einem Blick auf das Laufband sahen alle, die etwas von den Zahlenreihen beim Roulette verstanden, dass diese Zahlen auf eine ganz exzentrische Art unausgeglichen waren.

Werden die Zahlen auch weiterhin dazu tendieren, wird die Kugel schon beim nächsten Spiel aus dieser Regel herausfallen – die Tafel zeigte eine einfache Prognose. Es ging allein darum, die Wetten noch mehr anzuheizen. Einer nach dem anderen kam an den Tisch, manche blieben stehen und sahen auf den Tisch herunter. Einige legten ihre Chips selbst, andere sagten dem Dealer, auf welche Zahl er setzen sollte. Alle verteilten Chips in ihrer eigenen Farbe. Eine gewisse Euphorie loderte in der Atmosphäre. Alle wollten gewinnen.

[Die Gerüche sind alle durcheinander.]

Œufcoques Worte lasen sich wie ein Aufschrei.

[Gehen wir zu einem anderen Tisch. Du hast dein Ziel erreicht, die Croupière auch.]

– Noch nicht.

Balot stoppte ihn für einen Moment.

– Nur noch einmal.

Noch während sie sich in ihn einmischte, hatte sie schon nach einem Chip gegriffen.

[Nur weil sie dich einmal gewinnen ließ, heißt das nicht, dass du wieder gewinnst. Ihr Geruch ist launisch und ziemlich komplex.]

– Aber ich will mehr von ihr sehen.

[Du interessierst dich für sie?]

Balot konnte die Verzweiflung in seinen Worten fühlen und legte ihren Chip auf das Layout.

Wieder auf eine einzige Zahl.

14 Rot.

Die alte Dame warf einen kurzen, aufmerksamen Blick darauf.

Je länger Balot sie ansah, desto vornehmer und schöner wirkte sie. Sie war keine Frau, die ihre Makel mit *vergänglicher Eleganz* überspielte. Sie strahlte es aus, sie hatte diese Art von Charisma.

Sie erinnerte Balot an die Mama-san, die ihr ihren Namen gegeben hatte, und auch an die Queen Megami, die verhaftet worden war.

Nicht, weil sie die beiden sehr respektiert hatte oder weil sie der alten Dame ähnelten. Nur eine Assoziation. Und die Assoziation hatte zu weiteren Assoziationen geführt. Sie erinnerte sich außerdem zufällig an ein Interview mit einer Schauspielerin, das sie mal im Fernsehen gesehen hatte.

Der Reporter hatte sie gefragt: »Warum lassen Sie sich Ihre Falten nicht straffen, das machen doch so viele Schauspielerinnen?«

Sie hatte gelacht und ihm geantwortet: »Aber für diese Falten habe ich hart gearbeitet!«

Ihre Worte hatten bei Balot einen tiefen Eindruck hinterlassen.

Zunächst war sie eine ehemalige Pornodarstellerin gewesen, die dann Schauspielerin und am Ende ein großer Star wurde. Balot hatte ihr Leben und das der Schauspielerin verglichen, sie verehrte sie. Aber das war noch nicht alles, denn wenn es ihrer Meinung nach etwas gab, was Frauen bewahren mussten, worauf sie stolz sein sollten, dann war es genau das. Und das Charisma dieser Schauspielerin zeigte, dass sie das sehr wohl verstanden hatte.

Die Frau vor ihr hatte eine ähnliche Ausstrahlung.

Bell Wing.

Sie wisperte diesen Namen noch mal in ihrem Herzen. Sie glaubte irgendwie, es war Schicksal, dass sie sich an ihren Tisch gesetzt hatte.

Nicht, weil sie hier eine Chance bekommen hatte, zu gewinnen.

Sondern genauso wie damals, als sie, kurz bevor Shell Septinos sie umgebracht hatte, niemand anderer hätte retten können außer Œufcoque und der Doc.

Während sie so darüber nachdachte, drehte die alte Dame, diese meisterhafte Croupière, wieder den Cylindre und warf die Kugel im Gegensinn hinein, genau wie beim vorigen Mal.

Schon bald sagte sie an, dass sie keine weiteren Einsätze mehr annehme, so als bestätige sie die Endgültigkeit der beiden Schicksalsbahnen.

Kurz bevor die Kugel fiel, konnte Balot ihren Willen in der Kugel fast riechen. Der Kessel wurde langsamer, hielt an, die Kugel lag im Fach unter der gewählten Zahl.

»14 Rot«, sagte Bell Wing ruhig.

Und der Tisch kochte über. Eine einzelne Zahl – und zweimal in Folge! Chips in Höhe eines kleinen Berges bewegten sich auf sie zu, alles vor Balot war mit roten Chips übervoll, wie von wilden roten Rosen, die plötzlich aufgeblüht waren.

Zwei Mal hatte sie das 35-Fache eines 100-Dollar-Chips gewonnen. Wenn sie davon ihre Einsätze und fünf Prozent als

Abrechnungsbetrag für das Casino abzog, hatte sie eben mehr als 6600 Dollar gewonnen.

Balot schielte aus dem Augenwinkel auf die aufgeregten Spieler, die alle das nächste Spiel gewinnen wollten. Dann betrachtete sie geistesabwesend ihre Chips. Es war viel zu viel. Es fühlte sich nicht an, als würde es ihr gehören. Schließlich ging es ja auch nicht um das Geld.

Das Geld war nur eine Treppe, das hier bedeutete nur, dass sie ihrem wahren Ziel ein Stück näher gekommen war. Darum konnte sie hier ganz gelassen bleiben.

[Das nächste Spiel wird schwierig. Besser, wir gehen.]

Sie sah ein, dass Œufcoque recht hatte.

Trotzdem wollte sie noch bleiben.

Der Gedanke tauchte in ihr auf, dass jeder Schritt auf dieser Treppe es wert sein sollte, wenn sie weiter aufsteigen wollte.

– Ich möchte gern noch hier bleiben, nur ein bisschen. Ich gebe bestimmt nicht den ganzen Gewinn aus. Bitte …

Œufcoque ließ sich etwas Zeit mit der Antwort, er überlegte.

[Vergiss nicht, dass selbst dieser Gewinn weit weg von dem ist, was wir haben wollen.]

Das war das Einzige, was er gesagt hatte. Er hatte ihr nicht gesagt, sie solle aufstehen und verschwinden.

Balot dankte ihm und griff dann nach ihren Chips.

Mit einer leichten Geste legte sie ihren Einsatz auf das Layout. 14 Rot und 2 Schwarz. Manche Spieler, die sie dabei beobachtet hatten, legten ihre Chips auf die gleiche Zahl, um etwas von ihrem Glück abzubekommen. Andere Gäste erklärten allerdings auch, dass es kein drittes Mal gab, wieder andere hielten Vorträge über den Durchschnitt des Tisches.

Dann wurde die weiße Kugel eingeworfen. Der Kessel drehte sich linksherum, die Kugel rechtsherum. Die weiße Kugel im roten und schwarzen Rad des Schicksals. Die Zahlen verschmolzen miteinander. Die Kugel traf auf ein Obstacle und aus den 38 Fächern griffen unsichtbare Finger und versuchten nach der Kugel zu schnappen, der Kessel wartete darauf, die Kugel zu empfangen. Die Kugel berührte die Innenseite und fiel. Die Kugel lag auf dem Kessel wie bei einem Händedruck.

Ein kollektiver Seufzer.

Der Kessel blieb stehen, die Zahl war gefallen.

Bell Wing nahm den Kristall wieder in die Hand.

»15 Schwarz.«

Sie stellte den Kristall auf diese Zahl.

Die gewonnenen Chips wurden bezahlt, die Chips, um die Balot gewettet hatte, zog der Croupier ein.

»Das war knapp«, hörte sie plötzlich jemanden sagen.

Sie brauchte einen Moment, um zu verstehen, dass diese Worte an sie gerichtet waren.

Balot sah auf und sah Bell Wing an. Bell Wing sah Balot an. Sie sagte nichts weiter und wandte ihren Blick wieder dem Tisch zu.

[Das war gar nicht knapp.]

Mischte Œufcoque sich ein. Balot sah das auch so.

Im Kessel lag die 15 fast genau *auf der anderen Seite, gegenüber* der 14.

Allerdings hatte sie nicht verstanden, warum Bell Wing sie angesprochen hatte.

Wollte sie sich vergewissern, ob ihr erster Gast, den sie benutzt hatte, um andere Gäste anzulocken, sich völlig übernimmt und den ganzen Gewinn wieder verspielt? Vielleicht wollte sie Balot auch zeigen, dass sie eine gute Croupière war und die Kugel dahin rollen lassen konnte, wohin es ihr gefiel?

[Willst du weiterspielen?]

– Sie hat mich die ersten Male gewinnen lassen. Jetzt will ich selbst gewinnen.

Balots Antwort klang unnachgiebig. Sie hatte genug Selbstvertrauen. Dazu die Strategie, die ihr der Doc beigebracht hatte. Zum ersten Mal fühlte sie, wie in ihr der Wunsch aufstieg, über ihre Fähigkeiten frei zu verfügen und damit etwas zu erreichen.

– Ich denke, ich kriege das hin.

[Ich helfe dir, so weit ich kann.]

Antwortete er, als hätte er ihre Gedanken gelesen. Dankbar nahm sie die Chips in die Hand und legte sie auf das Tapis Vert auf dem Tisch.

Vierter Teil 爆発

Explosion

1

Balot änderte plötzlich ihre Taktik und setzte nur noch auf einfache oder doppelte Ausschüttung.

Einfache Chancen, die auf dem Tapis Vert neben den einzelnen Zahlen angegeben waren. Beim Roulette gab es drei verschiedene Möglichkeiten, zu setzen. Bei High Low wettet man auf die Gruppe von 1 bis 18 oder 19 bis 36, dann noch Gerade oder Ungerade, Rot oder Schwarz.

Dabei gab es immer eine einfache Ausschüttung. Balot setzte meist auf High Low, während sie den Roulettekessel, die Kugel und Bell Wings Fingerspitzen erfasste.

Balot achtete dabei auch auf mehrere Dinge, die sie an Œufcoque weiterleitete. Den waagerechten Winkel des ganzen Tisches, Tiefe und Neigungswinkel des Kessels, Form und Anzahl der Obstacles in der Innenseite. Außerdem notierte Œufcoque noch auf der Innenseite des Handschuhs die Tiefe der Fächer und ob es Polster gab oder nicht.

Die Neigung des Tisches machte die Position der Kugel sehr unausgeglichen. Und wenn der Kessel zu flach ist, hüpft die Kugel weniger, wenn sie fällt.

Je zylindrischer die Obstacles waren und je weniger Hindernisse es gab, desto unberechenbarer wurde das Abprallverhalten der Kugel. War der innere Kessel stark geneigt, so fiel der Ball einfach so hinein, und wenn die Fächer tief und gepolstert waren, so verließ die Kugel eine einmal gefundene Position nur selten.

Der Tisch, an dem Balot saß, war in jeder Hinsicht zufriedenstellend. Der Tisch war waagerecht, der Kessel nicht zu tief. Er hatte vier zylindrische und vier Rhomben-Hindernisse. Der innere Kessel hatte einen Neigungswinkel von etwa 40 Grad, die Taschen waren fünf Millimeter tief.

Wäre der Tisch schwerer anzugreifen, dann hätte sie sicher gleich aufgegeben, aber so war sie angriffslustig und motiviert.

Sobald sie alles erfasst hatte, verschwanden die Worte wieder von ihrem Handschuh. Danach zählte sie die Rotationen.

Wie oft drehte sich die Kugel um die Schale, wie oft drehte sich der Kessel? Als sie dabei war, machte sie bevorzugt Wetten mit doppelter Ausschüttung.

Columns – sie wettete auf ein Drittel der Zahlen, außer 0 und 00. Dafür gab es eine doppelte Gewinnquote.

Dozens – sie wettete auf ein Drittel der Zahlen, 1 bis 12, 13 bis 24 oder 25 bis 36. Dafür gab es auch das Doppelte.

Während sie diese Wetten in ihre Strategie einbaute, zählte sie mit, wie oft der Croupier die Kugel und den Kessel nach links und rechts rotieren ließ.

Die Kugel drehte sich meist achtzehn oder zwanzig Runden lang. Wenn die Croupière die Kugel mit Absicht warf, meist eher achtzehn Runden lang. Œufcoque maß die Zeit vom Wurf bis zum Fall, kalkulierte die Wahrscheinlichkeit, dass die Kugel danach noch ein Hindernis berührte, und berücksichtigte dabei den Kontaktwinkel zum Kessel.

Außerdem gab es drei Punkte, die halfen, den Kessel zu durchschauen.

Konnte man die Zahlen lesen? Konnte man die Zahlen nur lesen, wenn man ihnen mit den Augen folgte? Oder konnte man die Zahlen gar nicht lesen? Wann kam es dazu, bei welchem Rhythmus und bei welcher Drehung?

Die Drehung richtig zu verstehen war schwierig, aber unbedingt notwendig, um die Angewohnheiten der Croupière zu durchschauen. Œufcoque hatte ihr auf der Innenseite des Handschuhs noch mal alle Zahlenreihen aufgeschrieben.

Ein Spickzettel von Œufcoque.

Diese Zahlenreihen waren an die Position der Hindernisse angepasst und in acht Abschnitte aufgeteilt. Jede Gruppe bekam einen Namen. Hauptsächlich waren sie dazu da, damit man genau berechnen konnte, von wo nach wo die Kugel im Kessel springen würde.

Angefangen mit Norden: 25, 19, 12, 8.

Danach Nordosten: 19, 31, 18, 6, 21.

Im Anschluss Osten: 33, 16, 4, 23, 35.

Südosten: 14, 2, 0, 28, 9.

Süden: 26, 30, 11, 7.

Südwesten: 20, 32, 17, 5, 22.

Westen: 34, 15, 3, 24, 36 und schließlich

Nordwesten: 13, 1, 00, 27, 10.

Es machte einen unfassbar großen Unterschied bei den Gewinnchancen in diesem Spiel, ob jemand diese Zahlenreihen sofort erfasste oder nicht. In diesem Punkt war Œufcoques Hilfe absolut perfekt.

Jedes Mal, wenn die Kugel fiel, wurde fast im gleichen Moment mittels fetter Zeichen angezeigt, auf welcher Zahl sie in welchem Abschnitt gelandet war.

Darüber hinaus war es nicht gegen die Regeln, die Zahlenreihen zu betrachten. So gut wie alle erfahrenen Spieler machten das.

Das Casino veröffentlichte seine Zahlentabellen im Foyer oder in seinen Geschäften. Dort fand man dann auch die Wahrscheinlichkeit bestimmter Hände beim Poker. Das Problem bestand darin, herauszufinden, wie schnell und präzise man diese Zahlenreihen verstehen und umsetzen konnte.

Balot konnte in etwa verstehen, in welchem Winkel sich die Zahlen bewegen würden, wenn sie das alles berücksichtigte und außerdem den Moment, wenn sich der Kessel zu drehen begann und wann die Kugel fiel, mit einbezog.

Der Tisch war in vier Blocks aufgeteilt. War jetzt zum Beispiel die 00 beim Start in Block A und beim Fall der Kugel bereits in Block B, dann war die Drehung des Kessels fast neunzig Grad, also eine Vierteldrehung.

Deswegen ließen Œufcoque und Balot diese Zwischendrehung aus und berechneten nur den Kontaktwinkel der Kugel mit dem Kessel.

Wenn Bell Wing etwas Bestimmtes beabsichtigte, dann betrug ihr Winkel fast eine ganze Drehung, also 360 Grad. Sonst drehte sie immer nur um etwa neunzig Grad.

Natürlich drehte sie alles auch noch in anderen Winkeln, aber meist nur, wenn Bell Wing absichtlich etwas verschob. In genau diesen Fällen konnte Balot eine andere Absicht in der Kugel erkennen, die Absicht, den Durchschnitt etwas zu variieren.

Je besser ein Croupier war, desto regelmäßiger war sein Durchschnitt. Darum war es eine Anordnung des Casinos, dass Croupiers die Anzahl der Drehungen und Runden sowie den Winkel zwischen Kessel und Ball gelegentlich verändern sollten.

Allerdings gab es nur wenige Croupiers, die cool genug waren, das im Spiel gegen viele aufgeregte Gäste auch wirklich durchzuziehen. Bell Wing war trotzdem stets präzise. Balot sah durchaus die Ironie darin, dass Œufcoque ihre Bewegungen vorhersehen konnte – eben weil sie so präzise war.

Normalerweise erkannten Rouletteprofis so etwas erst nach mehreren Stunden und dem Einsatz von mehreren tausend Dollar.

Balot konnte es, weil sie Œufcoque hatte und weil sie den ganz speziellen Doc Easter-Kurs belegt hatte. In weniger als einer Stunde und mit weniger als zehntausend Dollar Einsatz hatte sie die Eigenschaften des Tisches, die Gewohnheiten der Croupière und die Anordnung des Casinos, gelegentlich mal den Durchschnitt zu variieren, fast vollständig *über ihre Haut erfasst*.

Irgendwann hatte sich ihre Art zu wetten von kleinen Gewinnen langsam zu hohen Gewinnen entwickelt, wie bei einem Stepptanz.

Line – sie wettete auf alle Zahlen von 1 bis 6, auf dem Layout in einer Reihe. Fünffache Gewinnausschüttung.

Top Line – sie wettete auf die 0, 00 und 1 bis 3. Sechsfache Gewinnquote.

Corner – sie wettete auf vier Zahlen. Achtfache Gewinnquote.

Street – elffach.

Sie hatte es zwar gespielt, aber nicht damit gewonnen: Split – das wäre eine 17-fache Gewinnausschüttung gewesen.

Full Number – das 35-Fache.

Mit diesen vom Glück und Zufall abhängenden Wetten hatte sie zum einen den Croupier und zum anderen die restlichen Spieler von sich abgelenkt.

Außerdem gab es noch besondere Regeln vom Kontinent, die an den anderen Tischen nicht gespielt wurden. Wahrscheinlich hatte Bell Wing sich diese Sonderregeln vom Casino genehmigen lassen. Die erste war Finale, wenn der Croupier beispielsweise »Final 3« ankündigte, so konnte man auf 3, 13, 23 und 33 je hundert Dollar setzen. Der Gewinner-Chip brachte dabei eine acht- bis elffache Gewinnquote.

Das Zero-Spiel: Hier setzte man auf Zahlen in der Nähe der Null und ihrer sechs benachbarten Zahlen, also je hundert Dollar auf 35, 14, 2, 0, 28, 9 und 26. Kam die 36, so bekam man dreißig Chips, bei allen anderen Zahlen 15. Der Ursprung dieses Spiels lag im kontinentalen Roulette, bei dem die Zahlen anders angeordnet waren. Für diese Art des Roulette hier war es von geringer Bedeutung, abgesehen davon, dass es eine Vorsichtsmaßnahme gegen den Dealer war, der bei einer 0 alle Einsätze kassierte.

Und schließlich Prison – wurde die 0 gezogen, kassierte der Croupier alle Chips. Die auf den einzelnen Zahlen wurden allerdings eingefroren.

Die Spieler können sich dann entscheiden, ob sie lieber die Hälfte ihres Einsatzes zurückbekommen wollen und aufgeben – oder ob sie ihre Chips liegen lassen und das Ergebnis des nächsten Spiels abwarten.

Balot machte sich diese Regeln zunutze, indem sie mit dem Zero-Spiel gleichzeitig auch auf einzelne Zahlen setzte. Damit hielt sie ihre Verluste im weiteren Verlauf unter Kontrolle, außerdem benutzte sie es als Anhaltspunkt, um zu verstehen, was die Croupière beabsichtigte.

[Großartig.]

Schrieb Œufcoque plötzlich etwas, was definitiv keine Anweisung war.

– Was denn?

[Du.]

– Ich?

[Du kommst unserem Zieldurchschnitt langsam näher.]

– Das habe ich vor, ja. Nicht okay?

Sie fühlte sich plötzlich etwas unsicher.

[Spiel weiter so. Ich kann dir jetzt nicht mehr so viel helfen.]

War seine Anweisung.

Balot freute sich ein bisschen und mischte sich noch mal ein.

– Ich glaube, ich weiß, wohin die Kugel rollen wird.

[Du kannst es vorhersagen?]

– Ich hab so eine Ahnung.

In diesem Moment – »Liebes, ist das dein erstes Roulettespiel?«, sprach sie Balot an. Sie hatte die Pause abgepasst, in der die anderen Croupiers die Gewinne verteilten.

Balot sah zu der Stimme hoch.

Bell Wing starrte Balot an.

#Ja.#

Antwortete sie brav. Bell Wing sah flüchtig ihren Choker an, als sie die elektronische Stimme hörte, sagte aber nichts dazu. Stattdessen meinte sie: »Deine Augen glänzen so. Das sind nicht die Augen eines erfahrenen Spielers. Du siehst aus, als mache es dir Spaß, zu sehen, wie die Kugel sich bewegt.«

Sie nickte. Genauso empfand sie es. Sonst hätte sie das Spiel nicht so begeistert. Einen wichtigen Punkt gab es allerdings.

#Ich glaube, es macht mir so viel Spaß, weil Sie die Croupière sind.#

Bell Wing schien das nicht als etwas Besonderes zu empfinden. Sie schenkte ihr ein kleines Nicken.

Wie ein leises ›Danke‹. Eine großherzige, nonchalante Geste.

»Aber du planst etwas Großes«, sagte Bell Wing dann. »Hasst du das Casino?«

#Warum?#

»Deine Chips sagen das.«

Ein Reflex ließ Balot auf ihre Chips starren. Dann sah sie wieder Bell Wing an, und dabei liefen ihr eiskalte Schauer über den Rücken. Sie hatte Bell Wing und ihren Tisch beobachtet und durchschaut. Und Bell Wing hatte gleichzeitig sie beobachtet.

Wie weit hatte sie Balot durchschaut? Vielleicht sogar bis in ihre tiefsten Tiefen. Balots Gewohnheiten, ihre Strategie, ihr Charakter. Als sie daran dachte, jagten ihr erneut Schauer über den Rücken. Gleichzeitig mit ihrer Angst und dem Druck war sie aber auch seltsam berührt.

»Ein guter Croupier kann die Gedanken der Gäste lesen, selbst bei geringen Einsätzen.«

#Ich habe nicht vor, Ärger zu machen.#

Antwortete Balot sofort. Bell Wing lächelte zum ersten Mal.

»Warum hast du dich an meinen Tisch gesetzt?«

#Weil Sie so schön sind.#

Erwiderte sie ohne zu zögern. Bell Wing sagte nichts weiter und berührte wieder den Tisch.

In diesem Moment zuckten ihre Augen flüchtig.

Balot konnte fühlen, dass nicht nur ihre Augen, sondern ihr ganzer Körper sich auf eine Zahl konzentrierte. Sie konzentrierte sich auf eine Zahl auf dem Layout und auf eine Zahl des Kessels, den sie gleich drehen würde.

2 Schwarz.

Die erste Zahl, mit der sie Balot hatte gewinnen lassen.

Bell Wing nahm die Kugel in die Hand. In einem Reflex streckte sich auch Balots Hand aus. Ihr Einsatz fiel gleichzeitig mit der Drehung von Bell Wings Hand.

Sie warf die Kugel ein. Diese lief glatt und stark durch die Schale. Die Zahlen im Kessel verschmolzen und verschlangen sich gegenseitig, der Kontaktwinkel schien höher zu sein, als

Balot erwartet hatte. Sie griff hektisch nach neuen Chips, als sie die Richtung der Kugel verfolgte, aber es war zu spät.

»Nichts geht mehr«, sagte Bell Wing würdevoll und blockierte Balots Bewegung.

Schon bald schluckte der Kessel die Kugel, drehte sich langsamer und hielt schließlich ganz an.

»3 Rot«, erklärte sie laut und deutlich. Sie stellte den Kristall an die entsprechende Stelle im Layout, und in einem Tumult wurden Chips einkassiert oder ausbezahlt.

Balot hatte 500 Dollar gesetzt, eine totale Verschwendung.

Dann fiel ihr auf, dass Bell Wing sie aus dem Augenwinkel betrachtete.

Schmollend zog sie ihre Unterlippe etwas nach unten. Die verärgerte Miene war halb ernst und halb gespielt.

Was vorhin gewesen war, war eine Täuschung. Bell Wing hatte Balot mit einem geschickten Trick ganz leicht dazu verleitet, daneben zu wetten, und ihr Gefühl pariert. Ihre ganze ruhige Haltung schien sie zu fragen: ›Ist jemand, der so etwas tut, wirklich schön?‹

Unwillkürlich antwortete Balot ihr mit einem Lächeln. Bell Wing richtete einen kühlen Blick auf dieses Lächeln.

»Ich bin die Croupière, das ist meine Arbeit.«

#Ja.#

»Ich bin stolz auf meine Arbeit. Ich habe aber auch meine Pflichten. Ich werde dir im Weg stehen und dich behindern. Die ersten Male waren weder aus Freundlichkeit noch aus anderen Gründen. Das ist meine Arbeit. Möchtest du trotzdem nicht den Tisch wechseln?«

Das traf sie eher unerwartet.

Bell Wing sagte ganz deutlich, dass sie Balot im Auge behalten würde. Ganz offensichtlich wollte Bell Wing sie vom weiteren Spiel abhalten, indem sie sagte: Hier lasse ich dich nicht mehr gewinnen.

Balot berührte ihr Halsband und sagte: #Ich werde noch ein wenig hier weiterspielen.#

»Glaubst du, dass ich dir dabei helfe?«

#Ein Spiel ist ein Spiel. Ich werde von Ihnen lernen, auch ohne Ihre Erlaubnis.#

»Lernen?«

Balot nickte. Sie wunderte sich über sich selbst, wie intelligent sie dieses Gespräch lenkte.

#Ich weiß noch nicht, was. Aber ich bin mir sicher, dass ich etwas von Ihnen lernen kann.#

Bell Wing nickte wieder knapp.

»Gut. Wenn du so denkst, dann werde ich dich nicht aufhalten. Aber wenn dein Glück anfängt, sich linksherum zu drehen, werde ich kein Erbarmen zeigen. Ich werde es bis zum Ende weiter nach links drehen.«

#Nach links?#

Aber Bell Wing antwortete nicht.

Ruhig stand sie an ihrem Tisch und berührte den Roulettekessel.

Diese Frau, dieser Tisch, dieses Spiel – das alles ist so interessant! Balot spürte, wie dieses Gefühl in ihr hochstieg, und konnte es nicht aufhalten. Nichts konnte sie aufhalten.

[Sei vorsichtig, Balot.]

Warnte Œufcoque. Einen kurzen Moment lang dachte sie, er wollte sie von ihrem Vorhaben abbringen, also snarkte sie ihm entschieden.

– Ich werde an diesem Tisch spielen. Ich will das so.

[Deine Gegnerin reagiert sensibel auf deinen Ehrgeiz und deine Angriffslust. Sie wird vorbereitet sein.]

– Angriff?

Erst als er sie darauf aufmerksam gemacht hatte, konnte sie es *fühlen*.

Sofort setzte sie dieses Gefühl frei in die Luft und ließ es entfliehen. Bell Wing würde ihren Willen zum Angriff erkennen und ausnutzen.

So wie bei 3 Rot vorhin.

Worauf es ankam, war, dass sie davon überzeugt war. Nicht vom Angriff überzeugt, sondern davon, was mit der Kugel passieren würde.

– Ich will dieses Spiel gewinnen. Ich mache dir keinen Ärger. Bitte. Lass mich das tun.

[Ihre Gefühle sind nur schwer zu durchschauen. Sie riecht überzeugt. Aber von was sie überzeugt ist, weiß ich nicht.]

– Ich habe da so eine Ahnung.

[Was?]

– Sie vertraut darauf, dass die Kugel sich dreht.

[Ich bin auch davon überzeugt, dass die Kugel sich drehen wird. Und?]

Œufcoque klang, als wäre das ein bisschen zu viel für ihn. Sie lächelte.

Bell Wing drehte das Rad des Schicksals, die Kugel schoss wie ein Pfeil davon.

Balot fühlte sich, als ob sie sich in eine Pistole oder eine andere Waffe verwandelte. Sie zielte mit ihrem Chip auf die schicksalhafte Zahl, genau wie bei der Zielerfassung vor einem Schuss. Hatte sich das Ziel verschoben, so folgte sie ihm mit dem Fadenkreuz und stellte es wieder so ein, dass sie die Zahl in der Mitte hatte.

Den *Spielraum*, den sie dabei links und rechts hatte, reduzieren.

Balot setzte je 500 Dollar auf Nordwesten, 13, 1, 00, 27 und 10. Außerdem setzte sie 500 Dollar auf Schwarz, was ihr bei Rot oder Schwarz eine einfache Gewinnquote bringen würde.

Der Kessel verschlang die Kugel in der 29 Schwarz.

Balot lag zwei Positionen daneben.

Sie bekam die einfache Auszahlung und nutzte diese 500 Dollar für ihren nächsten Einsatz.

Beim nächsten Einsatz wettete sie auf Norden: 25, 29, 12 und 8, wieder je 500 Dollar. Außerdem weitere 500 Dollar auf Rot.

»30 Rot«, erklärte Bell Wing.

Wegen des Splits bekam sie eine 17-fache Quote und eine einfache dank Rot dazu. Insgesamt erhielt sie 9000 Dollar zurück. Sie lag mit 2200 Dollar vorn. Bei diesem Spiel hatte sie vorhergesehen, dass Bell Wing die Kugel in die entgegengesetzte Richtung *schicken* und variieren würde.

Balot beobachtete die Drehung des Kessels. Ein letztes Mal für dieses Spiel erfasste sie die Differenz zwischen Winkel und Geschwindigkeit mit ihrer Haut.

Sie griff nach ihren Chips und sah Bell Wing an, wie sie sich bewegte.

Bell Wing drehte den Kessel jetzt mit der anderen Hand und ließ die Kugel mit einer anderen Drehung fallen.

Balots Hand bewegte sich.

Sie setzte ohne zu zögern je 500 Dollar auf Süden, 26, 30, 11 und 7.

Außerdem setzte sie jeweils 500 Dollar auf 28, 9, 20 und 32. Die Kugel hatte bereits fünf Runden hinter sich. Bis sie nichts mehr einsetzen konnte, verging noch mehr als eine Minute. Die Kugel drehte sich noch mehr als zehn Runden lang und fiel dann in den Kessel, der sich schon langsamer drehte.

Für einen Moment wurden Bell Wings Augen ganz schmal.

»17 Schwarz.«

Das Layout verschluckte Balots 4000 Dollar auf einmal.

In diesem Augenblick brach ein Aufruhr am Tisch aus. Bei allen Tischen war es so. Wenn um hohe Einsätze gespielt wurde, war es wie ein Fieber.

Doch inmitten des begeisterten Chaos stand Bell Wing, kühl und deutlich starrte sie auf die Zahlen, auf die Balot gesetzt hatte, und thronte dabei hinter dem Roulettetisch.

17 Schwarz war direkt neben 32 Rot, die Zahl, auf die Balot gesetzt hatte.

Balot konnte die Fingerspitzenarbeit ihrer Gegnerin ganz deutlich fühlen, es war anders als bisher. Zusätzlich zu den Eigenschaften des Tisches und dem Durchschnitt hatte Bell Wing ihre Kraft so eingeteilt, dass sie die Zahlen, auf die Balot setzen würde, immer nur knapp verfehlte.

Sie konnte es nicht beweisen, aber das Gefühl war sehr deutlich. Ein Gefühl, dem sie jetzt mehr vertraute als allem anderen.

Die Kugel rollte wieder. Die Form des Tisches, seine Struktur, sein Winkel, Bell Wings anmutige Hände, wie die Kugel sich drehte, wie es aussah, wenn die Zahlen im Kessel verschwammen – all das war wunderschön.

Balot nahm die Chips gelassen zwischen ihre Finger und setzte.

500 Dollar, auf 14, 2 und 0.

Mehr wollte sie nicht setzen.

Die Kugel drehte sich, schnell und wild.

Bell Wing sah Balot an, als könnte ihr Blick sie töten.

Die Kugel kollidierte mit einem Hindernis, fiel herunter.

Der Kessel drehte sich und zeigte die Schicksalszahl.

»0 Rot.«

Der Tisch war in Aufruhr. Balot war die Einzige, die auf 0 gesetzt hatte. Alle anderen Chips wurden entweder eingezogen oder landeten auf dem Prison-Feld. Balot bekam das 35-Fache ihres Einsatzes, mehr als 15.000 Dollar.

»Diese Chips sind nur Holzsplitter«, sagte Bell Wing leise.

Zuerst war Balot verunsichert, weil sie dachte, Bell Wing wäre wütend, doch als sie sah, dass es nicht so war, erwiderte sie ihr Lächeln.

»Hast du die Tendenzen dieses Tisches verstanden?«

Balot nickte.

#Der Tisch ist sehr eben.#

»Richtig. Der Tisch ist viel zu eben. Das Glück neigt sich hier.«

#Glück?#

»Reden wir von der Wahrscheinlichkeit. Es ist vollkommen unmöglich, dass die Kugel jedes Mal mit der gleichen Wahrscheinlichkeit fällt. Es erfordert harte Arbeit. Niemand kommt gegen die Neigungen des Glücks an.«

Bell Wing drehte ihr Kinn etwas nach rechts und links.

»Croupiers empfinden mehr oder weniger alle ein grausames Vergnügen dabei, wenn sie dem Gast beim Untergang zusehen. Jeder Mensch verlangt danach, zu dominieren, zu kontrollieren. Jeder Mann, jede Frau, ganz gleich wie alt. Doch der Wille zu unterwerfen ist bei einem Croupier am raffiniertesten«, erklärte Bell Wing trocken, doch auch so, dass es Balot ins Herz traf.

Das ist also ihre wahre Stimme, dachte Balot. Ihre Worte klangen zu verbittert für ihre schöne Stimme.

#Warum arbeiten Sie in diesem Casino?#

Fragte sie laut, ohne es eigentlich zu wollen.

»Was weißt du über dieses Casino?«

Balot schwieg einen Moment lang. Natürlich konnte sie ihr nicht sagen, was sie eigentlich wollte, sie konnte auch nichts von Shell oder der October Company sagen.

»Aha … du hasst den Boss.«

Dann sah sie auf einmal Bell Wings Lachfältchen in ihren Augenwinkeln.

Balot hob ihre Augenbrauen.

»Es geht mich nichts an, was für einen Geschäftsführer dieses Casino hat. Ich arbeite hier, weil ich das Geld brauchte. Mein Mann war krank. Anders als ich führte er ein ehrliches Leben, aber sein Herz war meinem so ähnlich. So verschlagen, so voller Verlangen. Trotzdem hat er unseren Kindern kein Geld hinterlassen, nichts als ihre Geschwister und seine Weisheit. Das war sein einziger schlechter Punkt. Darum bringe ich jetzt das Geld nach Hause.«

Sie sah aus, als unterbreche sie sich an dieser Stelle selbst. Vielleicht hatte sie auch ihre Meinung geändert. Sie beobachtete, wie die Dealer die Gewinne verteilten, und fuhr fort.

»Sogar nach dem Tod meines Mannes fühle ich noch, dass es sich linksherum dreht. Darum suche ich immer nach Möglichkeiten, dass es sich rechtsherum dreht, und bis heute habe ich immer wieder die Kugel so geworfen.«

»Nach links?«, fragte Balot wieder, wie schon einmal.

Bell Wing wandte den Blick von Balot ab.

Sie dachte, dass sie wieder nicht antworten würde.

»Das Rad des Schicksals ist zweischneidig«, sagte sie, während sie auf den Tisch starrte.

»Dreht sich das Rad nach links, so bringt es Kummer. Dreht es sich nach rechts, so bringt es Freude. Das Schicksal rechtsherum zu drehen ist meine Art, mein Leben anzunehmen.«

Sie klang, als würde sie mit dem Kessel sprechen.

Dann berührte sie den Kessel. Sie drehte die Zahlen für ein neues Spiel, ließ die Kugel fallen. Der Kessel drehte sich nach links, die Kugel nach rechts.

Balot hatte die Bewegungen präzise durchschaut und griff nach ihren Chips. Als sie die 1000-Dollar-Chips platzierte, dachte sie, dass sie selbst das so entschieden hatte, sie ganz allein. Œufcoque hatte ihr geraten, den Tisch zu wechseln, Bell Wing hatte ihr auch gesagt, dass sie gehen solle.

Trotzdem hier sitzen zu bleiben entsprach ihrem Gefühl, ihrer Würde, ihrem Stolz in diesem Moment.

Jetzt mache ich genau das Gleiche wie im Paradies, als ich in den Pool sprang, um Shells Erinnerungen zu finden. Sie konzentrierte sich.

Nordwesten, 13 und 1, auf diese Zahlen hatte Balot gesetzt.

Einzelne Zahlen, je tausend Dollar.

Bell Wing sah, wie die Kugel rotierte, und schloss die Augen.

»Wieder dreht sie sich linksherum«, hörte Balot sie kühl murmeln, ehe sie mit ihrer ruhigen, würdevollen Stimme erklärte: »Nichts geht mehr.«

Die Kugel berührte ein Hindernis, sie rollte nach rechts.

Sie traf auf den Kessel, der sich linksherum drehte, rutschte nach innen und verschwand in einem Fach.

Der Tumult an ihrem Tisch schlug hohe Wellen. Die anderen Croupiers starrten entsetzt in ihre Richtung, wie rechtschaffene Händler, die beobachteten, wie der benachbarte Supermarkt während eines Aufstands geplündert wurde.

Bell Wing nahm ihren Kristall in die Hand und sagte:

»1 Rot.«

Auf dem Tisch schienen die Chips wie Derwische zu tanzen. Alle kamen sie zu Balot, alle Chips wurden vor ihr aufgestapelt, nach Abzug des Abrechnungsbetrages standen 34.000 Dollar vor ihr.

Bell Wings Augen waren ganz ruhig, als sie die Chips ansah.

#Drehen Sie das nächste Mal nach rechts.#

Sagte Balot zu ihr.

Bell Wings Augen wanderten von den Chips zu Balots Gesicht.

#Ich werde auf die richtige Zahl setzen.#

Sagte sie, ohne jede Arroganz.

Einer der Croupiers, der das gehört hatte, sah Bell Wing erschreckt an.

Bell Wing stellte sich ganz gerade hin.

»Wie heißt du?«

#Rune Balot.#

»Ich werde mir deinen Namen merken. Ich bin Bell Wing.«

Balot nickte.

»Ich dachte gerade, dass ich gern eine Enkelin wie dich hätte. Ich habe nur Enkel.«

Das hatte sie ein wenig überrascht. Auch der Croupier, der in der Nähe stand und mithörte, machte große Augen.

»Lass es mich wissen, wenn du selbst mal versuchen willst, eine Kugel zu werfen. Ganz gleich, in welchem Casino, frag einfach nach dem besten Croupier und sag ihm, dass du gekommen bist, um die Schülerin von Bell Wing zu werden. Wenn das Glück es will, kann ich dir meine Technik beibringen.«

Nicht einmal der Croupier, mit dem sie zusammenarbeitete, hatte diese Worte jemals zuvor von ihr gehört. Der Croupier kriegte den Mund vor lauter Staunen gar nicht mehr zu und sah unaufhörlich zwischen Balot und Bell Wing hin und her.

#Ja.#

Antwortete Balot. Bell Wing schloss ihre Augen nur halb.

»Gut, ich drehe es jetzt nach rechts.«

Sie wartete, bis alle Gewinne ausbezahlt waren, und berührte dann den Kessel mit der anderen Hand.

Sofort wurde es am Tisch wieder ruhiger. Sanft drehten ihre Fingerspitzen den Cylindre. Nach rechts. Sobald er sich richtig drehte, warf sie die Kugel linksherum und ließ sie rotieren.

Eine perfekte Bewegung. Balot beobachtete alles ganz genau. Das war Bell Wings Arbeit, das war ihr Stolz. Sie war wie eine Schauspielerin, die ihre Bühne betritt.

In diesem Casino stand sie heute allerdings das letzte Mal auf der Bühne.

»Ich bin eine Croupière, auf dem Kontinent geboren. Ich komme aus einer kleinen Stadt, in der alle vom Casino, vom Golfplatz und vom Whiskeybrennen gelebt haben«, sagte sie ganz leise.

»Ich glaube, ich werde noch eine Weile in diesem Beruf arbeiten. In einem anderen Casino, in dem ich die Kugel mit besserem Gefühl werfen kann.«

Während sie ihr zuhörte, setzte Balot still ihre Chips.

Auf eine einzige Zahl.

Sie wollte auf nichts anderes setzen, sie wollte auch nicht mehr setzen. Die anderen Gäste reagierten lautstark auf die Stapel von 10.000-Dollar-Chips, die Balot aufgetürmt hatte. Gleichzeitig kamen immer mehr bunte Chips dazu und wurden auf die Zahl gesetzt, wie Ameisen, die nach einem Würfel Zucker ausschwärmen.

»Rune Balot«, rief Bell Wing.

#Ja.#

»Du darfst keine Mühe scheuen, um das Glück nach rechts zu drehen.«

#Ja.#

»Es ist nicht schwer. Es geht Hand in Hand mit dem Perfektionieren deiner Weiblichkeit.«

#Wie soll ich das machen?#

»Achte darauf, immer zur richtigen Zeit am richtigen Ort zu sein. Trage das richtige Kleid, sage die richtigen Worte, trage dein Haar in der richtigen Frisur und trage den richtigen Ring. Weiblichkeit und Glück sind das Gleiche. Eine Frau, die weiß, wie sie das Glück zu behandeln hat, ist die weiblichste aller Frauen. Und gerade bei diesen Frauen dreht sich das Glück rechtsherum.«

Balot nickte. Bell Wing warf einen flüchtigen Blick auf die turmhohen Chips und die Zahl, die darunter versteckt lag.

»Es ist gut, wenn die Zahl, auf die du gesetzt hast, von mir aus gesehen rechtsherum ist«, sagte sie ganz ruhig, dann drehte sich die Kugel langsamer.

»Nichts geht mehr.«

Ihre Stimme deutlich und klar.

Die Kugel drehte nach links, sie traf auf ein Obstacle.

Die Zahlen im Kessel rotierten jetzt in einem Tempo, dass man sie wieder mit den Augen verfolgen konnte, Zahlen, die noch eben verschmolzen waren, zeigten einem jetzt ihre Fächer.

Die Kugel hüpfte in den Kessel, als hätte sie ihr Zuhause gefunden. Auf die Zahl, auf die sie gesetzt hatte.

Wie beim Wechsel von der linken zur rechten Drehung. Balot konnte es fühlen. Es wurde lauter am Tisch, erregter, überrascht.

Dann hob Bell Wing ganz ruhig den Kristall.

»2 Schwarz«, verkündete sie.

Dann legte sie den Kristall neben das Layout, auf dem wegen der Stapel von Chips nichts mehr zu sehen war. Danach brach ein Tumult aus, alle am Tisch schrien vor Freude laut auf – als hätten sie alle einen der Luxuswagen bei den einarmigen Banditen gewonnen. Während die Chips hin und her klackten, die Gäste in Freudentaumeln tanzten und klatschten und trampelten, blieb Bell Wings Stimme bis zum Schluss tragend und gelassen.

»Ich konnte es nicht besonders gut sehen«, sagte sie und sah Balot an. »Wie war es?«

Balot antwortete, ohne ihre Chips – jetzt mehr als 300.000 Dollar – weiter zu beachten.

#Es drehte sich nach rechts.#

Bell Wing nickte ruhig.

»Gut, dann geh jetzt. Für dich, und für mich auch, ist dieser Tisch vorbei. Bell Wings Tisch in diesem Casino ist hiermit zu Ende.« Sie sah weiterhin Balot an, während sie sprach, so stark, so gelassen und elegant.

Ein anderer Croupier stand schon hinter ihr, er war für die Gewinne verantwortlich gewesen. Er hatte Bell Wing und Balot vorhin zugehört. Ein anderer Croupier, der an einem anderen Tisch für die Gewinnquoten zuständig gewesen war, kam an diesen Tisch, um Bell Wings Platz am Kessel zu übernehmen. Bell Wing richtete sich ganz gerade auf und verließ majestätisch ihren Tisch.

2

»Sie hat die Kugel zweimal hintereinander auf die einzelne Zahl fallen lassen, auf die du gesetzt hattest. Der Pitboss wird sie beschimpfen, und danach wird der Manager ihr wohl ein paar Fragen stellen«, sagte Œufcoque, als Balot mit den Armen voller Chips vom Tisch wegging.

– Wird sie ihren Job verlieren? Wegen uns?

»Gut möglich. Aber es scheint ihr nicht besonders viel auszumachen. Sie roch befreit, als wäre ihr etwas klar geworden. Vielleicht ist sie an so etwas gewöhnt.«

– Gewöhnt?

Bei diesem Wort suchte sie automatisch nach Bell Wing. Für sie hatte dieses Wort keine gute Bedeutung. Es klang nach Traurigkeit und Unglücklichsein, nach nichts anderem.

Wahrscheinlich hatte Œufcoque ihre Gefühle wiedererkannt. »Sie gehört zu den führenden Technikerinnen dieser Branche. Es wird ihr nicht helfen, wenn wir uns Sorgen um sie machen, und sie hat unsere Hilfe auch gar nicht nötig«, sagte er, um Balot zu beruhigen.

»Außerdem, die Zahlen, die sie gedreht hatte, waren doch rechtsherum, oder?«, fragte er und hörte sich so an, als hätte er diese Sache selbst noch nicht so ganz verstanden.

– Ich denke schon.

»Dann sollten wir jetzt unsere Arbeit machen. Sie hat ihre Arbeit erledigt.«

Schließlich nickte sie.

In diesem Moment spürte sie, dass jemand hinter ihrem

Rücken näher kam. Sie drehte sich um und sah den Doc, der sie lächelnd ansah.

»Du warst ja ganz schön auffällig.«

#Entschuldige.#

»Aber nein!«

Der Doc schüttelte den Kopf. Sehr aufmerksam.

Anscheinend berechnete er dabei, wie schwer die Chips waren, die Balot trug.

»Wir hätten sowieso aufs Ganze gehen müssen. Dein Timing war genau richtig, damit wir unseren Durchschnitt erreichen können. Allerdings …«, sagte er und wies mit dem Kinn in die Nähe.

»… scheint es hier viele Gäste zu geben, die gern mit dir reden möchten. Wir sollten wohl so schnell wie möglich verschwinden.«

Als er das sagte, fielen ihr zum ersten Mal die Blicke aus der Umgebung auf.

Sie fühlte, wie Dealer und Pitbosse sie argwöhnisch beobachteten, aber auch einige der Gäste warfen ihr flüchtige Blicke zu. Nicht bedrohlich oder alarmierend, aber die Blicke gingen über einfache Neugier hinaus.

»Keiner von denen ist ehrlich und anständig«, sagte der Doc und ging eilig in die Lobby.

»Viele sind Profis, die dir nach diesem Spiel einen Job anbieten wollen. Manche sind einfach nur auf das Geld scharf. Du musst vorsichtig sein.«

Balot sagte nichts und folgte ihm. Die Chips klackerten vor ihrer Brust. Viele Menschen starrten Balot an und die Chips in ihren Armen. Sie sahen die Chips und Balot als ein Set an, und das wollten sie haben.

#Ich denke, ich kann immer beim Roulette gewinnen.#

Erklärte sie, aus Wut über die aufdringlichen Blicke aus der Umgebung.

#Ganz egal, wie viele Millionen ich setze, ich setze bestimmt nicht daneben.#

»Das Ziel, das wir anstreben, hat nichts mit Gewinnquoten zu tun«, antwortete Œufcoque. Ihr Partner reagierte scharfsinniger als andere auf ihre Gefühle.

»Die Croupiers an den Roulette-Tischen sind allerdings auch nicht blöd. Wir können nicht ausschließen, dass sie schwierigere Tische benutzen oder spezielle Maschinen einsetzen.«

#Aber …#

»Mal ganz abgesehen davon: Wir können die Chips, die wir haben wollen, nicht beim Roulette gewinnen. Ganz gleich, wie viele Berge von Jetons wir scheffeln, das führt zu nichts. Wir sind keine Profis, die hier ihr Geld machen wollen und vom Casino leben. Ich bin ausschließlich aus dem Grund hier, weil wir hier eine Operation gemäß Scramble-09 durchführen.«

#Okay.#

Plötzlich fühlte sie, wie ihre Verstimmung sich aus ihrem Körper verabschiedete, und sie gab nach.

Sie würde sich allerdings nie an Menschen gewöhnen, die sie als *nützliches Objekt* betrachteten. Bis jetzt hatte sie die Augen davor verschlossen, damit sie es nicht fühlen musste.In diesem Punkt standen Œufcoque und der Doc ganz knapp an der Grenze. Wann würden sie anfangen, Balot als *Objekt* zu behandeln? Als sie an diesen unvermeidlichen Moment dachte, bekam sie so viel Angst davor, dass sie sich am liebsten sofort von ihnen getrennt hätte.

›*Fühle ich mich plötzlich so, weil ich eine Frau wie Bell Wing kennengelernt habe?*‹, fragte sie sich. Sie hatte noch nicht das Selbstvertrauen, um stets so kühl und würdevoll zu bleiben, selbst wenn die Kugel, die sie geworfen hatte, zerplatzen sollte.

Und sie hatte auch nicht Œufcoques Wärme, der sich wieder in ihre Hände begeben hatte, nachdem sie ihn so schrecklich missbraucht hatte.

Während sie in der Lobby ihre Riesenmenge an Chips umtauschte, ging ihr das so durch den Kopf. Der Doc unterbrach ihre Gedanken.

»Du machst auch so ein Gesicht.«

In diesem Moment wusste sie nicht, was er damit meinte, und sah zu ihm hoch.

»Dein Gesicht, als du gegen die Croupière gekämpft hast.«

#Was meinst du damit?#

Fragte sie misstrauisch, als hätte sie etwas Verdächtiges gerochen.

»Ein messerscharfes, erschreckendes Gesicht. Ich dachte, du brauchst uns gar nicht mehr. Es war doch richtig, dich herzubringen«, sagte er und gab ihr den Korb mit ihren 10.000-Dollar-Chips.

Sie verstand nicht, worauf er hinauswollte. Der Doc ging mit geschmeidigen Schritten aus der Lobby zur Bar. Unterwegs sah er bei einem Spiel zu und pfiff anerkennend bei einem anderen Spiel. Er sah wie ein hedonistischer Spielsüchtiger aus. Allerdings war ihr nicht ganz klar, ob das zur Show gehörte oder ob er eben so war.

Nur einen Moment danach setzte sie sich in ein Separee mit schwarzen Trennwänden. Es war einer der wenigen Tische, an dem man inmitten der ganzen Menschen, die hin und her gingen, sitzen konnte, ohne zu spielen.

»Was möchtest du trinken?«, fragte er.

Balot zeigte auf die Speisekarte.

Der Doc gab die Bestellung per Mikrofon auf. Als er damit fertig war, fragte Balot ihn sofort: #Ein erschreckendes Gesicht?#

»Hm?«

#Mein Gesicht. Beim Roulette?#

»Hm, wie sag ich das …«

»Du hast dabei etwas gesehen, das nur du sehen konntest«, mischte Œufcoque sich ein.

#Ich weiß nicht, was du meinst.#

»Der Doc hat vermutlich Angst davor, dass in dir Fähigkeiten erwachen, mit denen du deinen Fall ganz allein lösen kannst, und dann brauchst du uns nicht mehr.«

Doc Easter hob im Scherz seine Schultern, als wollte er sagen: Vielleicht wäre das sogar besser?

Die Kellnerin kam mit einem Tablett und zwei Gläsern. Er zwinkerte ihr zu und gab ihr ein Trinkgeld. Ganz so, als spiele er oft und wäre das alles gewohnt. Die Kellnerin steckte den Chip zwischen ihre Brüste, und ihre Hüften schaukelten wieder davon.

Balot starrte ihr hinterher.

#Ich wüsste doch gar nicht, was ich ohne euch machen sollte.#

Sagte sie ganz ehrlich.

Damit wollte sie den beiden aber gar nicht schmeicheln.

Während der Doc sein Glas in die Hand nahm, lächelte er.

»Nun, wenn das nicht so wäre, wären wir als Scramble-09-Zuständige auch völlig nutzlos. Dann würde uns schon morgen Abschaffung und Gefängnis drohen.«

#Und wenn das so ist, warum meinst du dann, dass ich euch nicht mehr brauche?#

»Du hast jederzeit das Recht dazu. Du kannst uns jederzeit

kündigen und andere Rechtsverdreher engagieren. Du musst nur kurz im Broiler House Bescheid sagen. Deine Kriegskasse für diesen Fall hast du dir ja gerade aus eigener Kraft verdient.«

#Muss ich über so was nachdenken?#

»Hast du noch nie darüber nachgedacht?«

Balot runzelte die Stirn. Warum fingen der Doc und Œufcoque plötzlich damit an? Warum sagten sie etwas, das so verschieden war von dem, was sie sonst sagten? Sie verstand das nicht. Sie fühlte sich, als ob ihr die beiden schon im nächsten Moment mitteilen würden, dass sie sich von ihr verabschieden wollten.

#Warum?#

»Nun ja, meinen Prinzipien zufolge müssen wir ständig an dich appellieren, dass wir überlegen sind, so herausragend, dass du nicht mal im Traum auf diese Idee kommst.«

Balot nickte. Genau das hatten Doc Easter und Œufcoque die ganze Zeit getan.

»Du bist die Betroffene dieses Falles.«

Sie nickte wieder.

»Du hast uns angestellt, du klagst gegen den Schaden, den du erlitten hast, und dafür kämpfst du.«

Sie nickte ein drittes Mal.

»Und jetzt hast du eine Position eingenommen, in der du den Fall selbst lösen könntest.«

Dieses Mal nickte sie nicht sofort.

Macht er das jetzt, weil ich beim Roulette gewonnen habe? Oder habe ich den Doc und Œufcoque irgendwie verärgert, ohne es zu merken?

Plötzlich fühlte sie sich sehr allein.

Jeder Ausdruck verschwand aus ihrem Gesicht, ihr Blick verschwand hinter einer Schale aus Apathie, doch sie sah den Doc immer noch an.

»Was der Doc dir eigentlich sagen will, ist: Du hast deine Kraft erkannt«, sagte Œufcoque.

Sie zuckte unwillkürlich zusammen und umklammerte die Handschuhe an ihren Händen.

»Er war nicht in der Nähe und hat nicht gesehen, wie du im Versteck mit den Waffen gekämpft hast. Er hat deine Fähigkeiten zum ersten Mal beobachtet und fühlt sich dafür als Techniker verantwortlich.«

#Verantwortlich?#

»Wenn du deine Kraft in böser Absicht für persönliche Zwecke einsetzt, dann muss der Doc deine Fähigkeiten einfrieren und dich von da an als wichtige Unterstützerin für die Lösung des Falles entfernen.«

Als sie das hörte, spürte sie, wie sich etwas Kaltes um ihren Hals legte. Wirklich kalt. Es fühlte sich an, als ob Œufcoque sie jetzt das erste Mal wegen des Missbrauchs ihrer Kraft und wegen des Missbrauchs an ihm anklagen wollte.

Schweigend starrte sie auf ihre Hände – und auf Œufcoque, der darin lag.

»Du entwickelst dich weiter«, fügte er hinzu. Als nähme er Balots schlechtes Gewissen sanft auf sich.

»Du wirst deine Fähigkeiten erkennen, schneller als der Doc oder ich, und du wirst herausfinden, was du damit anfangen kannst. Es wird Dinge geben, die wir nicht machen können, du aber schon. Und letzten Endes machen wir uns um nichts anderes Sorgen als um deine *verbrannte Asche*.«

#Verbrannte Asche?#

»Unser Plan in diesem Casino tritt jetzt in die letzte Phase ein«, erklärte Œufcoque mit einem gewissen feierlichen Pathos in der Stimme.

»Der Doc und ich, wir machen das Beste aus dem, was wir

können. Und du musst einfach etwas tun, was du bisher nicht tun konntest.«

»Ach was, du schaffst das ganz bestimmt.« Doc Easter grinste.

Balot sah von ihren Händen auf.

»Das Problem ist doch nur, in welche Richtung deine Zehen zeigen, wenn du den ersten Schritt machst. Wohin du in dem Moment gehst, mit den neuen Fähigkeiten, mit denen du Dinge machen kannst, die du vorher nicht konntest.«

#Und das ist die *verbrannte Asche?* Meine eigene?#

»Die menschliche Psyche ist eben so gemacht. Auch wenn wir Beweise finden, die ausreichen, um Shell zu verhaften. Es führt zu nichts, wenn du selbst mit beiden Beinen noch in diesem Fall voller kalter Asche steckst und dich weiter mit dem Fall befasst.«

Sie runzelte wieder die Stirn. Sie fühlte sich nicht schlecht dabei, überhaupt nicht. Irgendwie tat es ihr für die beiden leid. Weil aus der Angst, wie ein Objekt behandelt zu werden, die Angst geworden war, sich von ihnen trennen zu müssen. Hatte nicht nur ihr schlechtes Gewissen sie auf diese Gedanken gebracht?

#Warum seid ihr plötzlich wieder so nett? Geht doch nur mich was an.#

»Also, nun …«

#An mir ist doch sicherlich viel Asche.#

Erklärte sie. Wesentlich heftiger, als sie es gewollt hatte.

#Ich werde nicht mehr anhalten, wenn ich einmal losgelaufen bin. Ich will euch aber wirklich keinen Ärger machen. Soll ich jetzt besser aufhören?#

»Was willst du erreichen? Was ist dein Ziel?«, entgegnete der Doc. Statt einer Antwort eine Frage.

Balot dachte nach, während sie den Zimtwirbeln in ihrem Saft zusah. Ihr Ziel, das war einfach. Aber was bedeutete es schon? Ob es überhaupt eine richtige Antwort gab?

#Ich habe es Tweedledee und so gesagt.#

Sagte Balot und sah von ihrem Glas hoch.

#Und Professor Faceman. Als ich das Paradies verlassen habe. Ich muss meinen Fall lösen. Das fühle ich. Weil ich sonst nirgendwo bleiben kann, wenn ich es nicht schaffe. Aus diesem Grund will ich Shells Vergangenheit …#

Als sie da angekommen war, kam die Kälte zurück.

Diesmal nicht nur in ihrem Hals, sondern in ihrem Bauch. Dieses Mal fühlte es sich ähnlich an wie der Wunsch, zu töten. Und sie hatte es gemerkt. Oder vielleicht haben der Doc und Œufcoque sie dazu gebracht, es zu merken.

»Wenn du deine Fähigkeiten einsetzt, um dein Ziel zu erreichen, dann ist es möglich, dass gleichzeitig jemand anders dabei draufgeht«, erklärte Œufcoque ruhig.

»Seine fundamentalen Menschenrechte und sein Vermögen werden eingefroren. Das Gefängnis wird ihn eine Menge Zeit kosten. Mehr als nur ein- oder zweimal haben sich Menschen, die wir ins Gefängnis gebracht haben, dort das Leben genommen. Natürlich gab es auch ein paar ganz Harte, die unzählige Male wieder rauskamen und ihre Verbrechen ganz ähnlich wiederholten. Aber alle haben wegen uns außer ihrem Leben etwas Wichtiges verloren.

Ich kann da nicht einfach sagen, dass das eben der Lohn ihrer verbrannten Asche ist. Denn da ist jetzt auch die Asche von mir und dem Doc. Wir haben uns aus freien Stücken für diesen Weg entschieden. Es gibt darum vieles, was wir tun können, aber auch einiges, was wir nicht mehr tun können.«

#Ich soll also hart und grausam werden? Um so mein Ziel zu erreichen?#

»Richtig. Du musst deine eigene Grausamkeit erkennen. Genau wie Bell Wing von sich sagen konnte, dass sie verschlagen sei. Wenn du das nicht kannst, dann ist es vielleicht besser, wenn du als Verbrecherin gegen das Bundesgesetz verurteilt wirst.«

»Hey, hey, Œufcoque. So viel wollte ich ihr gar nicht aufbürden …«

»In ihrem Alter hat meine Art schon sieben Generationen gewechselt. Sie ist alt genug.«

Dem Doc stand überrascht der Mund weit offen.

»Hör mal zu, der Mensch entwickelt sich von allen Säugetieren am langsamsten. Anders als du ist sie nicht seit ihrer Geburt erwachsen. Wir sollten sie nicht so weit …«

#Aber das ist das Spiel, für das Shell sich entschieden hat.#

Unterbrach Balot ihn.

#Also ist die Frage, ob ich mich auch für dieses Spiel entscheide. Außerdem denke ich, dass es auch gar kein anderes Spiel mehr gibt. Selbst wenn mir jetzt irgendjemand sagen würde, dass alle glücklich würden, wenn ich heute sofort mit dem Spiel aufhörte, ich könnte ihn trotzdem nicht einfach so weitermachen lassen.#

In dem Moment, nachdem sie das erklärt hatte, wurde ihr plötzlich klar, wie klein und unbedeutend ihre Existenz eigentlich war.

Das Selbstbewusstsein eines Individuums mit nur begrenzter Macht, könnte man sagen.

Ach so, flüsterte die ehrliche Stimme in ihrem Herzen. Die Macht, die sie bekommen hatte, war so weit davon entfernt, allmächtig zu sein. Es war nichts anderes als eine Krücke, um dem nahezukommen. Es fiel ihr gar nicht schwer, das zu verstehen. Es war, als wäre ihr endlich nach der ganzen Zeit etwas vollkommen Selbstverständliches bewusst geworden.

#Ich möchte wenigstens so weit gehen, wie ich mit den ganzen Chips komme.#

Und darum konnte sie ihnen das ohne eine Spur von Überheblichkeit sagen.

»Hervorragend«, sagte der Doc und sah auf Balots Hände.

»Ist das nicht ganz hervorragend für unsere Arbeit, was, Œufcoque? Balot geht, um ihren eigenen Wert herauszufordern.« Und dann sagte er etwas, das Balot nicht verstand.

»Du könntest ruhig etwas ehrlicher und unkomplizierter werden. Meiner Erfahrung nach.«

»Meiner Meinung nach bin ich das.« Œufcoque klang ein wenig verstimmt.

»Gut! Jetzt kann uns nichts mehr aufhalten«, sagte der Doc und sah Balot an.

»Wir müssen gewinnen, unbedingt.«

Sie nickte. Sie war den beiden so dankbar, dass ihr Herz davon überlief.

Sie wollte dieses Gefühl für immer behalten. Das war das Beste, was sie gewinnen konnte.

3

Bereits in dem Moment, als der aggressive Mann aufgetaucht war, hatte der Manager jede Kraft und jeden Hauch des Willens, sich ihm zu widersetzen, verloren.

Natürlich hatte er seine Bodyguards, und natürlich war die Schrotflinte unter der Rezeption mit großkalibrigen Patronen gefüllt. Aber irgendetwas sagte ihm, dass gegen diesen Mann nichts etwas nutzen würde. Und ihm war auch klar, dass er selbst bei offiziellen Stellen mit der Macht des Gerichts, bei Verhandlungen und mit Beweisen gegen ihn keine Chance haben würde.

»Ich bin Dimsdale Boiled. Zuständiger eines beauftragten Falles.« Der Manager hatte bereits vollkommen kapituliert, noch bevor er ihm seine Lizenz gezeigt hatte. Boiled, der einfach nur dastand, schien Druckwellen auszusenden.

»Ich habe mich bereits beim Taxibetrieb erkundigt. Diese Personen sind hier angekommen«, sagte er und seine riesige Hand legte ein Foto auf den Tisch, von einem Mann und einem Mädchen.

Aber natürlich erinnerte sich der Manager an sie. Und er hatte auch überhaupt nicht vor, das zu verheimlichen. Allerdings wusste er nicht, wann der Mann und das Mädchen von dem Foto ihre Zimmer verlassen hatten. Schließlich hätte er nicht damit gerechnet, dass ein Mann und ein Mädchen, die gerade erst mit einem Benzintaxi vom Flughafen angekommen waren, sich komplett umziehen und dann mit einer Limousine davonfahren würden.

Er war ohne jeden Zweifel fest davon überzeugt, dass sie noch in ihrem Zimmer waren, und tatsächlich hing auch an beiden Türen ein Schild, dass sie nicht gestört werden wollten.

»Ich will die Zimmer sehen«, verlangte Boiled.

Der Manager schwor mit jeder Faser seines Körpers, die Verantwortung dafür tragen zu wollen, dass Boiled die Zimmer zu sehen bekomme.

Als Erstes sah sich Boiled das Zimmer an, das Doc Easter reserviert hatte. Niemand war da. Während Boiled das Zimmer durchsuchte, stand der Manager auf dem Flur und zitterte.

Boiled öffnete die Koffer, die hiergeblieben waren, ohne darüber groß nachzudenken, und wühlte darin herum. Der Doc hatte die Koffer anscheinend vorbereitet. Er fand ein Busticket und einen Stadtplan.

Auf dem Stadtplan waren ganz demonstrativ mehrere Orte mit einem roten Kreuz markiert.

Shells Wohnung, das Hotel, in dem *sie* war, war rot angekreuzt.

Boiled warf die Karten weg, ausdruckslos.

Danach ging er in das Zimmer, in dem eigentlich Balot sein sollte. Auch hier war selbstverständlich niemand.

Nur wenig Gepäck, die Kleidung, die hier zurückgelassen war, wirkte mehr oder weniger nur symbolisch. Hier lag ebenfalls ein Stadtplan, genauso wie nebenan, auf dem viele rote Kreuze waren. Boiled warf nur einen flüchtigen Blick darauf.

Dann klingelte plötzlich sein Handy. Er nahm ab. Shell.

[Ich habe deine Nachtmail gelesen. Ein wirklich unheimlicher Bericht. Was soll das heißen, sie sind in 15.000 Meter Höhe über das Meer geflüchtet? Willst du mich verarschen?]

»In einer militärischen schwebenden Wohneinheit. Diese Dinger werden von einer Hülle aus extrem dichtem Leichtmetall und dem Gesetz beschützt«, sagte Boiled sehr langsam. »Im Augenblick halte ich es für wahrscheinlich, dass sie gelandet sind. Ich suche nach ihnen. Sie waren im Broiler House, dann sind sie in ein Motel. Ich bin gerade in diesem Motel.«

[Und? Sind sie da? Kommen sie bald wieder?]

»Sie sind in der Tat *nicht* da. Hier liegen nur ein paar Kleider und Stadtpläne.«

»Stadtpläne?«

»Dein Zuhause und das Hotel, in dem *die Tochter deines Vertragspartners* wohnt, sind auch markiert.«

[Was?!]

Boiled stoppte Shell, der sich auf der anderen Seite des Hörers schon gegen einen Überfall rüsten wollte.

»Das ist doch nur ein Bluff. Wenn sie es wirklich auf dein Zuhause abgesehen hätten, dann hätten sie hier bestimmt keine Karten liegen lassen.«

[Boiled, das ist ein Albtraum. Und das meine ich nicht metaphorisch. Das ist wirklich ein Albtraum. Jede Nacht, jede Nacht sehe ich den Schatten dieses Mädchens in meinen Träumen. Ich werde von einem Mädchen angegriffen, an das ich mich überhaupt nicht erinnern kann. Sie bedroht mich, die ganze Zeit.]

»Ich werde schon bald herausfinden, was sie wollen.« Shell lachte wegen Boileds Tonfall, der sich nie veränderte. Er klang erleichtert.

[Du weißt, es gehört zu meinem Plan, dass der Vater der Tochter gleich im Casino spielen wird.]

»Ja.«

[Vor diesen Leuten darf ich nie so aussehen, als *mache ich mir Sorgen* wegen der Rechtsverdreher oder dem Mädchen, das eigentlich schon lange tot sein sollte. Das sind sehr aufmerksame Gegner. Darum bin ich jetzt sozusagen vollkommen hilflos. Selbst wenn sie mich jetzt angreifen, ich kann mich gar nicht verteidigen. Ich muss ihnen zeigen, dass dieser Fall mir nichts bedeutet. Stimmt doch, oder?]

»Ja.«

Aus dem Augenwinkel hatte Boiled plötzlich etwas entdeckt: eine kleine, viereckige Karte. Er griff nach der Karte, die auf dem Bett lag.

[Ich hab dir gesagt, dass ich das alles dir überlasse. Das Mädchen und den Rechtsverdreher. Und dass jedes Mittel recht ist, um sie fertigzumachen.]

»Ich weiß. Dazu muss ich aber erst mal herausfinden, was sie vorhaben. Für den Notfall muss ich auch wissen, was der Schlüssel deiner Verhandlun...«

[Vergiss es, Boiled. Kapierst du nicht, dass ich mich gar nicht darüber äußern darf? Noch nicht mal zufällig? Was passiert dann wohl, wenn die October Company dich nicht mehr als meinen exklusiven Auftragnehmer sieht, sondern dich zum Berater der Firma macht? Mein ganzer Deal würde durch deinen Mund an die Firma gehen. Diese Leute sind wirklich, wirklich sehr aufmerksam.]

»Aber ich bin zur Vertraulichkeit verpflich...«

[Scheiß drauf, Boiled. Deine Verpflichtungen helfen mir hier nicht weiter. Das ist meine Verhandlung, mein Deal. Wenn ich alles allein mache, kann ich gewinnen. Kannst du selbst in deinem Hirn herumoperieren? Kannst du das, was in deinem Hirn steckt, auseinandernehmen und für die Verhandlung nutzen?]

Boiled sagte nichts dazu und schwieg noch eine Weile, während er sich das ansah, was er gerade in die Hand genommen hatte.

Eine rechteckige Karte. Auf der Rückseite war ein Zeichen, es sah aus wie ein detaillierter Plan. Auf der Vorderseite waren Tabellen und Zahlenreihen.

[Wie auch immer – du tust, was du zu tun hast. Und zwar schnell. Verstanden?]

»Verstanden.« Er legte auf.

Boiled steckte das Handy zurück in seine Innentasche. Mittlerweile war sein Interesse an den Zimmern erloschen und er ging zurück auf den Flur.

Der Manager atmete erleichtert auf, als er Boiled beobachtete, denn er dachte, die Angelegenheit wäre damit beendet.

»Was ist das?«, fragte er ihn allerdings plötzlich. Hastig nahm er die Karte an, die Boiled ihm ins Gesicht hielt.

»Ich ... Ich weiß nicht ...«

Er neigte den Kopf fragend zu Seite und wich Boileds kaltem Blick aus.

»Ich frage die an... anderen Mitarbeiter.«

Während er sich bemühte, nicht panisch zu werden, ging er zurück zur Rezeption. In dieser Zeit rief Boiled bei den wichtigsten Taxidiensten und Limousinenservices an, um Informationen zu sammeln, welche Fahrzeuge zu diesem Motel gefahren waren.

»Jetzt weiß ich es. Es ist eine Cheating Card. Einer meiner Mitarbeiter geht gern zu solchen Amüsements in ein Casino.« Damit nahm Boiled dem Manager die Karte wieder weg, als dieser ihm das gesagt hatte.

»Eine Cheating Card?«

»Mit den Gewinnquoten beim Kartenspiel. Ich selbst habe da gar keine ...«

»Die Nummern der Zahlen«, murmelte Boiled undeutlich. »Vielen Dank für die Kooperation.« Er bedankte sich absolut emotionslos beim Manager, verließ das Motel und stieg wieder ins Auto.

»... Spiel.«

Er klang sehr ernst, fast feierlich. Er sah sich die Karte noch eine Weile lang an, dann steckte er sie in seine Tasche und startete den Wagen. Hinter seinen kalten grauen Augen hatte er plötzlich eine Eingebung. Er fuhr den Wagen Richtung Uptown Mardock City.

Während er durch die Stadt raste, gingen ihm die Worte des Gespräches mit Faceman im Paradies nicht mehr aus dem Kopf. Gewalt, Neugier, der Wert eines Lebens – wie ein Echo hallten sie in seinem Kopf und in den Tiefen seiner Ohren hin und her, bis sie schließlich verschwanden.

Wann war es eigentlich geschehen, dass er alle Gefühle, die mit dem Leben zusammenhingen, verloren hatte? Seit er zum Militär gegangen war?

Oder seit er Elitesoldat geworden war und bei der Luftwaffe stationiert wurde?

Gefühl oder nicht, das prägende Ereignis, das alles verändern würde, fand kurz nach seinem Eintritt in die Elite-Luftwaffendivision statt.

Während eines Bombenflugs, der ein entscheidender Schlag im Krieg gegen den Feind auf dem Kontinent werden sollte, machte Boiled ganz im Gegenteil einen entscheidenden Fehler, von dem er sich nie wieder ganz erholen sollte. Boiled versuchte, sich an diesen Moment zu erinnern. Wie es sich damals angefühlt hatte.

Wie es sich angefühlt hatte, in dem Moment, als er fünfhundert Kilo Hochleistungssprengstoff direkt über seinen Freunden abwarf.

Es war so offensichtlich, dass er die Bomben falsch abgeworfen hatte. Die Körper der Verbündeten, seiner Freunde, verdampften in einer einzigen Sekunde.

Danach hatte das Militär Boiled vor den Medien beschützt, die ihn wegen des falschen Bombenabwurfs angriffen.

Aber dabei wurde aufgedeckt, dass viele der kompetenten Piloten der Luftwaffe ein ernst zu nehmendes Drogenproblem hatten. Es kam zu einem mittleren Skandal.

In gewissen Kreisen war das allerdings längst eine allgemein bekannte Tatsache. Bei den hochrangigen Militärs gehörte es zum Allgemeinwissen, dass es diese Tradition der »Medikamente« seit mehr als 50 Jahren gab.

Boiled hatte tatsächlich das Medikament eingenommen, bevor er die Falschen bombardiert hatte.

Dextroamphetamine – auch bekannt als Amphetamine oder Dexedrine.

Das Mittel stimulierte das zentrale Nervensystem, der Anwender vergisst seine Müdigkeit, die Aufmerksamkeit wird geschärft, die Reaktionsgeschwindigkeit steigt. Ein Medikament, das ohne Frage auch oft in Therapien eingesetzt wurde. Die Medien hatten es weder Amphetamine noch Dexedrine genannt, sie hatten allgemeinere Namen dafür. Speed. Aufputschmittel. Drogen halt.

Bei nächtlichen Bombenflugeinsätzen und so weiter, wenn hohe Konzentration erzwungen werden musste, war es nichts anderes als eine Vorschrift, die man zu befolgen hatte.

Das Mittel beschleunigte das Gehirn, es förderte den Metabolismus, verjagte Angst und Schmerz …

(Schlaf)

… und führte dazu, dass Boiled Verbündete tötete.

(Zwölf Stunden, nein, sechs Stunden Schlaf würden mir schon reichen, dann könnte ich wieder …)

Damals hatte Boiled an den Kommandanten appelliert, er war erschöpft und hatte um eine Pause zwischen den Missionen gebeten. Der Befehl des Kommandanten war es gewesen, dass er ihn zum Militärarzt geschickt hatte, damit dieser ihm ein Medikament gab, das es ihm erleichtern würde, *seine Pflicht zu erfüllen*.

Boiled folgte dem Befehl.

Und warf fünfhundert Kilo Sprengstoff präzise aus einer Höhe von zehntausend Fuß ab. Er war überzeugt davon, dass die Lichtpunkte, die seine Freunde waren, der Feind waren. Nein. Alle Lichtpunkte waren für ihn damals nur der Feind. Acht Tote, vierzehn Verletzte – alle, die überlebt hatten, waren danach so schwer behindert, dass sie nicht mehr in der Lage waren, zu kämpfen, sondern auch den Alltag nicht mehr bewältigen konnten. Sie gehörten zu den Verbündeten, sie waren seine Freunde gewesen, im wahrsten Sinne des Wortes, Kameraden.

Einige von ihnen hatten mit Boiled seine Beförderung in die Elitetruppe gefeiert, als wäre es ihre Beförderung gewesen. Boiled hatte diese Mission angenommen, die den Krieg in eine vorteilhafte Richtung lenken sollte, aber das genaue Gegenteil erreicht.

Direkt nach dem Unfall kam Boiled in ein Camp, in dem sie alle *›kompetenten Soldaten mit möglicherweise fatalen Resultaten‹* aus allen Truppen versammelt hatten. Hier gab man ihm die Wahl.

Er konnte wählen, ob er Mitglied einer Forschungseinheit werden wollte, die an theoretischen Strategien im Weltall arbeitete. Man nannte sie P7, eine alberne Truppe, die Hypothesen über die Möglichkeiten eines Kampfes in hunderttausend Metern Höhe aufstellte.

Eine Zeit lang war er dazu bereit, aus dem Militärdienst entlassen zu werden. Aber er glaubte nicht daran, dass er wieder ein normales Leben nach der Armee führen könnte. Nach der

Entlassung wartete nur die Einsamkeit auf ihn, und die tiefe psychische Wunde, weil er durch einen Bombenabwurf seine Freunde getötet hatte.

Die Amphetamine hatten in dieser Zeit bereits seinen Körper in einem entsetzlichen Tempo zerfressen. Und Boiled wusste mit schrecklicher Gewissheit nur zu genau, was mit solchen Soldaten geschah.

Ungewöhnlich starke Aggressionen, Schlaflosigkeit, akustische Halluzinationen warteten auf den Süchtigen, bei dem die Behandlung nicht mehr anschlug.

Paranoia und aggressive Wahnvorstellungen.

Danach ein sinnloser Tod.

Bevor er seinen neuen Posten antrat, musste er ein Formular unterschreiben, dass er sich freiwillig gemeldet hatte. Dann kam er ins *Paradies*. Um seinen Fehler auszulöschen, dass er seine Freunde bombardiert hatte, und wieder zu einem normalen, aufrichtigen Soldaten zu werden.

Er wurde dort seine Amphetamin-Abhängigkeit auch wirklich los.

Während er weiter auf das Gaspedal trat, versuchte er, sich daran zu erinnern, was damals geschehen war. Wie es war, als er das letzte Mal geschlafen hatte. Wie es war, als er ein letztes Mal gebetet hatte, Gott möge seinen Kameraden, die er getötet hatte, den ewigen Frieden schenken. Als er das letzte Mal glaubte, das Leben hätte irgendeinen Wert. Er versuchte, sich daran zu erinnern.

Seine rechte Hand, die das Lenkrad hielt, erinnerte sich plötzlich an etwas, das sie mal gehalten hatte.

(Ist noch in der Probephase.)

Er erinnerte sich, wie es war, *ihn* das erste Mal in der Hand zu halten. Er hatte ihn kennengelernt, kurz nachdem er ins

Paradies gekommen war, er hatte ihn durch einen Zufall entdeckt. Und seitdem hatte *er* ihn so behandelt, als wäre er sein einziger vertrauter Freund.

Er war warm.

In seinen Handflächen lag etwas Weiches, Warmes. Und

(So … ka…lt)

Der goldene Mäuserich stammelte die Worte unsicher.

Boiled hatte sich erschreckt und die Maus schnell mit beiden Händen umhüllt.

Er konnte fühlen, wie die Maus ihren winzigen Körper in seine Hände schmiegte.

Die Wärme seiner Hände und die Wärme der Maus verschmolzen in dem kleinen Raum seiner Hände miteinander.

Nie hätte er gedacht, dass er dieses Gefühl jemals erfahren würde.

(So … warm.) Kurz darauf streckte der Mäuserich seinen Kopf zwischen den Fingern durch und sah sich Boiled ganz genau an.

(Vie…len … Dank.)

Ein sprechendes Nagetier, wie aus einer Kindersendung im Fernsehen. Und Boiled fühlte sich wirklich so, als wäre er wieder ein kleiner Junge. Das Schlachtfeld verblasste, die Wärme kroch über die Handflächen bis in sein Herz.

(Wer? Wer … bist … du?) hatte der Mäuserich mit klarer Stimme gefragt. Heute konnte er kaum glauben, wie kindlich er einmal geklungen hatte.

Dimsdale Boiled, hatte er geantwortet. Der Name eines Soldaten, eines Sohnes reicher und stolzer Eltern, typisch für ihre Generation im Krieg. Nach dem Tod seiner Eltern nahm der Kommandant ihre Rolle ein. Alle Kinder dort liebten und hassten den Kommandanten, dessen Motto eine spartanische Erziehung mit geringen physischen Kontakten war. Irgendwie hatte er damals gedacht, dass er auch einmal ein solcher Kommandant werden würde.

Und dann hatte er alles verloren, seine Existenz als Soldat stand kurz vor dem Ende und er wurde ins Paradies verbannt.

Da stand er dann ziemlich überrascht mit diesem kleinen Lebewesen in der Hand.

In der kleinen Wärme war etwas so Kostbares, wie er es noch nie zuvor gefühlt hatte. Dieses schwache, zitternde kleine Lebewesen, das er in jeder Sekunde zerdrücken könnte, bewegte Boiled mehr als alles, was er je in diesem Krieg gesehen hatte.

Ein Posten, auf den er sich freiwillig gemeldet hatte, um seinen Fehler wiedergutzumachen. Aber was hatte er eigentlich *wirklich* verloren? Die Antwort lag damals in seinen Händen.

(Wa…rum … was … tut dir weh?), fragte der Mäuserich mit seiner hellen Stimme. Zuerst verstand er nicht, was er gesagt hatte.

(Was … tut … dirweh?) Dann endlich verstand er, dass er fragte, was ihm wehtat.

Und er verstand, warum die Maus ihn das fragte.

»Nichts … mir tut nichts weh«, antwortete er, aber tief in seinem Innern war er erschüttert.

Die Maus hatte verstanden, wann ein Mensch weinte.

Boiled hatte geweint, damals. Er spürte das warme kleine Leben in seiner Hand und bat in seinem Herzen seine Kameraden um Vergebung. Und weinte.

Er bat darum, dass man ihm seine Verbrechen vergeben möge, aus diesem Sumpf, in dem er zu ertrinken drohte, rief er nach Hilfe, und er weinte.

In diesem Moment hatte er sich entschieden, seine Drogensucht zu besiegen.

Ich werde den Fehler wiedergutmachen, den Fehler meines Lebens.

Das ist meine wahre Pflicht.

Im Paradies erfüllte Boiled dann alle Aufträge, die er bekam.

Anders ausgedrückt: Es war Boiled gelungen, im Paradies zu überleben. Während viele der anderen Bewerber zu Krüppeln wurden, hielt er alles aus und machte sich diese Kraft zu Eigen.

Er konnte das, weil es Œufcoque gab. Œufcoques Intelligenz hatte sich rasend schnell entwickelt, seit Boiled ins Paradies gekommen war, und irgendwann war es so weit, dass sie auf einem Level miteinander sprechen konnten.

Einige Jahre vergingen im Paradies. Er überlebte weiterhin, und zusammen mit den Nachwirkungen der Drogen verschwand auch so vieles andere aus seinem Körper.

Bei manchem davon wusste man, was es war. Bei einigem wusste aber niemand, was es gewesen sein könnte.

Eines davon war der Schlaf. Der Schlaf, nach dem er sich als Soldat so sehr gesehnt, den er aber nie bekommen hatte. Boiled brauchte keinen Schlaf mehr.

Damals hatten sie es als neues Konzept eines Soldaten angepriesen, ein Soldat, der niemals schlief und immer einsatzbereit war, dank der Einnahme bestimmter Nährstoffe und einer Überarbeitung seines Gehirns und Metabolismus. Sie hatten das Ganze erfolgreich an Affen und Reptilien getestet, aber alle Versuche an Menschen schlugen fehl. Bis auf Boiled. Manche wurden behindert. Und die schlaflosen Affen und Reptilien zeigten alle eine bestimmte Tendenz. Ein Affe hatte unerwartet einen anderen Affen im Schlaf erwürgt. Nicht, weil er ihn unbedingt töten wollte. Der andere Affe hatte ihn gestört, er wollte sein Revier ausweiten und einfacher seinen Aktivitäten nachgehen.

Der Affe hatte seinen Artgenossen im Schlaf überfallen, weil er verstanden hatte, dass es so effektiver war.

Ein Mord, weit entfernt vom normalen Verhalten eines Affen. Der Affe hatte nicht versucht, sein Revier durch Abschreckung zu vergrößern. Er hatte seinen Artgenossen beseitigt, so wie man Müll wegwirft.

Der Zusammenhang zwischen diesem Verhalten und der Schlaflosigkeit war bis zum Schluss nicht deutlich geworden.

Es gab nur wenige Versuchsaffen, sie sahen alle normal aus. Aber sie hatten nie den Versuch gemacht, eine Gruppe zu bilden. Sie alle waren Einzelgänger, von der Welt abgeschnittene Individuen.

Die Affen beschwerten sich deswegen nicht, sie trauerten auch nicht darum, genauso wenig wie Boiled, in dessen Seele sich langsam etwas Obskures breitgemacht hatte. Man sah ihm keine Veränderung an, er war kerngesund.

Die Versuchstiere – Boiled und die Affen – waren immer in guter Verfassung, wenn sie nicht krank wurden.

Immer waren sie physisch und psychisch in guter Form. Dabei verlor das Leben langsam sein Auf und Ab.

(So … warm)

Das hatte damals seine Gefühle wiederbelebt, die Maus, die sich in seine Hand legte.

»Œufcoque …«, murmelte er und löste die rechte Hand vom Lenkrad, um seine Handfläche anzustarren.

Er konnte sich ganz klar daran erinnern, dass er den goldenen Mäuserich in seiner Hand gehalten hatte – aber an die Wärme, die er dabei immer gespürt hatte, konnte er sich nicht mehr erinnern.

Diese Wärme, die er ganz sicher gefühlt hatte, als er ihn das erste Mal in die Hand nahm, dieses Gefühl, das tief aus seinem

Herzen ausgebrochen war, das jetzt so leer und gleichgültig war wie der abgelegte Chitinpanzer eines Insekts.

Doch gerade weil er sich noch an die Hülle erinnern konnte, wurde ihm umso stärker bewusst, dass er den Inhalt verloren hatte.

»Es gibt keinen Grund, dich wieder in meine Hand zu bekommen …«, murmelte er und griff nach dem Lenkrad.

»Aber ich muss dich wiederhaben.«

Ich muss meinen Fehler auslöschen.

Alle Fehler seines Lebens, alle *Flashbacks* auslöschen.

Mit aller Kraft wollte er seine Vergangenheit zurück ins Nichts schicken.

Alles musste neu werden.

»Und wenn ich dich nicht zurückgewinnen kann, dann werde ich dich auslöschen … so wie etwas, das von Anfang an nicht existiert hat.«

Boiled fuhr schneller und schoss davon. Je weiter er fuhr, desto mehr verdichtete sich seine Ahnung, dass sein Ziel da sein würde, wo er hinfuhr, in eine absolute Überzeugung. Fast war es so, als wolle er nur etwas abholen, was er dort vergessen hatte.

Neugier – dieses Wort fiel ihm plötzlich wieder ein. Faceman hatte es im Paradies gesagt.

Neugier füllte die Leere in Boiled aus und wucherte in wenigen Sekunden in ihm.

Wie ein Hai, der Blut gerochen hatte und sich schnell auf sein Ziel zubewegt und durch das Meer schwimmt.

Geradeaus nach Uptown.

In Shells Casino.

4

»Es wird unsere Erfolgswahrscheinlichkeit maßgeblich beeinflussen, ob wir den feinen Unterschied zwischen Taktik und Strategie kennen«, sagte Doc Easter auf dem Weg in einen ganz bestimmten Bereich im Casino. Er sah dabei so aus, als würde er immer dort hingehen. Alles an ihm sagte, dass es etwas ganz Normales für ihn war, *da* hinzugehen.

»Taktik ist die jeweilige Wahl zu dem bestimmten Zeitpunkt«, dozierte der Doc mit erhobenem Zeigefinger.

»Deine erste Wahl ist *Stay*. Die Wahl, keine weiteren Karten zu ziehen.«

Dann streckte er den Mittelfinger dazu hoch.

»Als Nächstes: Hit. Eine weitere Karte ziehen.«

Er kontrollierte, ob Balot auch brav nickte, dann streckte er den Ringfinger hoch.

»Drittens. *Double Down*. Die nächste Karte ist die letzte Karte, der Wetteinsatz wird verdoppelt.«

Balot nickte. Sie hatten jetzt lange genug die Spielregeln gelernt. Dabei waren die Regeln auch ganz einfach. Allerdings erforderte das Spiel einige komplizierte Berechnungen.

Der Doc streckte den kleinen Finger hoch.

»Viertens: *Split*. Wenn die gleiche Zahl kommt, kannst du die Karten in zwei teilen und jede Hand individuell ausspielen, zahlst aber dafür den gleichen Einsatz wie am Anfang.«

#Ist schon okay. Ich hab's verstanden.#

»Eine gibt es noch.«

Der Doc hob den Daumen.

»*Surrender.* Manche Casinos haben diese Regel allerdings nicht. Nach den Hausregeln dieses Casinos ist es aber erlaubt. Du zahlst die Hälfte des Einsatzes vom Anfang und dann steigst du aus.«

#Wie ist es mit *Re-Split?*#

»Unbegrenzt. Du kannst splitten, sooft du willst.«

#Und nach dem Split *Double Down?* Ist das erlaubt?#

»Ist in diesem Casino erlaubt, ja. Und ob du das nicht alles perfekt beherrschst!« Er freute sich.

Balot zog ihre Augenbrauen scherzhaft zusammen.

#So weit hab ich's ja verstanden. Halt mich nicht für dumm.#

»Ach was, viel wichtiger ist es, die Basistaktik zu perfektionieren, statt die Basisstrategie anzuwenden. Und was ist der entscheidende Faktor bei der Anwendung dieser fünf Taktiken?«

#Ten Factor.#

Sagte Balot, wie als Antwort auf ein altes Rätsel.

»Ten ist das Beste, ohne Frage. Genau andersrum als beim Baccara. Und der zweite entscheidende taktische Faktor ist?«

#Gutes Blatt oder schlechtes Blatt.#

Sehr gut! Der Doc nickte. Wie ein Lehrer, der das Wissen seiner Schülerin haarklein abfragt.

»Und der entscheidende Faktor, um herauszufinden, ob eine bestimmte Karte vorhanden ist?«

#*Hard Hand* oder *Soft Hand.*#

»Der taktische Faktor für alle Blätter, um den Vorteil bei Croupier gegen Spieler zu berechnen, macht man mit …«

#… der Regel *Seven Up.*#

Wieder nickte er zufrieden. Wenn er die Hand so ans Kinn hielt, leicht die Schultern zuckte und mit leichten, eiligen Schritten über den Gang huschte, sah er wieder sehr wie ein Wissenschaftler aus.

In diesem Moment fiel es ihm vermutlich selbst auf, und er streckte mit viel Geduld seinen Rücken gerade durch und warf sich ein bisschen mehr in die Brust, wie ein erfahrener Spieler. Mit den Händen in den Taschen machte er ein übermütiges Gesicht, während er mit Balot auf dem Weg in den VIP-Room war.

»Unsere Strategie ist das Kumulieren von Taktiken, die zu unserem Ziel passen. Wenn unser Teamwork und unser Timing stimmen, können wir gar nicht verlieren. Und wir müssen gewinnen, ehe uns das Spiel zu viel Spaß macht.«

Er sah dabei sehr streng aus, dabei lächelte er vorbeikommende Gäste oder Dealer immer freundlich an.

Balot sah ebenfalls sehr gewissenhaft aus.

»Aber ein bisschen Spaß sollten wir schon haben, denke ich. Solche Gelegenheiten haben wir ja nicht oft«, meinte der Doc, als sie schließlich vor dem Eingang in den VIP-Room standen.

»Gut! Dann brechen wir in unsere neue Welt auf!«

Sobald sie den ersten Schritt gemacht hatte, wusste sie es. Es war eine ganz andere Atmosphäre.

Ein Raum für Menschen, die an Luxus *gewöhnt* waren.

Auf den tiefroten Teppichen leuchteten die Spieltische in frischem Grün. Dealer wie Statuen in Schwarz und Weiß verteilten die Karten. Hier und da zwischen den Tischen sah man die Floormanager, die so ruhig dastanden, als wären sie selbst ihr wertvollstes Inventar.

Wenn man sah, wie stilvoll die Hostessen hier posierten, dann wirkten die hübschen Bunny-Kellnerinnen von vorhin wirklich einfach nur billig und vulgär. Hier ging es nicht um Glitzer oder Glamour, sondern eher um die Position in der Gesellschaft, und um den Menschen, für die Glanz und Glamour zu ihrem Alltag gehört, einen Ort zu geben, an dem sie sich wohl fühlten und es sich bequem machen konnten.

Mit einem entschlossenen Wink wedelte der Doc den Floorguide davon, der sie begleiten wollte. Dann rieb er sich die Hände und sah dabei ganz so aus, als wäre er mit allem hier vertraut. Locker schlenderte er durch den weiten Raum.

Die Spieler hier sahen alle wie Autoritäten auf ihrem Gebiet aus. Unter ihnen war auch ein älteres Ehepaar, das im Spiel wohl die einzige Aufregung in ihrer Muße fand. Dann war da noch ein junger Mann, der eine ältere Dame begleitete.

»By the line! Der Gewinnanteil!« Diese Stimme klang ebenfalls würdevoll. Auch dieser Gewinner sah weder nach rechts noch nach links, er sah auch nie so aus, als gehöre sein Gewinn wirklich ihm. Er akzeptierte seine Chips ganz selbstverständlich und verwettete sie dann wieder mit gleichgültiger Miene.

Balot lief hinter dem Doc her und ging daran vorbei, als in einer Ecke hinten ein kleiner Aufruhr losbrach. Vor den Augen des Dealers, der höflich gratulierte, grinste ein Mann stolz zwei Karten an, die er gezogen hatte. Die anderen Männer und Frauen in seiner Nähe lächelten ebenfalls sehr erfreut, wie in dem alten Sprichwort, dass ein Juwel niemals verblasst, egal wie sehr es glänzt.

Auch der Doc musterte die Karten des Mannes im Auge des Sturms.

»Für diese Kombination aus Ass und 10 gibt es normalerweise nur eine anderthalbfache Gewinnquote«, sagte er in dem Moment, als der Mann Unmengen von Chips einsackte.

»Aber in diesem Casino gibt es eine elffache Gewinnausschüttung, wenn beide Karten dabei Pik sind.«

Balot sah auf den Tisch: Die Karten wurden, wie der Doc gesagt hatte, übereinandergelegt.

Auf das Pik Ass folgte der schwarze One Eyed Jack, so genannt, weil der Bube auf der Karte zur Seite blickt.

»Black Jack«, proklamierte der Doc, als mache er eine öffentliche Ankündigung.

Und so hieß das letzte Spiel, in dem Balot kämpfen musste. Ein anderer Name war Einundzwanzig, früher verschiedentlich auch Siebzehn und Vier genannt. Das Spiel begann mit zwei Karten. Die Spieler versuchten, die Summe von 21 zu erreichen, und wetteten mit dem Dealer um die Summe der Karten.

Hatte man mehr als 21, so hatte man verloren. Bilder hatten einen Wert von 10 Punkten, Asse entweder 1 oder 11 Punkte. Die Regeln an sich waren einfach, die Spiele aber oft überaus komplex.

Ihre Gründe, dieses Spiel für ihren letzten Showdown auszuwählen, waren offensichtlich.

Erstens hatten sie bei diesem Spiel die Chance, die Ein-Millionen-Dollar-Chips in die Hand zu bekommen. Das Spiel musste also im VIP-Room gespielt werden, das war eine Mindestvoraussetzung.

Zweitens ging es beim Baccara oder Poker hauptsächlich um die Kämpfe zwischen den Spielern. Dabei senkt man dann vielleicht die sogenannte House Edge, aber es ist schwierig, direkt an das Geld des Casinos heranzukommen. Es war wirklich sehr schwer, an die Millionen-Dollar-Chips heranzukommen, die auch das Statussymbol des Casinos waren.

Die Spiele, die Profi-Spieler sich bewusst aussuchten, hatten für Balot, Œufcoque und den Doc eine völlig andere Bedeutung. Beim Black Jack spielte es keine Rolle, ob man gegen einen anderen Spieler verlor. Es ging ausschließlich um ein echtes Spiel gegen das Casino. Und das Besondere an Black Jack war, dass der Hausvorteil ziemlich gering war.

Als House Edge bezeichnet man die Differenz zwischen der Wahrscheinlichkeit, dass der Spieler auf das Richtige setzt, und der *tatsächlichen Gewinnausschüttung*. Also der Prozentsatz, *den das Casino ganz sicher behalten würde*.

Beim Roulette war es zum Beispiel so, dass es darum ging, eine von 38 Zahlen zu erraten. Die Wahrscheinlichkeit ist also 37 : 1. Die maximale Ausschüttung beträgt aber tatsächlich nur das 35-Fache. Die Gewinnquote hat also nichts mit der realen Wahrscheinlichkeit zu tun, in diesem Fall bekommt das Casino exakt 5,26 Prozent.

Bei einem Einsatz von 1000 Dollar gehen also mindestens 52 Dollar und ein paar Zerquetschte ans Haus.

Einerseits geht der Hausvorteil beim Black Jack oft weit über fünf Prozent hinaus, wenn der Spieler ohne Plan immer weiter Karten zieht.

Andererseits – wenn man verschieden Strategien präzise einsetzt – kann man die House Edge bis auf 0,5 Prozent herunterfahren. Das ist das Besondere an diesem Spiel. Und es ist der Grund, warum Black Jack oft als Strategiespiel bezeichnet wird.

»Weder ein festes Minimum noch ein festes Maximum. Grenzenloser Einsatz, im wahrsten Sinne des Wortes«, verkündete der Doc und ging zielstrebig auf einen bestimmten Tisch zu.

»Beim Black Jack war in der Vergangenheit dieses Casinos die Wahrscheinlichkeit am größten, dass man als Spieler die Millionen-Dollar-Chips in die Finger bekommt. Wenn hier ein Turnier veranstaltet wird, dann zeigen sie immer gleich ein Dutzend Millionen-Dollar-Chips. Es soll auch schon vorgekommen sein, dass diese Chips wie Tennisbälle zwischen dem Dealer und Spieler hin und her gegangen sind. Am Ende hat aber immer das Casino gewonnen. Das zeigt, dass sie hier sehr aufmerksame und kompetente Croupiers haben.« Er hörte sich an, als wäre er selbst dabei gewesen. Seine Recherchen waren wirklich ziemlich gründlich. Balot hatte keine Ahnung, wie sie die House Edge selber ausrechnen konnte, aber sie glaubte, dass sie die Strategie des Docs so im Großen und Ganzen irgendwie verstanden hatte. Gut, dass Œufcoque bei ihr war und ihr half. Sie hielt es auch für wichtig, dass die Atmosphäre hier sie nicht überwältigte und verschluckte. Und es hing davon ab, ob sie die Grenzen des Spiels erfühlen konnte und keine Fehler machte.

Dann beugte sich der Doc vor und sah ihr direkt ins Gesicht.

»Taktik und Strategie – was ist die effektivste Kriegslist, die man daraus machen kann?« Er redete wie ein Soldat, der auf dem Weg in die Schlacht war und das Passwort von ihr wissen wollte.

Balot sah ihm in die blauen Augen.

#Hit and Run. Schießen und abhauen.#

Antwortete sie unmissverständlich.

#Der Spieler ist immer im Nachteil. Mit dieser Strategie können wir gegen den Stärkeren kämpfen.#

Sie ballte gleichzeitig beide Fäuste, um es so auch noch mal Œufcoque zu sagen.

Sie konnte fühlen, wie Handschuh-Œufcoque ihre Hände sanft umschloss. Der Doc und Œufcoque schienen sie beide so gut zu verstehen.

»Gut, dann gehen wir gewinnen! Und wenn wir gewonnen haben, hauen wir sofort ab«, sagte der Doc. Mit einem furchtlosen Grinsen kam er endlich an dem Tisch an, auf den er es abgesehen hatte.

»Das also ist unser Schlachtfeld«, sagte er so laut, dass ihn jeder in der Nähe gehört haben musste.

Es war ihr Zeichen für den Beginn des Kampfes – im wahrsten Sinne des Wortes.

Gerade wurde an diesem Tisch ein Spiel beendet.

Der Dealer fing eben wieder an, die Karten zu mischen, und warf dem Doc einen freundlichen Blick zu. Ein flüchtiges Lächeln huschte über sein Gesicht. Silberblondes Haar und klare blaue Augen. Mit einer anmutigen Geste bot er dem Doc einen Platz an und mischte weiter.

Ebenfalls schweigend nahm der Doc seine stumme Einladung an, legte eine Hand auf den mittleren der sieben freien Stühle und sprach die anderen Gäste das erste Mal an.

»Sie gestatten?«

»Aber gern. Mir war ohnehin gerade nach einer Veränderung«, antwortete eine ältere, voluminöse Dame. Breite Ringe schienen in ihre dicken Finger eingewachsen zu sein. Sogar ihre Wangen waren dick, ebenso ihr Hals, der mit Gold und Silber geschmückt war. Ihr Po auf dem nicht gerade winzigen Stuhl war etwa viermal dicker als Balots. Ihre großen Augen blinzelten ihn hinter einer silbernen Brille an und sie wiederholte die Einladung des Dealers.

Der Doc blieb weiter stehen und ließ seine Hand leicht auf der Rückenlehne ruhen.

»Ich hoffe doch sehr, dass wir Ihr Kartenglück nicht stören werden«, schnurrte er, ganz der liebenswürdige Newcomer in einem Spiel. Und er lächelte auch die anderen Spieler freundlich an.

»Aber das beruht doch wohl auf Gegenseitigkeit, nicht wahr?« Die dicke Dame legte ihren Arm auf den des alten Mannes neben ihr, eine routinierte, doch kokette Bewegung. Der alte Herr und die Dame gehörten also zusammen; er nickte dem Doc zu. Kein hübsches Paar. Nebeneinander sahen sie aus wie ein Strunk Staudensellerie neben einer dicken Futomaki-Sushirolle.

Der Mann neben dem alten Herren starrte wie hypnotisiert auf die Karten, die immer noch gemischt wurden, er wandte sich kurz ab und grüßte Balot und den Doc mit einem flüchtigen Blick. Wahrscheinlich hatte er nichts mit dem älteren Paar zu tun. Er trug einen prächtigen, tiefschwarzen Bart, und in einem Auge thronte ein affektiertes Monokel. Monsieur sah Doc Easter und Balot an, als wäge er bereits ab, wie sich die Karten – durch ihr Auftauchen beeinflusst – verändern würden.

Das waren die drei anderen Gäste. Alle saßen sie rechts von dem Stuhl, den der Doc sich ausgesucht hatte. Der Mann mit dem Monokel saß vorn am rechten Ende des halbrunden Tisches, auf dem Stuhl, den man First Base nannte und der zuerst die Karten bekommt. So gespannt, wie er dort auf die Karten wartete, sah man ihm schnell an, dass er zu den Typen gehört, die sich besonders für das Glücksspiel begeistern können. Das Glücksspiel – eine eigene Welt.

Der Doc hatte ihr gesagt, dass die Wahl des Platzes den Charakter des Spielers zeigt. Wenn sie sich die Gäste so ansah, dann schien er mal wieder recht gehabt zu haben.

Nach diesem Hin und Her setzte sich der Doc auf seinen Stuhl und vermittelte weiterhin einen guten Eindruck, Balot machte es ihm nach.

»So ein entzückendes Mädchen«, schwärmte die dicke Dame mit einem lebhaften und neugierigen Lächeln.

Balot senkte verschämt den Kopf, der Doc antwortete für sie.

»Heute habe ich von ihrem Vater den Auftrag bekommen, meine reizende Nichte in das Casino einzuführen.«

»In das Kartenspiel?«

»Ihr Vater und ich, wir sind beide der Meinung, dass man damit gar nicht früh genug anfangen kann. Ihre Mutter war eher dagegen, aber dann habe ich ihr Folgendes gesagt: Das Spiel zu lernen, das heißt, auch Geduld zu lernen.« Der Doc lächelte weise und bedeutungsschwer.

»Geduld«, flüsterte die dicke Dame, und ihr Lächeln wurde wärmer. Als wünschte sie, dass noch jemand dieses Wort sagte.

»Genau so ist es.« Sie ließ ihren gewaltigen Körper erbeben und streichelte die Schulter ihres alten Mannes.

»Und Gelassenheit.« Der alte Herr zuckte die Schultern und hob lachend seinen Zeigefinger.

Dann mischte sich auch der Mann mit dem Monokel ein.

»Und Intelligenz und Mut.« Er grinste, seine Stimme klang herb.

Ekliger als Zahnschmerzen, das war Balots ehrliche Meinung von dem Herrn. Der Doc fügte sich so schnell in die Atmosphäre des Tisches ein, als hätte er ein echtes Talent zum Lügen und Betrügen. Er versuchte auch, die Atmosphäre des Tisches so zu beeinflussen, wie es ihm gefiel. Vielleicht war er wirklich einmal so gewesen, als er noch ein berühmter Wissenschaftler war. Er kommunizierte in jede Richtung, dass sie dazugehören, zu dieser Art von Menschen, er gab Balot genug Zeit, um sich an alles zu gewöhnen, an ihr Debüt in dieser Gesellschaft. Und er übernahm es als Erster, die Langeweile während des Mischens ein wenig zu vertreiben, quasi als Gegenleistung.

Bis das Mischen beim Black Jack vorbei ist, kann es ziemlich langweilig werden, weil es sehr lange dauert.

In dieser Zeit steigen manche Spieler aus, weil sie ihren inneren Frieden wiederfinden möchten. Newcomer kommen an den Tisch, man bestellt etwas zu trinken, vertieft die Bekanntschaften. Gelegentlich bitten die Spieler den Croupier auch, ein paar Anekdoten aus dem Casino oder über vergangene Spiele zu erzählen. Oft hörten alle dann wahre Geschichten, die wie ein Traum klangen, dubiose Gerüchte oder die Dramen großer Niederlagen.

Der Doc sah so aus, als wüsste er ganz genau, was er mit dieser Spielpause machen muss.

»Danke, dass Sie uns alle gestattet haben, hier Platz zu nehmen«, sagte er und wandte sich an den Croupier.

»Dann freue ich mich auf das Spiel, Marlowe.«

Sofort sah der Dealer dem Doc direkt in die Augen. Der Blick, der sonst auf alle Plätze gerichtet war, richtete sich ausschließlich auf ihn und versuchte herauszufinden, was er vorhatte.

»Kennen wir uns?«, fragte der Dealer in ruhigem Tonfall. Seine Hände mischten unterdessen weiter die Karten. Hinter seinem ruhigen Gesichtsausdruck lauerte eine gewisse Vorsicht. Es gab zu viele Profis, die versuchten, die Schwächen der Dealer herauszufinden, um sie dann zu bestechen.

Sein Argwohn schien den Doc nicht weiter zu beunruhigen.

»Marlowe John Fever.« Er nannte ihn bei seinem vollen Namen, sehr überzeugt.

Der Dealer nickte. Die anderen Gäste starrten ihn an, als wären sie erst gerade eben darauf aufmerksam geworden, dass dieser Mann ja auch einen Namen hatte.

»Wir kennen uns nicht direkt, Marlowe. Ich kenne nur das Gerücht, dass du ziemlich berühmt bist. Eigentlich war das die Empfehlung ihres Vaters, mit dem ich auch gerne Poker spiele.« Er nickte kurz in Balots Richtung. Dann nannte ihm der Doc irgendeine Firma in Irgendwo, die Patente für Gentherapien hielt. Er klang so, als säße er da im Vorstand.

»Jeder sagt, dass dein Tisch der beste ist, wenn man eine entspannte Partie spielen will. Alle meinen, du machst angenehme Konversation und deine Augen sind so scharf, dass du kein Kartenzählen übersehen würdest.«

Monokel legte eine Hand an seinen Bart, offensichtlich sehr beeindruckt. Er hatte beim Wort Kartenzählen reagiert. Dabei hatte der Doc nichts weiter darüber gesagt.

»Heute wurde mir ja auch meine Lieblingsnichte anvertraut,

da möchte ich natürlich, dass sie an einem ehrlichen Spiel teilnimmt. Außerdem sieht man dich auch wirklich gern an, nicht wahr?«, fragte er und musterte erst Balot und dann die anderen, sie sollten ihm zustimmen, während er dem Dealer Komplimente machte.

Marlowe ließ so etwas allerdings kalt.

»Wenn Sie Fragen zu den Spielregeln haben, können Sie mich jederzeit fragen«, sagte der Dealer kühl zu Balot.

#Vielen Dank, das ist sehr nett.#

Erwiderte Balot.

Einen Moment lang sahen alle am Tisch bestürzt aus. Der Dealer blieb kühl und fragte: »Ihr Hals?«

»Ein *Verkehrsunfall*. Sie wird dich mit ihrer Aussprache nicht weiter stören.« Der Dealer nickte, und zum ersten Mal unterbrachen seine Hände das Mischen.

»Sie kennen also die Fingerzeichen?«

Anstelle einer Antwort hob Balot ihre linke Hand etwas hoch.

#Stay.#

Dann zeigte sie mit der Handfläche nach unten und schwenkte ihre Hand nach links und rechts.

#Hit.#

Als Nächstes klopfte sie mit dem Zeigefinger mehrmals auf den Tisch.

#Split.#

Mit beiden Zeigefingern zerteilte sie etwas schnell in zwei Hälften.

#Double Down.#

Und zuletzt machte sie eine Bewegung, als lege sie einen Chip in den quadratischen weißen Rahmen auf dem grünen Bezug des Tisches.

Der Dealer lächelte wieder freundlich. Sein Lächeln beruhigte auch die anderen Gäste. Wenn es nicht anders ging, dann reichten die Gesten für das Spiel. Balot war ihm dankbar, dass er nicht die Aufmerksamkeit auf ihre Behinderung gelenkt hatte. Seine Hilfe kam ganz selbstverständlich, doch trotzdem wurde sie den Eindruck nicht los, dass er so war. Wie der Doc es gesagt hatte.

Souverän begann er wieder, seine Karten zu mischen, als Œufcoque sich auf der Innenseite ihres linken Handschuhs meldete.

[Frag nach dem Kartenzählen. Bevor er fertig ist mit Mischen.]

Sie wandte ihren Blick vom Dealer ab, vielleicht ein wenig zu hastig. Dies sah sie als Beweis dafür an, dass sie hier etwas gestresst war, wenn der Croupier – den sie eigentlich schlagen sollte – sie beruhigte. Also riss sie sich zusammen und zupfte den Doc am Ärmel, so, dass alle in der Nähe es nur als freundliche Geste verstehen konnten.

#Onkel?#

Endlich hatte sie sich daran gewöhnt, ihn so zu nennen!

#Was ist denn Karten zählen?#

Fragte sie unschuldig.

Der Doc zog die Augenbrauen in die Höhe und gab sich große Mühe, schockiert auszusehen: »Wo hast du denn dieses abgeschmackte Wort gelernt?«

#Du hast das vorhin gesagt, Onkel.#

Der Doc sah auf, als wäre ihm da ein beachtlicher Fauxpas unterlaufen.

»Sag bloß nicht deinem Papa, dass du das von mir hast.«

#Okay. Ist das eine Spielregel?#

Seine Augen irrten herum, er suchte nach einer Erklärung.

»Kartenzählen, oder Counting, ist kurz gesagt das Auswendiglernen aller Karten, die bereits geöffnet sind. Wenn man weiß, welche Karten bereits wie oft aufgetreten sind, dann kann man leichter voraussagen, welche Karten als Nächstes noch kommen werden.«

#Cool, zeig mal!#

»Äh, also ...«, murmelte er.

Die dicke Dame neben ihm kicherte. Der alte Herr und das Monokel schienen ebenfalls amüsiert zu sein. Alle wussten Bescheid über das Kartenzählen. Sie wussten, dass es nicht nur ein Hilfsmittel war, sondern eine sichere Methode, um zu gewinnen – eine echte Bedrohung für das Casino.

»Kartenzählen ist nur etwas für abgeschmackte Profi-Spieler, die das Casino um Geld erleichtern wollen. Spiele sind dazu da, um den eigenen Mut und das Glück auf die Probe zu stellen. So ein Kartentrick ist das Allerletzte. Eine Methode nur für Menschen, die ihrem eigenen Glück nicht trauen, und somit nichts, womit du dich beschäftigen solltest«, erklärte er ihr hitzig und sah dabei sehr aufgebracht aus.

#Okay.#

Sie sah jetzt absichtlich ein bisschen gelangweilt aus. Der Doc hob wieder seinen Zeigefinger und wackelte damit von links nach rechts.

»Im Casino geht es darum, sich bei ausgewogenen Spielen zu amüsieren. Dass man nicht weiß, wie es ausgeht, macht es erst interessant«, versicherte er ihr.

Ausgewogen. Das war absolut unmöglich. Die Spielregeln waren nach Wahrscheinlichkeitsrechnung und Statistiken so kalibriert, dass das Casino immer im Vorteil war.

Balot nickte, als hätte sie das jetzt kapiert.

#Aber was ist denn so schlecht am Kartenzählen?#

»Profis stören nur die anderen Gäste. Spiele dienen nur der Unterhaltung. Abgesehen davon – wer kann schon alle Karten aus sechs Kartenpäckchen auswendig lernen? Dazu bräuchte man schon mehrere Leute.«

#Aber hast du nicht gesagt, Mathe wäre dein Fachgebiet?#

»Solange ich einen Taschenrechner dabeihabe, ja.«

Die anderen lachten wieder. Es war wie eine dieser Comedy-Serien im Fernsehen, nur eben hier im Casino, und live.

Es war der erste Akt. Die ganze Komödie diente nur als Vorsichtsmaßnahme gegen den Croupier und die anderen am Tisch. Es ging ihnen nicht um einen großen Sieg und nicht darum, den anderen Gästen ihre Chips wegzunehmen.

Die Vorsichtsmaßnahme diente nur dazu, ihnen zu garantieren, dass sie mit einer bestimmten Wahrscheinlichkeit immer wieder gewinnen würden. Genau davor hatte das Casino am meisten Angst – vor Gästen, die im gleichen Spiel mit der gleichen Wahrscheinlichkeit regelmäßig gewannen. So etwas erschütterte ein Casino mehr als ein Erdbeben, und es verursachte auch mehr Schaden.

Und das war der Tisch, den sie anvisiert hatten! Kein Wort war gefallen, das nicht einen bestimmten Zweck hatte.

Kurz darauf war der Dealer endlich mit dem Mischen fertig, die Comedy hatte die Langeweile während der Spielpause überbrückt.

»Bitte stechen Sie den Stapel«, sagte der Dealer und reichte Balot dazu eine rote, transparente Karte. Der letzte Schritt nach dem Mischen. Vermutlich hatte er Balot dazu ausgesucht, weil es am wahrscheinlichsten war, dass die anderen Spieler mit ihr einverstanden sein würden. Sie steckte die rote Karte etwa in die Mitte des Stapels.

Danach hob der Croupier die Karten erneut ab, sodass die rote Karte ungefähr über den letzten dreißig Karten von insgesamt 312 lag. Wenn die rote Karte im Spielverlauf auftauchte, wurde das Spiel nach dieser Runde beendet. Einerseits sollte das zeigen, dass wirklich ehrlich gemischt worden war, allerdings war es hauptsächlich eine der wichtigsten Gegenmaßnahmen gegen Kartenzähler. Wenn die letzten dreißig Karten nicht benutzt werden, kann man auch schlecht die anderen Karten vorhersehen, selbst wenn man alle Karten in seinem Gedächtnis perfekt abgespeichert hat.

Insgesamt 312 Karten. Alle wurden in den Kartenschuh eingelegt, dann wurde der Deckel geschlossen.

Der Dealer legte seine Hand auf die erste Karte und sah die Spieler an.

Die Spieler hatten längst aufgehört, zu reden. Nur die Chips klackten aufeinander, ansonsten herrschte Stille. Die Atmosphäre war aufgeladen und doch eigentümlich still.

Balot nahm auch einen Chip und legte ihn mit einem smarten Klacken auf den Tisch, entschlossen, diese Atmosphäre zu durchbrechen.

Das Spiel konnte beginnen.

Endlich!

Fortsetzung folgt …

Nachwort

Beauty and the Weapon/
Die Schöne und das Waffenarsenal

»I'm guided by the beauty of our weapons.«

– Leonard Cohen
(Aus »First We Take Manhattan«)

»Was in den Interpretationen und Nachworten steht, glaube ich sowieso nicht.«

Vielleicht gehören Sie ja nicht dazu, aber es gibt Menschen, die lesen immer zuerst das Nachwort.

Ausgerechnet diese Leser tendieren dann dazu, nicht glauben zu wollen, was da steht.

Ich persönlich bin nicht der Meinung, dass das eine gute Tendenz ist, aber es ist sicher auch nicht falsch. Eigentlich ist ein Nachwort nur eine große Lobhudelei.

Ich habe auch noch nie ein Nachwort gelesen, in dem Dinge standen wie »Dieses Buch war aber ganz schön langweilig«.

Nachdem wir das jetzt alle eingesehen haben, setze ich noch einen drauf und sage:

Diese Geschichte ist interessant. Und sehr gut.

Wenn Sie das Buch nur für halb so gut halten, soll mir das recht sein. Ich meine es aber völlig ernst und möchte dem entsprechend Ausdruck verleihen.

Jetzt können Sie natürlich denken: Ach, *interessant* kann doch so viel bedeuten. Meine Definition von *interessant* ist hier sehr einfach. Man kann nicht aufhören, man muss unbedingt die nächste Seite lesen. Dieser Roman ist einer der interessantesten, die ich in den letzten Jahren gelesen habe.

Und was ist daran so interessant? Das werde ich Ihnen gerne sagen, aber davor noch kurz etwas anderes.

»Alles, was Fans sagen, ist unglaubwürdig.«

Ich sage das nur der Fairness halber: Ich bin ein Fan von To Ubukata. Und was die Fans so reden, hat bei Menschen, die keine Fans sind, oft keinen Wert. Ich werde mir Mühe geben, dass mir so was nicht passiert.

Und seit wann bin ich sein Fan? Ich will nicht sagen, dass ich bereits seit seinem ersten Buch sein Fan bin. Ich bin es erst, seit ich »BYE BYE EARTH«* gelesen habe – eine Geschichte mit einem Titel, Umfang und Preis, bei der man eigentlich hätte denken müssen, dass der Leser sie nur ablehnen kann. Wenn wirklich jemand geglaubt hat, dass man ein Buch mit dem Titel, dem Gewicht und vor allem dem Preis allen Ernstes verkaufen kann, dann war der vermutlich nicht ganz dicht.

* *Anm. d. Übers.:* To Ubukatas »BYE BYE EARTH« war ein Roman in zwei Bänden mit je fünfhundert Seiten und einem Preis von umgerechnet jeweils zwanzig Euro. Ein durchschnittlicher Roman kostet in Japan etwa vier Euro, also war der Preis ein kleiner Skandal. Mittlerweile gilt das Buch als der beste japanische Fantasy-Roman und ist nur noch als Rarität zu bekommen, für umgerechnet etwa fünfzig Euro.

Hätte man anders machen sollen.

Und das tut mir sehr leid.

In diesem Buch ging es um ein Mädchen und ein riesiges Schwert mit Seele, echte Heroic Fantasy. Eigentlich hätte es in diesem Jahr mit zu den drei besten Büchern gehören sollen, die veröffentlicht wurden. Natürlich kann man darüber streiten, aber das Talent des Autors und seine Geschichte haben diesen Respekt verdient, mindestens. Meinen Respekt hat er jedenfalls.

Aber warum ist es dann nicht das beste Buch, sondern nur eins der besten drei?

Natürlich habe ich dafür einen Grund. Ich hatte bei diesem Buch das Gefühl, dass der Autor die Geschichte nicht für den Leser, sondern für sich selbst geschrieben hat. Manchmal fühlte es sich mehr an wie eine Skizze.

Ehrlich gesagt, das wird bei den Namen einiger Dinge ganz deutlich. Namen geben einer fremden Welt ihre Form. Substantive. Ich glaube, dass die Namen in dieser Geschichte den Leser mehr verwirrt haben, als dass sie das Image aufgebaut haben. Und wenn es den Lesern nicht gelingt, sich diese Namen auch zu Eigen zu machen, dann endet diese Welt sehr einsam.

»Auch Science-Fiction-Welten sind voller Namen.«

Als ich dann hörte, dass To Ubukata einen wirklich langen Science-Fiction-Roman beendet hatte, war meine Reaktion denkbar einfach: Ich wollte es lesen, lesen, lesen! To Ubukata hatte zwar schon Science Fiction geschrieben, nämlich »MADOROMI NO SEPHIROTH« (etwa: »Sephiroths Schlummer«), aber das war nur mittellang. To Ubukata hat allerdings das Talent, wirklich lange Geschichten schreiben zu können. Und das Buch wollte ich um jeden Preis lesen.

Diese lange Geschichte war »Mardock Scramble«, und irgendwann fand ich mich schließlich beim Schreiben eines Nachwortes für den zweiten Band.

Bevor ich anfing, das Buch zu lesen, gab es einen Punkt, der mir nicht aus dem Kopf ging. Auch Science-Fiction-Welten werden aus Namen gebaut – wie sieht es da aus?

Überhaupt kein Problem. Diese Geschichte hat meine Erwartungen übertroffen. Dieser Roman ist randvoll mit Namen und Details.

Science Fiction, so sagt man, sei *immer* voller Ideen. Hier gibt es zwei Strömungen. Die erste Strömung ist Greg Egan, der dabei eine SF präsentiert, in der alles auf einer großen Idee basiert. Neal Stephenson folgt der zweiten Strömung, die mit ihren vielen Ideen überwältigt. »Mardock Scramble« gehört in die zweite Kategorie.

Meiner Meinung nach ist es völlig egal, ob etwas alt oder neu ist, aber der Ansatz, alles auf eine große Idee zu setzen, gehört schon mehr in die klassische Richtung. Deswegen war der Schock bei Egan sicherlich groß. To Ubukata gehört eher zu diesem neuen Science-Fiction-Stil aus dem Westen. Das ist nicht das Ergebnis seiner SF-Studien, sondern es bedeutet, dass sich das, was er schreibt, sehr nah an dieser neuen Strömung bewegt. Das ist ziemlich wichtig, denn es beweist, dass er einen ausgeprägten Sinn für das Hier und Jetzt hat. In Japan haben wir sehr lange die Worthülse »Global Standard« absolut inflationär benutzt, aber To Ubukata handelt im wirklichen Sinne dieser abgedroschenen Floskel nach dem »Global Standard«.

»Niemand ist dagegen, gegen den Krieg zu sein.«

»MARDOCK SCRAMBLE« – eine Geschichte über das Kämpfen. Balot, eine der Hauptfiguren, ist ein fünfzehn Jahre altes Mädchen, die das Kämpfen aufgegeben hat. Als sie sich selbst wiederfindet, kehrt auch ihr Kampfgeist wieder zurück.

Der andere Hauptcharakter, Œufcoque, ist eine Waffe. Eine universelle Waffe in Form einer Maus, mit einem Bewusstsein – aber keiner anderen Existenzberechtigung außer dem Kampf. Wenn er zusammen mit Balot kämpft, entdeckt er sich selbst neu.

Der Feind, Shell, ist ein Charakter, der seine Existenz beweist, indem er sein Bewusstsein löscht. Er kämpft nicht selbst, er lässt andere für sich kämpfen.

Boiled ist eine Kampfmaschine, er kämpft in Shells Auftrag gegen Balot und Œufcoque. Während des Kampfes verliert er jede Emotion, das ist seine Art der Selbstdarstellung. So gesehen, verbinden alle Protagonisten in ganz unterschiedlicher Weise den Kampf mit ihrer eigenen Existenz.

»MARDOCK SCRAMBLE« wird also zu einer Geschichte über das Kämpfen, vielleicht könnte auch eine Geschichte über Kämpfe daraus werden, die bis ins Unendliche miteinander verknüpft sind.

Ohne Frage gehören die Kampf- und Actionszenen sowie verschiedene Variationen davon zu dem Interessantesten in diesem Roman, aber das ist noch nicht alles. Es gibt Regeln beim Kämpfen. Regeln, die von den Hauptcharakteren gemacht werden, und von Balot wird gefordert, dass sie sich an diese Regeln hält. Es ist sehr interessant zu beobachten, dass Balot die Erfahrung macht, wie es ist, diese Regeln zu brechen. Und daraus folgt, dass sie lernt, was es bedeutet, sich an die Regeln zu halten.

Die Regeln existieren außerdem nicht nur als Begriff, sondern auch in Œufcoque, der universellen Waffe. Durch die Erfahrung verinnerlicht Balot diese Regeln. Diese Art von Wissen nennt man Praxiswissen. Also etwas, das einen der Alltag durch wiederholtes Erleben lehrt.

Anders gesagt: So etwas lernt man nicht, wenn es einem gesagt wird, man kann es nur durch Erfahrung lernen. Außerdem bin ich der Meinung, dass man im Fall dieses Buches es auch als Moral bezeichnen kann.

»Und wofür kämpfen sie?«

In den Kämpfen verkörpert Balot eine externe Moral, oder die Kämpfe sind sozusagen ein Prozess. Was ich damit eigentlich sagen will, ist, dass ich natürlich einen Grund dafür hatte, das Wort »Moral« zu benutzen, ein Wort, das vermutlich schon so gut wie jeder inzwischen vergessen hat.

Ich wollte damit sagen, dass der Kampf nicht das Ziel dieser Geschichte ist.

Auch in der Wirklichkeit ist der Kampf nicht das Ziel, es gibt keinen Kampf nur um des Kämpfens willen. So war es auch im zweiten Golfkrieg. Auf beiden Seiten ging es um die gerechte Sache. Es geht immer um die Gerechtigkeit. Auf beiden Seiten.

Letzten Endes ist es dann die Gerechtigkeit des Gewinners, aber der Sieger hat nicht gewonnen, weil er recht hatte. Ganz im Gegenteil.

Andererseits war der zweite Golfkrieg ja vielleicht auch gar kein Krieg. Es war eher so, als marschiere Godzilla plötzlich nach Tokyo, um dort den Tokyo Tower zu zerstören. Also näher an der doch eher einseitigen Zerstörung eines Monsters.

Wenn ich Godzilla fragen würde, warum es eigentlich unbedingt der Tokyo Tower sein musste, dann würde er mir auch nicht antworten.

In diesem Fall heißt das nur, dass die Gelegenheit versäumt wurde, die *gerechte Sache* als Antwort vorzuschieben.

Ich bin davon überzeugt, dass Balots Kampf zutiefst moralisch ist. Kein Kampf nur um des Kämpfens willen, auch kein Kampf um des Siegens willen.

»Das ist eine Geschichte, um gerettet zu werden.«

Das Resultat eines Kampfes ist: Gewinnen oder Verlieren. Unentschieden gibt es auch, aber das heißt meistens, dass beide Seiten verloren haben.

Vielleicht greift das jetzt dem Ende etwas vor, aber bei »MARDOCK SCRAMBLE« geht es nicht um Sieg oder Niederlage, auch wenn Kämpfe in dieser Geschichte vorkommen.

Ich habe geschrieben, dass der Kampf mit der eigenen Existenz verbunden ist, aber »MARDOCK SCRAMBLE« übertrifft diese Aussage, denn die Kämpfe weisen nicht nur auf das Resultat hin, sondern auch auf das, was dahintersteckt.

Die Croupière Bell Wing aus dem zweiten Band ist dafür ein gutes Beispiel. Diese Figur ist wirklich charmant, und ich muss gestehen, dass ich sie mehr ins Herz geschlossen habe als andere zentrale Charaktere. Aber weiter im Thema. Sie gewinnt beim Kämpfen gegen Balot ihre Freiheit zurück. Das läuft auf einem ganz anderen Level als ein Kampf um Sieg oder Niederlage. Ich habe bewusst »kämpfen« statt »Kampf« geschrieben, weil nicht jeder Kampf in dieser Geschichte gleich eine ganze Schlacht ist.

Der größte Kampf im zweiten Band ist das Glücksspiel im Casino. Man könnte sich natürlich fragen, was das soll – eine Science-Fiction-Geschichte, in der es um Action geht, und dann plötzlich dreht sich alles um das Spielen in einem Casino? Aber ja – und es funktioniert!

Gleichzeitig ist es eine Metapher dafür, dass es in dieser Geschichte nicht um Tod und Zerstörung geht, sondern um etwas Höheres.

Kann man Leser mit Roulette emotional bewegen?

Oder mit Black Jack?

Überraschenderweise ja. Das Ganze wird so erzählt, wie es nur in einer Science-Fiction-Welt möglich ist. Sogar Leser, die nicht wissen, wie Roulette oder Black Jack funktionieren, finden es wahrscheinlich trotzdem auf die gleiche Art und Weise spannend.

Die Hauptcharaktere bekommen etwas durch das Kämpfen, es wird uns auf eine Weise gezeigt, die sehr nah an der Moral ist, das rührt uns – auch wenn ich diesen Ausdruck zu abgeschmackt finde und eigentlich nicht mag –, es berührt unsere Herzen. Das zeigt uns, wie der Mensch sein sollte.

»Ideale sind wichtig.«

Man sollte sich immer wieder mal fragen, ob man ein Idealist oder ein Realist ist. Und man sollte seine Träume oder Ideale nicht vernachlässigen, nein, man sollte sich stets dazu bekennen.

Ich möchte an dieser Stelle keine westlichen Philosophien propagieren oder sagen, dass wir dem nacheifern sollen. Aber ich denke, wenn etwas Großes in japanischen Geschichten fehlt, dann sind das Ideale.

Ideal und Realität sind etwas anderes. Das sollte eigentlich selbstverständlich sein, dennoch denke ich, es ist schon etwas merkwürdig, dass das Thema so beendet wurde. Ich finde es irgendwie unglücklich.

»MARDOCK SCRAMBLE« gibt uns etwas, das andere japanische Romane uns nicht geben. Etwas, das auch viel mit Idealismus zu tun hat.

Bei einem Glücksspiel zu gewinnen heißt: Geld gewinnen. Aber in dieser Geschichte geht es in den Kämpfen im Casino eben nicht darum, Geld zu bekommen. Man bekommt etwas viel Größeres, und alle Charaktere, die involviert sind, bekommen ebenfalls etwas Größeres – oder verlieren.

Ich war angenehm überrascht, dass ein Autor der jungen Generation wie To Ubukata auf diese Art denkt und dann eine Geschichte daraus macht. Auch bin ich froh, dass ich Gelegenheit hatte, dieses Buch zu Ende zu lesen. Das bin ich wirklich.

In dieser Geschichte bedeutet das Kämpfen, gerettet zu werden.

»Glauben Sie dem Autor und seiner Geschichte.«

Und vor allem sollten Sie Ihrem eigenen Gefühl als Leser vertrauen. Diese Geschichte wird Ihnen genau das geben, was zu Ihnen passt.

»I came so far for beauty.«

– Leonard Cohen

(Aus »I CAME SO FAR FOR BEAUTY«)

Akira Kagami

Glossar

A-10-Operation

Eingriff an Shells Gehirn. Bei Stress werden Glücksgefühle freigesetzt

AirCar

schwebendes Auto

Broiler House

Justizministerium von Mardock City

Chamäleon-Sonnenbrille

Sonnenbrille, die nach einiger Zeit die Farbe wechselt

Cop-Hunter

undurchsichtige Spezialverspiegelung von Autofensterscheiben

***C**reative **R**ecollective **A**ctive **P**ositioning of Memory – CRAP*

Erinnerungs-Datenspeicher-Transfer. Shells Fähigkeit, seine Erinnerungen extern auszulagern und dort abzuspeichern

Eject-Poster

Poster, das beliebige Motive von einem Computergrafik-Chip an die Wand projiziert

Elektro-Auto; auch: LectroCar

elektrisch betriebenes Auto mit einem Navigationssystem, das nur bestimmte Routen fährt, in einem stark begrenzten Tempo

Geruchsinformation

Aufzeichnungen von Geruch, mit dem sich Emotionen usw. beweisen lassen

Glückspillen, Euphoriepillen, Heroic Pills

Shells Droge

Gravity-Device-Engine

Antrieb eines AirCars

HAD

Hilfswerk für **A**lkohol- und **D**rogensüchtige

Hutchison-Klinge; auch: Buttermesser

John Hutchison entdeckte in den Achtzigern angeblich paranormale Auswirkungen beim Wiederholen von Nikola Teslas Experimenten. U. a. eine anomale Erhitzung von Metallen ohne Verbrennen

InitialProtec-Sperre

Œufcoques Sperre, die verhindert, dass ihn jemand anders in eine andere Form verwandelt

Intensivbehandlungs-Einheit

Eiförmige Kapsel zum Transport von Verletzten

Kommunikator

Implantat der Bandersnatch-Gang

Lightight

künstliche Haut, die Strom leiten kann

Lockbuster-Card

öffnet jede elektronisch gesicherte Tür

Mama-san

jap. für »Bordellinhaberin«; kann aber auch lediglich die Besitzerin einer Bar sein

Megami

jap. für »Göttin«

morphen

der Prozess des Verwandelns von Œufcoque

Psychoprint

Seelenmuster; Form, in der Balots Seele in Œufcoque abgespeichert wird

Scramble-09

technisch verbesserte Lebewesen mit besonderen Fähigkeiten

Shochu

jap. Schnaps

snarken; auch: Elektronen-Manipulation

Balots Scramble-09-Talent zur Fernsteuerung von Elektronik u. a.

TechGlasses

Elektronen-Brille

TurnOver (auch: Inversionsverwandlung)

Verwandlung bzw. Morphen in einen Gegenstand oder eine Waffe; laut Œufcoques Beschreibung ist es so, als »würde sein Innerstes nach außen gestülpt«

Udon-Tick-Nudeln

jap. dicke, weiße Nudeln mit einer »colinesischen« Note

Universal Item

Lebewesen, das sich in nahezu jeden beliebigen Gegenstand verwandeln kann

Wirecutter

Drahtseil-Waffe, die elektrisch geladene Teilchen freisetzt